collection

挚情 雅意 真知

名家作品中学生典藏版

STUDENT EDITION

ZHAO LI HONG collection

赵丽宏作品

赵丽宏，散文家，诗人。上海市崇明县人。1952年生于上海市区。1968年曾到故乡崇明岛“插队落户”，期间开始写作诗歌和散文。1982年毕业于华东师范大学中文系。大学毕业后当过《萌芽》杂志编辑、编委，后应聘为上海作家协会专业作家。现为中国作家协会全国委员会委员，上海作家协会副主席，《上海文学》杂志社社长，《上海诗人》主编，中国散文学会副会长，交通大学、华东师范大学兼职教授，全国政协委员。著有散文集、诗集、报告文学集等各种专著共七十余部。作品曾数十次在国内外获奖，散文集《诗魂》获新时期全国优秀散文集奖，《日晷之影》获首届冰心散文奖。有十多篇散文被收入国内中小学和大学的语文课本，有多篇作品被收入中国香港和新加坡的中学中文语文课本。作品被译成英、法、俄、意、保加利亚、乌克兰、塞尔维亚、日、韩等多种文字在海外发表出版。2013年获塞尔维亚斯梅德雷沃金钥匙国际诗歌奖。

中学生典藏版 凝思卷

不熄的暖灯

◎赵丽宏 著

山西出版传媒集团 山西教育出版社

图书在版编目（C I P）数据

不熄的暖灯：凝思卷/赵丽宏著．一太原：山西教育出版社，2014.11
（赵丽宏作品：中学生典藏版）
ISBN 978－7－5440－7246－5

Ⅰ．①不… Ⅱ．①赵… Ⅲ．①散文集－中国－当代 Ⅳ．①I267

中国版本图书馆 CIP 数据核字（2014）第 238210 号

凝思卷·不熄的暖灯

出 品 人：雷俊林
策　　划：刘晓露
责任编辑：刘晓露
复　　审：郭志强
终　　审：薛海斌
设计总监：王春声
印装监制：贾永胜

出版发行：山西出版传媒集团·山西教育出版社
（太原市水西门街馒头巷7号　电话：0351－4035711　4729801　邮编：030002）
印　　装：山西臣功印刷包装有限公司

开　　本：889×1194　1/32
印　　张：10
字　　数：233 千字
版　　次：2014年11月第1版　2014年11月山西第1次印刷
印　　数：1—20000 册
书　　号：ISBN 978－7－5440－7246－5
定　　价：23.00 元

赵丽宏作品

求真向美，启智养心

（编者序）

路静文

赵丽宏先生的作品，相信广大中学生朋友都不陌生。从小学到中学的课本里，赵丽宏先生的名字频繁出现，而中小学若干年来的各级各类语文测试中的阅读练习也常常少不了他的文章。

作品被当作课本收入教材，对于每个作家都是一种荣誉。正如多年主编中学语文教材的王铁仙教授所言：“不能说选入学校课本的文章就是文坛上压倒一切的最佳作品，但是语文课本中的文章，必须用词准确，结构谨严，行文流畅；还要拒绝做作的姿态和低俗的笔调。在目前有些作者太不注重斟酌文字和格调优雅的时候，赵丽宏在这两方面的优长，也是特别值得一提的。”而各级各类语文测试常见赵丽宏先生的文章，一方面固然说明他在中小学教师教研员中拥趸甚多，地位甚重；另一方面，也说明他的语言规范典雅，蕴含丰厚，值得作为典范的母语阅读材料，让学生们在揣摩涵泳、鉴赏探究中加以借鉴学习。

但是，教材、考试所能展现的，仅仅是赵丽宏先生很少很少的一部分作品。而赵丽宏先生作品的丰富、浩瀚，题材之广泛、风格之多样、语言之典雅、想象之奇丽、思考之深入、视野之高远，是教材等选文囿于篇幅或者主题或者数量的限制，远远不能让读者窥斑知豹的。为此，在“名家作品中学生典藏版”系列中，特选编了赵丽宏先生的两册散文作品，一册是《怀想卷·旷野的微光》，一册是《凝思卷·不熄的暖灯》，以便广大中小学师生能较为全面地了解赵丽宏先生的散文创作情况。

《怀想卷·旷野的微光》里，有一些抒情和哲理意味浓郁的散文、散文诗，采撷鸿爪片羽，歌咏风花雪月，是作者对天地万物的谛听、观察和赞叹，还有作者对历史、社会现象、人生境况的关怀思考，对生活点点滴滴富有启示意义的瞬间的捕捉描摹。这些文章，常常在灵敏细微的情绪流动中，融入辽阔深邃的人生感悟。如果说《怀想卷》像缓缓奔涌的大河，将生命沿途的风光尽情纳入自己澎湃不息的歌唱之中，那么《凝思卷·不熄的暖灯》则丰厚开阔如大海。在《凝思卷》里，音乐、油画、雕塑、文学、旅行……方方面面，均有涉猎，且落笔有幽思浩叹，有智趣洞见，挥洒自如，别开生面。读这些作品，一方面当然是在享受文字本身的美；另一方面，读者在不知不觉中，被带领着走向通往艺术殿堂、广阔世界的一条芳草幽径，悟得对天地人生的另一种感受方式，这是多么幸福的阅读体验！除此之外，本卷还有艺坛文坛大家印象，古典诗词涵泳解读等，内容包罗万象。读之思之，读者的视野胸襟、思想见识、精神境界，都能慢慢随之扩大提高了。

在读赵丽宏先生这些能带给人美好享受的作品时，我们自然也能体会到他散文的创作特色，即追求真、善、美的统一。在自己的多篇文章里，赵丽宏先生曾反复强调，真实，是散文最大的生命。他的散文“求真”，真实的观察与思考，真诚的情感抒发，求真，自然情切，自然动人；他的散文“求善”，无论写艰苦岁月的插队生活，写贩夫走卒的忙碌辛劳，还是写扫地的阿婆、三峡的渔夫，甚至于笼鸟、野马、斗牛，赵丽宏先生的笔下都洋溢着悲悯之情，这也让他的文章，因此而闪耀着高洁的人性之光；他的散文“求美”，至真至善，本已是大美，在此之外，赵丽宏先生的散文还非常注重语言的准确、精当。不论是诗意盎然的抒发、朴素简洁的陈述，还是富丽典雅的铺陈、要言不烦的议论，都各安其所、鲜活灵动，读来自然唇齿留香。

除了文章本身的真挚、诗意与美好，我更想强调赵丽宏先生由文章传达的自由高远的精神气度、优雅高尚的审美情趣、从容智性的生活主张、悲天悯人的善良情怀。在我看来，与文字相比，这是更打动人、能给人以无限启迪的核心价值。罗曼·罗兰说过，世界上只有一种真正的英雄主义，那就是认识到生活的真相，依然热爱它。从一些描绘“文化大革命”及“下乡插队”经历的文章可以看出，赵丽宏先生可以说曾目睹人性的幽暗，饱尝生活的艰难，但是依然不亢不卑、安静沉着地向上挺立着，丰富、壮大着自己。赵丽宏先生自言愿做一块礁石，他在如礁石般坚硬顽强，任岁月和命运的激流冲击之余，依然没有丧失柔软的心灵，依然能以清澈的眼神打量世界，并献之以满含温柔与悲悯的善意，向四周散发着光明与温暖，这不就是真正的英雄主义吗？

让自己成为善与美的一部分，这世界也必然因此更趋向于善与美，这就是对抗恶与丑的最好方式。赵丽宏先生不仅仅是用文字，更是以自己的生命姿态，表达这强劲无声的宣言。

这才是我们真正应该学习的地方。做人，先于作文。只临摹一个作家的语言文字，仅仅能习得为文之皮毛；只有真正领悟一个优秀作家的精神，能与作家的灵魂产生共鸣，你的灵魂才能得到滋养，你也才能获得更高远意义的提升。

想享受阅读的快乐，想寻觅写作的诀窍，想开阔人生的视野，想提升审美的品位，想获取向善的力量，想与卓越的思想对话——无论你带着什么目的打开这两本书，你都不会失望，而且，相信你能获得更多。在这浮躁焦虑的社会风气里，愿赵丽宏先生这些求真向美、启智养心的文字，能带给你一片清凉的慰藉。

（作者系《语文报·青春阅读》主编，语文报社21世纪项目部主任）

文学，有一颗年轻的心

（代序）

赵丽宏

很多年前，我孑身一人在荒僻的乡村，前途渺茫。面对着寥廓旷野，面对着苍茫天空，面对着在夜风中飘摇的一茎豆火，我沉迷在文学书籍中，沉迷在写作中。阅读和写作，使我忘却了身边的困境，忘却了物质生活的匮乏，忘却了孤独。那时，我不到20岁，身体瘦弱，沉默寡言，常常一个人在田野里沉思冥想。文学，像流动的泉水，滋润着我年轻而干渴的心灵。因为有了文学的陪伴，我的日子变得有生机，有希望，有期冀。幻想的翅膀携着我上天入地，穿越古今，抵达我希望抵达的任何地方。文学为一个生活在困顿迷茫中的年轻人展现了辽阔的空间，让我自由飞翔。那时，我没有想过要当作家，喜欢读书和写作的感觉，犹如一个绝望的落水者在即将被淹没时抓到了救命稻草。而这稻草，渐渐变成了航船，载着我开始了美妙的远航。

上世纪七十年代末，我在大学读书。那时，文学是许多年轻学子追求的梦想。我们组织文学社，自己办油印的文学刊物，在教学楼和宿舍的走廊里贴出自己创作的小说、散文和诗。每次我们把新作贴出来后，那些简陋的张贴栏前，便人头涌动，议论纷纷。那种认真和热情，至今想起来仍让人感动。还记得我们办过一次诗歌朗诵会，学校的大礼堂里挤满了人，走廊里也站满了人，而外面的学生还在往里面涌，维持秩序的同学只能关上大门。人们为诗歌而来，为文学而来，为心中的理想而来。虽然礼堂里人挤人，但朗诵时场子里一片寂静，诗歌在年轻人的呼吸中回旋，晶莹的诗句引导着年轻的心灵飞向四面八方。

上世纪七八十年代之交，我仍在上大学。那时，我曾在上海最热闹的南京路上组织主持过一个诗社。诗社的成员都是年轻人，有工人、教师、机关公务员，也有农民。每逢周末，年轻的诗人们从城市的四面八方赶来，最年轻的田园诗人来自几十公里外的南汇海滨。我们聚集在当年“先施公司”的屋顶花园，围坐在一起互相吟诵自己新写的诗。那些漾着火花和泪光的眸子，至今仍在我眼前闪动，那些不太流畅却真诚激动的声音，至今仍在我耳畔飘萦。当年的诗社成员，大多并没有因为写诗而升官发财，很多人还在干自己的老本行，但他们人人都珍惜那段和诗歌联系在一起的青春时光。

上世纪八十年代初，我在《萌芽》杂志当诗歌散文编辑。除了自己写作，每天接触大量来稿，投稿者大多是年轻人。那时，每天都能收到一麻袋来信和来稿。来稿大多是幼稚而不成熟的，但在那些歪斜的字迹中时常会有让你眼睛发亮的字句跳出来。我编发很多年轻作者的文字，也给他们写信。我早已忘记了那时曾给来稿者写过多少回信。那个时代，和今天有很大的不同。今天，电脑和网络改变了我们的生活，也使文学传播的途径有了巨大的革新和拓展。曾经被冷落的文学创作，因此而吸引了年轻人的目光，这是令人欣喜的事情。

这些年，我一直在文学的道路上摸索着往前走。写作对有些人来说也许是一种追求时髦、与时俱进的事业，而我却始终认为，这应该是一件以不变应万变的事。这是我自己选择的一种生活，是我的人生。万变的是世事，是永远花样出新的时尚，不变的应该是一个写作者的心境，是他对人生的态度，即所谓在喧嚣中寻宁静，在烦扰中求纯真。这几十年，我努力让自己保持这样的心境。

我曾经在一篇文章中说：岁月和命运如曲折湍急的流水，蜿蜒于原野山林，喧哗，奔流，定无轨迹。在水中，你可以是浮萍游鱼，随波逐流，可以漂得很远，却不知所终；你也可以是一块礁石，任激流冲击，浪花飞溅，却始终保持着自己的安静和沉着。我愿意做一块礁石。

文学曾经陪伴我度过曲折的青年时代，我的青年时代因此而变得丰富而激情多姿。现在我已经两鬓斑白，但我总还是觉得自己的心和年轻时一样，对世界充满好奇，对未来的生活有所期盼，因此还要不断地思索和表达，不断地写。生理的青春正在渐渐远去，但心灵却因为有文学陪伴而依然保持着青春的激情，这也是一种幸运。我知道我们这一代人终将被更年轻的一代取代，这是不以谁的意志为转移的，是自然法则。看到年轻的一代崭露头角，我发自内心地为他们喝彩叫好。

文学是属于年轻人的，离开了青年，文学便无所谓繁荣和兴盛。如果年轻人都对文学失去了兴趣和向往，那么，文学就真的走到了末路。不过我相信这样的情形是不会出现的。年轻人喜欢梦想，一切在现实中难以获得的美妙，在文学中都可以创造；一切在现实中遭遇的问题，在文学中都可以探讨。文学中有梦想，有对未来的憧憬，更有对现实的观察、思索和希冀。人生有多么丰繁曲折，文学就有多么丰富多彩。我想，只要人类不否定自己创造的文明和美，文学就不会被青年拒绝，文学就有存在发展的理由。

文学不应是功名利禄的敲门砖，而是人生忠诚而美好的旅伴。

在上个世纪末，文学曾一度被人认为已走向末路，再也无法激动人心，改变生活。然而事实并非如此，过去的岁月已经一次又一次地证明，文学是不会灭亡的，因为，文学有一颗永远年轻的心。

CONTENTS 目录

第一辑：品·艺术

第二辑：**悟·文学**

第三辑：望·星空

第四辑：行·远方

第五辑：**悦·佳章**

第一辑：品•艺术

罗丹的这两刀，使所有从事艺术创造的人们都得到了启示——为了得到艺术上的完美，必须尽可能地删除一切冗枝赘节。……如果发现赘笔而不愿意删除，那大概永远也成不了第一流的艺术家。

——《雕塑门外谈》

关于音乐的遐想和抒情

题舒伯特《摇篮曲》

从黑暗中伸出一双温暖的手，一双瘦弱却满怀深情的手，一双颤抖却执着有力的手……

这双手抚摸着婴儿的襁褓，推动了一只又一只摇篮……

孩子们微笑了。他们的眼睛、眉毛和小嘴都变成了一弯弯新月，闪烁在梦的夜空里。多么美妙的梦啊……他们牙牙学语的童音是无法描述这梦境的。等醒来后，等长大时，这梦会化为缤纷的人生！

母亲们微笑了。她们垂首凝视着，浓黑的睫毛覆盖了眼睑，一颗亮晶晶的泪珠在滚动……宁静、安详、慈爱、幸福——是孩子们给她们的，是那双从黑暗中伸出的手给她们的。

他也微笑了。他一手轻推着摇篮，一手抚摸着胸口。心，沉醉在爱的海洋里……是的，这海洋不会枯竭，心也永远不会停止跳动和歌唱。

他的微笑是永恒的。

柴可夫斯基向我走来

似曾相识——

是在无数个人生的十字路口，是在无数个明朗的早晨，是在无数个灰暗的黄昏……

当欢乐像轻烟一样消散的时候，当忧郁像浓雾一样弥漫的时候，当太阳隐匿进云海，当星星暗淡在夜空……

柴可夫斯基向我走来。

他牵着一条五彩缤纷的曲折的路，他放着鸽子，他撒着星星，他赶着一群翩翩起舞的白天鹅……

他流着泪，那些悲怆的泪呵，竟像晶莹的珍珠，滚着，碰撞着，发出不可思议的动人的声音……

他时而用灰色涂抹晴空，时而用阳光驱散阴云，时而用风描绘冬的严厉，时而用雨叙述春的柔和……

柴可夫斯基向我走来。

他怎么使我想起了我的先人？我仿佛看见披头散发的屈原在仰天长啸，我仿佛看见把酒对月的太白在放声高歌，还有“采菊东篱下，悠然见南山”的陶渊明，还有“独坐幽篁里，弹琴复长啸”的王摩诘……也有含着眼泪望江兴叹的李后主，也有登高望远豪情难抑的苏东坡……

他旷达，他豪放；他婉约，他深沉；他天真，他欢乐；他伤感，他忧悒……无论是在年轻还是在衰老的时候，无论是在欢愉还是在痛苦的时候，他总是能轻轻地、轻轻地拨动我的心弦……

柴可夫斯基向我走来。

听《命运交响曲》

两个声音，交织、碰撞、搏斗在空旷的宇宙里。一个是充塞天宇的狂啸呐喊，是飞沙走石，是惊涛霹雳；一个是微弱纤细的低吟浅唱，是涓涓滴滴的幽泉，是飘飘悠悠的洞箫……

纤弱的，未必就会被淹没在强大之中。听，渺小的生命，面对命运之神铺天盖地的呼啸，勇敢地亮着美妙的歌喉……

广袤无涯的荒漠中，驼铃，执着而又清晰地响着，由远而近，由远而近……看见了吗，天边出现了一线绿洲，清泉在那里流淌，花儿在那里开放……看见了吗，这不是海市蜃楼。冰雪覆盖的原野里，小草，勇敢而又倔强地长着，一分一分，一寸一寸……听见了吗，那微弱奇妙的拔节声，冰雪掩盖不了它们，狂风淹没不了它们！等着，它们会化成惊雷，轰然炸出一个翠绿的春天！

大雁起飞了。渺小的生命排列出威严的阵容，描绘着天空，传递着一个古老而又新鲜的信念。多么遥远的向往，多么勇敢的追求！看不见它们的影子了，却依然听得见它们的歌声……

海的呼吸，山的回声，江河的呐喊，森林的低吟……循着共同的旋律，倾吐着共同的心声。你听懂了么？你听懂了么？

来，和我一起，在这旋律中变成一棵小草，变成一朵浪花，变成一只大雁，变成一块岩石，变成其中一个小小的音符……当一切悄然隐逝时，我们微笑地屹立着。

莫扎特

在黑暗中弹着光明的乐曲。

在穷困中唱着欢乐的歌。

饥饿无法压抑他创造的欲望。

寒冷驱散不了他优美的热情。

是的，在他的歌声里，世界是完美的。痛苦会过去，美将留下来。高尚纯洁的灵魂永远在天空自由翱翔，光明终将把黑暗放逐……

当全人类都陶醉在他的歌声中时，人们却找不到属于他的一块小小的墓地！

哦，不要寻找了，人们啊，如果你热爱他的歌声，他就在你的心里了。

贝多芬幻像

他，在他的乐章中缓缓地站起来，站起来，站在高高的空间，俯视着那支庞大的乐队……

静！他的耳畔只有死一般的寂静。

然而，他却扬起指挥棒，轻轻地扬起，轻轻地抖落。哦，那根小小的指挥棒，依然能挑出惊天动地的沉雷，牵来汹涌澎湃的波涛。风，在棒尖上呼啸；云，在棒尖上萦绕；夜莺和百灵鸟，在棒尖上歌唱……

哦，他甩动银发，他闭上眼睛；他沉思，他微笑；他锁起眉峰，一颗亮晶晶的泪珠，在脸颊上闪动……

是的，何须用耳朵听呢！只要音乐家的心还在跳，音乐，就会从那里流出来，流向他所热爱的空间和土地，流进无数知音的心灵……

小提琴独奏

玫瑰色的土地上，横卧着四条银色的小溪。

哦，四条会唱歌的小溪……

时而柔波荡漾，水烟袅袅，化几片透明的雾纱云絮；时而激流汹涌，雪浪滔滔，牵一阵狂烈的电闪雷鸣……

流，小溪在叮咚作响地流，挟带着阿尔卑斯山谷神秘的风，挟带着塞纳河畔清新的绿荫；还有吉普赛人粗犷激越的舞步，斯拉夫人深沉奔放的歌吟；也有昔时吴越的小桥流水，至死不渝的恋人，在那里化为比翼齐飞的彩蝶，翩翩地飞……

玫瑰色的土地上，奔流着四条会唱歌的小溪……

指挥棒

见过乐团指挥手中那根小小的木棒么？万千种音响都是由它牵引出来的——惊雷，风暴，江海的涛声，溪流的絮语，森林里百鸟的啁啾；血在阳光下乳化，白云飘出山坳，流星划过夜空……

你无法比喻这指挥棒像什么。它可以是沉浮在惊涛骇浪中的桅杆，也可以是轻游于平湖秋月的桨橹；它可以是从天空中划过的闪电，也可以是春风里荡漾的柳丝；它可以是倔强的鹰翅，在九霄云中傲然振抖，也可以是柔软的鱼鳍，在海底世界优美地飘舞……

音乐的光芒

深夜。无月，无风。围着木栅栏的小窗外，合欢树高大的树冠犹如张开着巨臂的人影，纹丝不动，贴在墨一般深蓝的天幕上。一颗暗淡的星星孤独地挂在树梢，像凝固在黑色人影上的一粒冰珠，冷峻而肃穆。

静。静得使人想到死亡。思绪的河流也因之枯涸，没有涟漪，没有飞溅的水花，没有鱼儿轻盈的穿梭……只有自己沉闷的呼吸，沉闷得像岩石，像龟裂的土地，像无法推动的铁门。难熬的寂静。

这时，突然有一种极轻微的声音从远处飘来，仿佛一个小提琴手将弓轻轻地落到E弦上，又轻轻地拉了一下。这过程是那么短促，我还没有来得及品味其中的韵律，声音已经在夜空里消失。世界复又静寂。在我的小草屋里，这响动却留下了回声，一遍又一遍，婉转沉着地回荡着，回荡成一段优美的旋律，优美中蕴涵着淡淡的忧伤，也流淌着梦幻一般的欣喜。眼前恍惚有形象出现：一位黑衣少女，伫立在月光下，拉一把金黄色的小提琴。曲子是即兴的，纤手操持着轻巧的弓，在四根银弦上自由自在地跳跃滑行。音符奇妙地从弓弦下飘起来，变成一阵晶莹的旋风，先是绕着少女打转，少女黑色的长裙在旋风中翩然起舞。旋风缓缓移动，所达之处，一片星光闪烁。渐渐地，我也在这旋风的笼罩之中了。我仿佛走进了一个辉煌的音乐厅，无数熟悉的旋律在我的耳畔光芒四射地响起来。钢琴沉静地弹着巴赫，长笛优雅地吹着莫扎特，交响乐队大气磅礴地合奏着贝多芬……也有洞箫和琵琶，娓娓叙说着古老的中国故事……

终于，一切都消失了，万籁俱寂，只剩下我坐在木窗下发呆。窗外，合欢树的黑影被镀上了一层亮晶晶的银边。月亮已经悄悄升起……

以上的感受，距今已有二十多年。那时，我孤身一人住在荒僻乡野的一间小草屋里，度过了无数寂静的长夜。静夜中突然出现的那种声音，其实是附近的人家在开门——破旧的木门被拉动时，门臼常常发出尖利的摩擦声，从远处听起来，这尖利的声音便显得悠扬而奇妙，使我生出很多不切实际的幻想。门臼的转动和美妙的音乐，两者毫不相干，把它们联系在一起，似乎很荒唐，然而却又那么自然。一次又一次，我独自沉浸在对音乐的回忆中。这种回忆如同灿烂的星光洒进我灰暗的生活，使我在坎坷和泥泞中依然感受到做一个人的高尚和珍贵。

是的，如果要我感谢什么人，而且只能感谢一次，那么，我想把这一次感谢奉献给那些为人类创造出美妙音乐的人。倘若没有音乐，我们的生活将会变得多么沉闷可怕。我曾经请一位作曲家对音乐下一个定义，他几乎是不假思索地答道："什么是真正的音乐？音乐是人类的爱和智慧的升华，是人类对理想的憧憬和呼唤。”他的回答使我沉思了很久。这个回答当然不错，可是用这样的定义来解释其他艺术，譬如绘画和舞蹈，似乎也未尝不可。但音乐毕竟不同于其他艺术。音乐把人类复杂微妙的感情和曲折丰富的经验化成了无形的音符，在冥冥之中回响。它们抚摸、叩动、撞击甚至撕扯着你的灵魂，使浮躁的心灵恢复宁静，使干涸的心田变得湿润，也可以让平静的心灵掀起奇妙的波澜。音乐对听者毫无要求，它们只是在空间鸣响，而你却可以使这鸣响变成翅膀，安插到你自己的心头，然后展翅翱翔，飞向你所向往的境界……而其他艺术则难以达到这样的境界。音乐是自由的，又是无所不在的。有什么记忆能比对音乐的记忆更为深刻，更为顽强，更为恒久呢？这种记忆不会因岁月的流逝而失去它应有的色彩。当你被孤寂笼罩的时候，能够打开这记忆的库藏是一种莫大的幸运。你有没有这样一个音乐库藏呢？如果有，那么你或许会理解，一扇木门的响动，怎么会变成优美的小提琴独奏。你的生活中曾经有过美妙的音乐，你的心曾经为美妙的音乐而震颤陶醉，那么，这些曾使你动情的旋律便会融化在你的灵魂里。一个浸透了动人音乐的灵魂是不会被空虚吞噬的。

是的，我常常陶醉在美妙的音乐里，我常常不去想这音乐究竟在表达什么内容，有些旋律永远无法用语言来解释，只能用你自己的心灵和思想去感受，去体会，去遐想。而这种无拘无束、自由自在的遐想，是人生旅途中何等诗意盎然的境界。

我想起了我喜欢的一位中国指挥家侯润宇。他曾周游列国，在国际乐坛上为中国人争得了荣誉。我一直无法忘记他指挥的一场交响音乐会。这是一位瘦小而文静的中年人，在生活中并不起眼，和那些有着夸张的动作和表情，站在乐队前手舞足蹈的指挥相比，他实在太文雅太安静了。但他能用心灵感受音乐，理解音乐，表现音乐。他的精神中充满了音乐。当他站到庞大的乐队前面，不慌不忙地举起指挥棒时，就像一个骄傲而威严的大将军面对着千军万马……

那场音乐会演奏的是瓦格纳的歌剧《唐豪赛》序曲。侯润宇用他那根小小的指挥棒，挑出了惊天动地的声音。我在音乐中闭上眼睛，想透过轰鸣的旋律寻找《唐豪赛》中的人物，然而，我失败了。我的眼前既未走来朝圣的信徒，也没有舞出妩媚的仙女，那位在盛宴上放歌豪饮的英雄更是无影无踪。我在音乐中感受到的是毫不相干的一种景象。被轰鸣的旋律簇拥着，我仿佛又走到了二十年前我常常走的一道高高的江堤上。灰色的浓云低低地压在我的头顶，眼前是浩瀚无际的长江入海口。浑黄的江水在云天下起伏翻滚，发出低沉的咆哮，巨大的浪头互相推挤着，成群结队地向我扑来。巨浪一个接一个，轰然打到堤壁上，又被撞成水花和白雾，飞飘到空中，飞溅到我的身上。我的整个身心都逐渐湿润了，清凉了。郁积在心底的忧愁和烦恼在轰鸣的涛声中化成了轻烟，化成了白色的鸥鸟，振抖着翅膀翔舞在水天之间。浓重的铅云开裂了，露出了缝隙。一道阳光从缝隙中射进来，射在起伏的水面，波浪又把阳光反射到空中。我在一片光明的包围之中……

水　妖

水妖是什么模样？谁也没有看见过。然而我却仿佛置身在幽暗的水底，透过深蓝色的浪波的帘幕，看见它们扭动着腰肢向我游过来。

它们气势雄浑，体积庞大，却不是凶恶的怪兽，不是张牙舞爪的章鱼，也不是横冲直撞的虎头鲨。在神秘的海域中，它们仪态万方，不慌不忙，沉着地，目标明确地从遥远的水域中缓缓而来。水波拂动着它们色彩斑斓的裙裾，水草在它们的脚步声中翩翩起舞。它们闪闪发光，幽暗的水底世界因为它们的降临而熠熠生辉。这优雅多姿的一群，把沉寂的海洋深处变成了绚烂的宫殿。所有的水族都目瞪口呆了，它们惊异于这突如其来的艳丽和光彩，屏息凝视着。成群结队的小鱼们也没有因为它们的出现而惊慌失措，依然在水草中优哉游哉……这些美丽而庞大的水妖，它们正在水底寻找着什么？谁也不知道。它们由远而近，汹涌而来，谁也无法阻止它们优美坚定的步伐。

这是我在德沃夏克的交响诗《水妖》的旋律中产生的遐想。这并不是望文生义，确实是奇妙的音乐鼓动了我的想象之翼。德沃夏克是我非常喜欢的音乐家，他的《自新大陆》，是世上最激动人心的交响曲之一，让人百听不厌。德沃夏克的音乐大多辽阔宽广，激情洋溢。听他的作品，人们不会产生颓丧闭锁的情绪，他总能把你带入高天阔地，使你和他一起感受世界的广阔和人生的博大。他的音乐中没有那种喜形于色的快乐，也没有那种呼天抢地的悲泣。丰富的感情，全都蕴藏在风起浪涌一般的旋律中，使你遐想，使你思索。在德沃夏克的音乐中，那种辽远的气息，在其他任何作曲家的作品中都难以找到。交响诗《水妖》在德沃夏克的作品中并不是最著名的，然而却是很特殊的一部。写这样的作品，作曲家的心里一定是有故事和形象的。我不知道他心中的故事和形象是什么模样，大概不会是我想象的那样。我无法在他的音乐中发现狰狞的面孔和妖冶的身段，更没有兽性的咆哮。我相信，在德沃夏克的心里，大概也不会有这样的形象。他描绘的水妖，是怀着美丽愿望的探索者。它们在海底巡游时跳着奔放的波希米亚舞。它们在想：这个世界，为什么如此缤纷多变？如果德沃夏克再生，对我这样的想象大概会哑然失笑。不过，这无关紧要，每个听乐者都可以根据自己的思想和心境来理解感受音乐。用音乐描绘的形象生动却朦胧，最有可塑性，它们能使不同的人产生完全不同的联想。它们为听者提供的音乐，一定是美妙的音乐。

《水妖》的结尾也是意味深长的。水妖们终于停了下来，它们也许是被海底迷人的景色吸引了吧——流连在蓝色的梦幻世界中驻足不前。静止的沉思和陶醉，使原来那一阵阵坚定的脚步声变成了悠长的叹息。这时，远方发出了轻微而明亮的声响，这是对这些探索者们的召唤。水妖们从沉醉中醒来，又踏上了寻求的道路。那优美坚定的脚步声又响起，由重而轻，由近而远，渐渐地消失在遥远的地方。然而奇异的脚步却没有消失，音乐停止了，它们依然长久地在我的心里回荡……

注：安东·利奥波德·德沃夏克（1841—1904）：捷克音乐家。十九世纪世界重要的作曲家之一，捷克民族乐派的代表人物。主要作品有：《e小调第九交响曲》（又译《自新大陆》）、《b小调大提琴协奏曲》《狂欢节序曲》《F大调弦乐中重奏》和歌剧《水仙女》《国王与煤工》等。

负重而行

凡是对西洋油画稍有点了解的人，都知道米勒的《播种者》和《拾穗》。这位一生都在用画笔描绘农民的画家，把十九世纪法国农民穷困的生活和辛勤劳作的形象永远地定格在了画布上。上世纪七十年代末曾有一次法国绘画作品在上海展出，其中有米勒的画，那些劳动中的农民和他们沉思忧郁的表情，留给我极深刻的印象。

埃尔米塔什收藏的《背树枝的农妇》，也是米勒描绘法国农民生活的作品。两个农妇，低着头，背着比她们的身体还要巨大的柴捆，步履艰难地行走在小路上。正是日暮时分，她们周围，是一片阴暗的暮色，黑暗的阴影笼罩在她们的头顶，黑夜不久就会来临。这样的画，使人感到压抑。在我的记忆中，米勒描绘的农民形象，没有一个是面带笑容的。他们的疲惫、忧伤和愁苦，从每一个细微的动作中流露出来。譬如那幅《割麦人的休憩》，画面上那个筋疲力尽的农夫的脸上是一种绝望。《背树枝的农妇》也正是这样的风格。两个负重的、踽踽独行的农妇，干的是她们力不胜任的工作，但她们没有选择的余地。在米勒的画中，我能感觉到他对处在艰难环境中的农民的深切同情。难怪当时有评论家说他的画是“反对人民贫困的起诉书”。

米勒对自己画家的使命非常重视。他认为自己的任务就是传达“真实的人性”，是刻画“劳动者的伟大史诗”。一个画家，要做到这一点，非常不容易，这也是艺术道路上的一种负重而行。回顾欧洲的绘画史，米勒理应受到特别的尊重。

注：让·弗朗索瓦·米勒（1814—1875）：法国近代绘画史上最受人民爱戴的画家。他出身于农民世家，幼年时便显露出绘画的天赋，受到老师的鼓励而立志学习绘画。

关于大卫的沉思

因为有了米开朗基罗的雕塑，大卫在人们的心目中已经有了一个固定的形象。不过，传说中那个打败了巨人歌利亚的英雄大卫，还是一个孩子，米开朗基罗创造的大卫却已是一个长大成人的青年。米开朗基罗塑造的大卫，是大卫向歌利亚投掷石弹的一刹那。大卫的目光凝集着坚毅、智慧和勇敢。也许，米开朗基罗认为让一个孩子战胜巨人太夸张，所以让他的大卫长大了几岁。雅各布·奥斯特的《手持歌利亚头的大卫》也许更接近传说中的那个勇敢的孩子。画中的大卫有着孩子的脸庞，神态也是一个少年，含笑的回眸中还带着胜利的喜悦。手中的那把剑当然是歌利亚的，他用这把剑砍下了歌利亚的头，然后扛着缴获的剑，提着敌人的头凯旋。

看这幅画，更引人注目的也许是提在大卫手中的那个巨大的头颅。这个头颅，曾经如凶神恶煞，此刻已经无声无息，成了一个孩子的战利品。歌利亚额头上那个致命的疤痕，是被大卫的弓弹击中留下

《大卫》

《手持歌利亚头的大卫》

的。正是这准确而有力的一击，使不可一世的巨人轰然倒地，成为一具尸首。相同题材的油画，我还曾见过几幅，画面上都有歌利亚巨大的头颅。一个孩子，用弓弩射杀凶恶强大的敌人，这是勇敢和机智，是英雄所为。然而接下来用剑砍下敌人的头颅，并血淋淋地提在手中炫耀，那就匪夷所思了。如果照画家的构思去想象，尚未成年的大卫挥剑向一具尸首砍去时，脸上又会是怎样一种表情？那鲜血四溅的景象又是何等可怕？提着头颅的大卫应该是满身鲜血……

关于战争的方式，古人和现代人的看法和做法当然大不一样。不过，有些事情大概还是古今一致的，譬如对于残忍的杀戮，对于鲜血淋漓的恐怖场面，这永远和人类的憧憬和理想无关。不错，大卫是传说中的英雄，歌利亚也是该死的恶徒，但艺术家如何来表现大卫，却是耐人寻味的。为什么只有米开朗基罗创造的大卫举世公认，而那些扛剑提头的大卫却没有被人们记住？这值得深思。

灵魂的故乡

高更是画家中的传奇人物。他离开繁华和喧嚣，到远离都市的海岛上寻找激情，寻找灵感，寻找爱情和幸福，走的是和别人完全不同的道路。当时也许有很多人不屑于他的举动，甚至有人认为他的脑子出了毛病。但是后人看着他那些与他同时代的画家完全不同的作品，不得不钦佩他作为艺术家的独特眼光和珍贵个性。我相信，和他同时代的很多人也一样会敬佩他。埃尔米塔什博物馆收藏他的作品，当然是因为觉得他的作品完全有资格和当时最有名的油画大师们的作品比肩而立。

高更离开巴黎去塔希提岛，这在当时确实是一件惊世骇俗的事情。也许，这也算得上是一种“时髦”，但追求这样的时髦却需要勇气和魄力。高更并不富裕，他去塔希提岛，是在朋友的帮助下拍卖了很多油画，筹得了一笔钱，然后背起画箱，踏上旅途的。他想“快乐地、安谧地、艺术地”生活在那个阳光明媚的岛上，相信陌生的土地和人群会激发自己的创作激情和灵感。他的理论是：“遥远的、野蛮的源泉能充实我，并使我得到在巴黎永远也无法得到的救助。”他追求的是一种“形式的简单化和思想的复杂化”。对他远行的决定，连他的朋友们也不理解。雷诺阿就感到困惑不解，他说：“一个画家住在巴黎就可以画得很好，有必要走得那么远吗？”毕沙罗也不相信高更这样做会有什么好结果。而莫奈则坦白地表露了对高更的漠视。只有善良的德加，对高更的举动表示了理解，在高更为筹集旅资而举行的拍卖会上，他买了高更的好几幅画以示支援。

塔西提岛上的女人们毫无顾忌地在高更面前裸露出被阳光晒黑的身体，她们的黑眼睛清澈如水，她们的举止、神态和身边的土地、树林、海滩一样自然。对于看惯了缤纷奢华、珠光宝气的眼睛，这样浑然天成的画面却显得惊世骇俗。

塔希提岛和巴黎是完全不同的世界，一个是天然无饰的原始天地，一个是物欲横流的繁华之都。在巴黎曾经给很多人留下冷漠印象的高更，在这里完全变成了另外一个人。在他的眼里，充满了大自然最辉煌的色彩——金黄的阳光，金黄的土地，连人们的肌肤也是金黄色的，在巴黎的压抑和心头的阴霾在这一片耀眼的金黄色中被一扫而光。他也找到了心爱的女人，在简陋的屋子里，有了温馨的气氛和富有诗意的情调。高更在塔希提岛上尽情地描绘着所见、所思和所爱。那些和阳光、土地融为一体的人物，健康、强壮、坦诚，散发着生命的魅力。他的画风因此而大变。

在埃尔米塔什的藏画中，有高更的《山脚下》，这也是他画于塔希提岛的作品。在这幅画中，我们可以感受到画家心中的激情。作品的基调是红色——花一样的红，火一样的红，血一样的红。画面前方的那一片红色，无疑是画中最耀眼的亮点，这片红色只不过是一处普通的草地。为什么画家会把绿草画成红色呢？难道他是红绿色盲？当然不是。高更对南国的阳光，感受实在太强烈。这是一片袒露在阳光下的草地，每一片草叶都承受着、反射着灼人的光芒。高更为了突出太阳的光芒，便夸张地把草地画成了醒目刺眼的红色。这似乎匪夷所思，但却让人看而难忘，会发出这样的惊叹：世界上，难道会有这样的草地？其实，这是画家把自己的想象和情绪化成了色彩，尽管这色彩和他实际所见相去甚远，但那情感却是真实的，那是大自然带给他的激情。草地尽头的那棵大树，也画得非同一般，受阳光照射的那一部分，如同一把火炬耸立在天地之间，和树冠的阴面，形成了强烈的对比。而远处的山坡在阳光的直射下，如同暗红色的岩浆，在天地间流淌。在这火一样的画面上，我们也可以看到活动的人物。两个村民各自朝相反的方向走着，一个人光着上身骑着马，一看便知他是岛上的居民；而另一个人则低着头，在小路上散步。有了这两个人当参照物，我们便可知道他们身边的热带乔木是多么巨大。这样的画，后来出现在巴黎的画展中，引起惊诧也是必然的。坐在巴黎那些阴暗的画室里，永远也画不出这样的画来。

埃尔米塔什收藏的《聚会》，也是高更在塔希提岛上创作的重要作品。画面上，六个姑娘席地而坐，她们似乎刚刚议论过一件耐人寻味的事情，正沉浸在想象之中。六个姑娘的坐姿各不相同，神态也不一样。大概因为边上有一个写生的画家，她们的脸上还带着几分羞涩。有意思的是背对画面的那位，一个人低头抿嘴而笑，正忍着不让自己笑出声音来。面对这样的画面，我想象着当时的景象，这些生性自由不羁的姑娘，在经历了沉思默想之后，也许会爆发出一阵大笑。而首先笑出声来

《山脚下》

《聚会》

的，当然是背对画面的那位姑娘。这幅画的基调，也是阳光的颜色。画面上方的那片金黄，以及充满画面的土地的棕色，还有碧绿的草地，阔大的树叶间那些金红色的浆果，无不让人感到生命的蓬勃活力。

在埃尔米塔什博物馆中，还有高更的不少作品，如《神奇的来源》《大溪的生活》《手中持花的女人》，描绘的都是塔希提岛的生活。画面上阳光明媚，塔希提岛的生活诗一般地展现在人们的面前。我发现，高更笔下的塔希提女性，神态都显得那么安详悠闲，虽然，她们生活在很原始的状态中，但她们的身上却散发出一种优雅和宁静。这样的画，也是一种心情的流露。如果整日沉浸在焦灼烦躁的情绪中，能画出这些画吗?

1903年5月8日，高更孤独地在大洋洲的一个孤岛上走完了他的人生之路，他没有为自己的选择而后悔，他也确实没有理由后悔。因为，在那些阳光灿烂的岛上，他不仅尝到了爱情的浆果，也寻到了艺术的真谛。在那间小屋门口，刻着“快乐之家”，是高更自己刻的。我看到有人这样议论高更：“对于客死他乡的高更，究竟哪里是他的故乡呢？巴黎？塔希提岛？多明尼克岛？是矣，非也。高更其实一生都在寻求他的灵魂故乡。或许他的故乡应该在他的画里面，在鲜艳的色彩和阳光的女人男人之下，高更的黯淡和挣扎都变成了油彩。”这些话使我产生了共鸣。一个艺术家，如果无法找到自己灵魂的故乡，那么，即便生前荣华富贵，身后大概也会寂寞寥落的。

注：保罗·高更（1848—1903），法国后印象派画家、雕塑家、陶艺家及版画家，与塞尚、梵高合称“后印象派三杰”。他的画作充满大胆的色彩，注重和谐而不强调对比。代表作有《讲道以后的幻景》等。

天地晨昏

清晨，曙色熹微，夜雾还在地面上飘荡。旭日的光芒慢慢在天地间辐射开来，群山、古堡、树林，都被早霞勾画出晶莹的轮廓。乡间小道上，牧羊人赶着羊群迎着曙光走来。不相识的行人在路上邂逅，一声问候，驱散了迷雾……

黄昏，夕阳西沉，玫瑰色的晚霞布满天空。牧人赶着羊群慢慢地归来。渔夫在暮色中撒下最后一网，宁静的河面上，顿时漾起一片金红色的涟漪。夕照中的世界是如此柔和、静谧，在空中翩跹的天使降落人间，与俗人共享这美妙的天籁……

法国画家克洛德·洛兰的两幅油画《清晨》和《傍晚》，为我展示了上述场面。在十七世纪，画家们描绘风景，遵循的是自然主义的原则，他们都尽自己所能，将看到的自然风光画得美轮美奂。在法国的风景画家中，洛朗是非常杰出的一位，他一生都在孜孜不倦地观察和研究大自然。尤其是对晨昏时分阳光的变幻，对自然万物在日光中

《清晨》

《傍晚》

的变化，他有与众不同的视野。他的作品，画面宏大，常以起伏的群山、辽阔的原野和巍峨的宫殿古堡为远景，而将千姿百态的树木当成近景。当流泻的阳光抚摸这些景物时，呈现在他眼前的是缤纷神秘的景象。他喜欢让画中的树木处在逆光的状态中。太阳的光芒把小树的枝叶照得透明如玉，而巨大的树冠则浓重如墨。阳光为树冠镀上了曲折的金边，也有光芒透过枝叶的隙缝射出，在幽暗中游动的光线飘忽如梦。他的风景画讲究构图的均衡，层次丰富而清晰，既注重气势恢宏的总体结构，也不忽略任何微小的细节。他描绘的大自然是宁静的。早晨和黄昏，是他最喜欢的时光，朝霞和夕照在他的画中千变万化。在世界各地的博物馆中，都有他描绘晨光和暮色的油画，譬如巴黎卢浮宫里的《海港日出》以及伦敦国立美术馆中的两幅海景画。他的作品，给人以雄奇、辉煌而崇高的感受。他的画，犹如意境幽远开阔的抒情诗。诗人使用的是华丽细腻的词句，诗句中蕴藏着激情，而在恢宏的情调中，也蕴涵着伤感。站在这些画前，人们会情不自禁地惊叹大自然的博大和美妙，也深感天地间自身的渺小。

注：克洛德·洛兰（1600—1682）：法国画家，在绘画方面有极高的天赋，取得了很高的成就，自他开始，法国才有了真正意义上的风景画，主要作品有《乌尔苏拉登船远航》《欧罗巴被劫》《中午》《帕里斯的评判》等。

遥想诺曼底

《诺曼底海岸的船只》是英国画家波宁顿的作品，画于1825年。

人们都知道诺曼底，因为在第二次世界大战的后期，盟军在那里登陆，开始了对德国法西斯的大反攻，历史在那里掀开了新的一页。波宁顿在诺曼底海岸写生时，决不会想到一百多年后这里会成为世界上最大的战场。他背着画箱在辽阔的海滩上寻找作画目标时，海水正悠闲地拍打着海边的礁石，海面上帆影点点，鸥鸟在沙滩上觅食。然而画家还是在海岸上找到了他想描绘的目标。

那是一个简易的码头，没有伸向海域的栈桥，也没有现代化港口必备的吊车。一艘帆船搁浅在海滩上，桅杆没有放下，篷帆没有收起，而船体已经倾斜。一辆运货的马车停在海滩上，两匹拉车的马低垂着头站在那里，马蹄已被涌上沙滩的海水淹没……这样的画面，既不是在表现大自然的安宁，也不是在表现人类工商业的繁华。画面是

《诺曼底海岸的船只》

宁静的，但宁静中似乎潜藏着危机——倾斜的船只，疲惫的马，海滩上散乱的杂物，灰云密布的天空，海边峻峭的岩岸……所有这一切，都使人不安，使人心烦意乱。很显然，画家感兴趣的并不是自然的海，而是海岸上的人迹，是人类生活和海洋发生的关系。这样的画面，如以文学样式相比，不是小说，画面中没有具体的故事；也不是诗歌，画面中缺乏浪漫的气息，没有激情洋溢其间。它可以是一篇散文，一篇意境晦涩却有寓意的散文。我想，画家当年画这样一幅画，在写生的同时，必定也表达了一种情绪，这情绪恐怕不是轻松愉悦的。相术师和预言家们或许会把这样的画面和一百多年后的那场大战联系起来，那当然很荒唐。不过，现代人看到这幅描绘诺曼底的画，联想起盟军在诺曼底登陆，也是很自然的事情。一百多年后，出现在这片海滩上的是铁甲舰船，是全副武装的军人，是复仇的呐喊，是炮声轰鸣，是血肉飞溅……人与自然的交流，再也没有比这样的情形更为惨烈的了。同一片海滩，在不同时代出现的场景，反差竟如此巨大。

艺术家的创造使观者联想到自己的生活，联想到历史，联想到与此有关的事物，这或许出乎创作者的意料，但却是很多成功艺术品的共同特质。中国的古代画家喜欢以长江、赤壁入画，画面上没有兵马战船，但这样的题材使人怀古，联想起周瑜和诸葛亮在这里指挥水师大败曹操。而从一幅古代的画联想到现代战争，则是另外一回事了。

注：理查德·帕克斯·波宁顿（1801—1828）：英国画家。其水彩画新颖而灵巧，深受中世纪精神和东方风格的影响，尤其是成熟期丰富的色彩和闪烁的笔触，代表了十九世纪浪漫主义风景画的方向。

沉重的定格

走过这幅画时，人们会不由得停住脚步。画面上有四个人物，两老两少，还有一头毛驴。他们雕像一般地站在旷野里，头上是浓云翻滚的天空，身边是秋后荒凉的田野。脚下有路，可他们却停住了脚步，驻足在前不着村后不着店的野地里。画题是《卖牛乳的一家》。很显然，这是为穷困生活所扰的一家人。看样子，他们已经卖掉了罐子里的牛乳，但这似乎并没有为这一家人带来多少快乐。四个人的脸上，全都是阴云笼罩。他们大概刚刚议论过什么事情。议论的结果，使他们忧愁惶惑，甚至失去了归家的心情。这一家的主心骨似乎是站在中间的那位老妇（也许不是老妇，而是生活的艰辛使她早衰）。她背着空空的牛奶罐，双眉紧蹙，显得忧心忡忡。而她身后的男人，目光下垂，满脸无奈。他似乎不敢正视他们所面临的困境。更令人心颤的是那两个孩子。大孩子显然已分担了家庭的劳作，赶驴大概就是他的工作，此时，他回过头来，显得无所适从，目光呆滞地愣在那里。最小的是一个女孩，她站在大人们的身后，凝视着面前的那头毛驴——对孩子来说，这绝不是什么风景。这女孩在想什么？很显然，此时她的脑海中不会有美妙的遐想，她也感受到了生活的艰辛和家庭的困境，童稚的表情已有了成人的肃穆和忧虑。再看那头毛驴，在画面中，它处于中心的位置，占的面积也最大。画家笔下的毛驴也是有表情的，它和它的主人们一样，陷入了忧郁的沉思。它默默地等待着主人的驱使，黑色的眼睛里流露出来的是温顺和凄凉。毛驴的表情，和画面上四个人物的表情是一致的。

从画面看，这一家人在路上停住脚步，陷入愁苦的沉思，似乎是因为前路已断，再也无法往前走。其实路还在他们的脚下和前方伸展。他们遭遇的困境，一定比道路中断更为严重。也许画家曾经听说过关于一个牧民家庭的不幸故事，于是画了这样一幅画，来表现这一家人的困顿和悲哀无措。我无法知晓这个故事的具体细节，不过我能想象，这一家人，正面临着怎样严重的危机。画家用极为凝重的色调烘托出凄凉和无奈的气氛——灰暗的天空，涌动的云层，起伏的原野，都让人感到危机四伏。

这是艰难的生活之路上一次无奈的驻足，是一个沉重的定格。画面无声，画面上的生命也都静止不动，但我的目光和思绪却在其中游动，在其中探索。我想象如果有万能的神人突然出现在这几个无望的可怜人面前，他们会开口说什么，会提一些什么样的要求？我又想象如果命运的裂豁继续在他们的前方扩大，他们又会怎样？我也想象，他们步履维艰地回到家中，在昏暗的烛光中，将如何谈论自己面临的困境？这些想象，当然不会有结果，这是我的胡思乱想。看这样的

《卖牛乳的一家》

画，如果全神贯注地投入，你会情不自禁地为画中人的命运担忧。这是画家的成功。

创作此画的是法国画家路易·勒南，创作的年代是十七世纪中期。当时的画家，创作的人物题材大多为宗教故事和宫廷贵族的生活，而路易·勒南能这样关注社会底层的小人物和他们穷苦的生活，并且以饱蘸情感色彩的画笔描绘他们的形象，展示他们的愁苦，难能可贵。

注：路易·勒南（约1593—1648）：十七世纪的法国画家，他的哥哥安东尼奥·勒南、弟弟马修·勒南都是著名的画家。他们的作品多为描绘农村题材的风俗画和肖像画。他们是十七世纪上半叶与宫廷古典主义艺术相对立的画家。

天地间的烛光

很平常的乡村景色——原野中的小路，路边的风车和磨房……可为什么这幅画会在我的记忆中留下如此深刻的印象？我常常想起那静止的画面。静止中，燃烧着一种无法言说的激情，一种神秘的预兆，一种用文字很难表达的氛围。

我仔细想了一下，形成这种艺术效果的原因，是幽暗的画面中那团耀眼的云。四周的天是暗的，暗如阴郁的夜空，而天地间却有一团云奇异地亮着，犹如一团燃烧的火。这团云为什么会如此辉煌？是云层的背后蕴藏着尚未陨落的夕阳，还是从西方地平线上反射过来的夕晖照亮了它？说不清楚，从画面上光线的分布来看，似乎更像是后者。因为有了这一团亮色，阴郁和迷茫便被驱散了，我的目光被那亮色所映衬的景象吸引——磨房像一位巨人，像那位勇敢却怪诞的唐·吉诃德，头顶着奇异的头盔，伫立在夕照中，仿佛在守望着这片逐渐被暮色侵吞的原野，又像是在苦苦地期盼着什么。这磨房，也有点像一盏古老的灯，被孤独地举在空中。而那团云，正是灯芯上燃烧的火苗，这是烛火熄灭前最后的挣扎，那拼死燃出的光芒是生命的绝唱，悲凉凄美。磨房下面的那一段路，也同时被夕晖照亮，但这绝不是一条光明之路，辉煌的只是很短的一段，前面和后面，都沉浸在幽暗中。你无法想象这条路从哪里过来，又将通向哪里。光明被黑暗包围着，包裹着，云是这样，天空是这样，路也是这样。光明是黑暗的中心和内核，黑暗挤压、吞噬着光明，而光明正在殊死一搏……当然，这也许只是我的主观臆想，和画家创作的主旨毫不相干。但这样的风景，确实使人神思飞扬。

欣赏这幅画时，我由衷地惊叹大自然丰富的姿态和色彩，更叹服画家的表现力。这画，一定是凭记忆创作的。在旅途中，这样的景象也许很普通，疲惫的旅人根本不会留意。而画家却看到并记住了。落日时分出现在天地间的这一幕，一定深刻地印在了他的记忆中，使他长久地为之浮想联翩。米歇尔是一位了不起的风景画家，这样平常的景象，竟被他刻画得如此非同一般。

少女和骷髅的对话

画面：一个裸体的少女和一具狰狞的骷髅相对而立。

——油画《少女与骷髅》 作者：维尔兹

一个少女面对着一具骷髅。

少女如中秋的满月，皎洁的光芒中流动着生命的音乐。她身上的线条是大自然中最优美的线条，起伏似雨后山峦，曲折如清溪蜿蜒……她身上的色彩是人世间最纯洁的色彩，透明的肌肤里蕴藏着恬静的热情和美丽的渴望……在她的光彩中，插在金发中的那簇鲜花都相形失色了。

骷髅是黑夜的阴影，世界上的一切狰狞和绝望，都浓缩在它的森森白骨之中。那深陷的眼窝里潜伏着无穷无尽的黑暗，不会有生命在这黑暗中出现，连蝙蝠和猫头鹰也不会有，连苔藓和枯草也不会有。只有虚无和荒芜在黑暗中阴惨惨地蔓延……

少女默默地凝视着骷髅。骷髅也默默地凝视着少女。少女微笑，微笑中流露出骄傲和惊奇。骷髅也微笑，微笑得神秘而又得意。在无声的对峙中，我听见了少女和骷髅的对话。

少女：喂，你怎么也会笑？

骷髅：是的。当血肉化成泥土、尘埃之后，笑，就是我唯一的表情。

少女：你笑什么？

骷髅：笑你。

少女：你有资格笑我？你笑我什么？

骷髅：我当然可以笑你！笑你如此天真，如此骄傲，笑你竟不认得我！

少女：你是谁？

骷髅：我就是你。

少女：谁会信你的话！除非眼睛瞎了，才会看不清我们的区别。人人都夸我美丽，有人夸你吗？你太可怕了！

骷髅：你迟早有一天会像我一样的。不管你是达官贵人还是布衣百姓，不管你是美还是丑，到头来都得和我一样。从前，我曾经像你一样丰满，像你一样妩媚，像你一样娇嫩欲滴。当男人们向我投来倾慕的目光时，我也自以为是举世无双的美人。可我无法躲开死神。坟墓终于向我展开了黑暗阴湿的怀抱。我在坟墓里失去了我为之骄傲的一切——我的金发、我的明眸、我的红唇、我的玉雕般的肉体、我的美妙的曲线……只剩下这副骨架。在你如花似玉的外表下，也有一副和我一般无二的骨架。你的如花似玉终有一天会烟消云散，你也会在

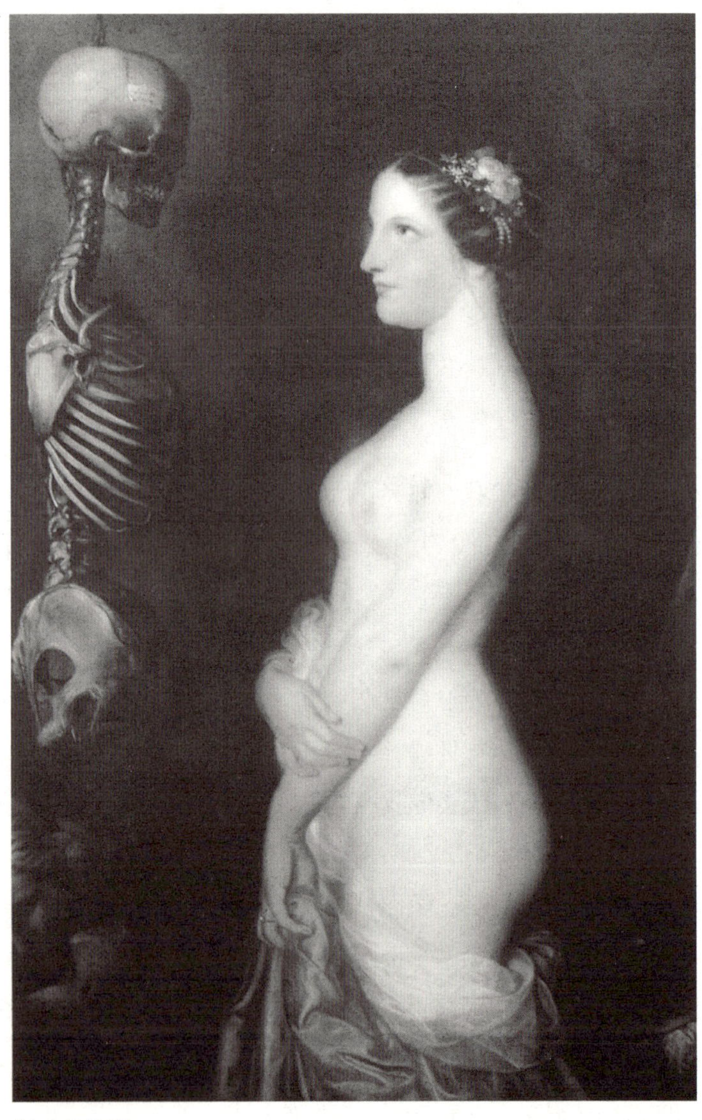

《少女与骷髅》

坟墓中变成我现在的尊容。我没有说错，我就是你，你就是我。

少女：……(她的惊愕如同闪电。她的微笑却并未消失。)

骷髅：哈哈，你相信我的话了吧！(它得意得晃荡起来，白骨和白骨相互碰撞着，发出“格格”的响声。)

少女：不。你不是我，我也不是你。你只是没有生命的躯壳，这躯壳和一堆石头或者几根木柴没有什么两样。当血肉离你而去，你就永远地死了。现在的你绝不是曾经活着的你！

骷髅：……(它语塞了。假如表情能有一些变化的话，那龇牙咧嘴的笑也许会从它的脸上暂时消失。)

少女：不要再望着我怀旧了。我是我，你是你。我的欢乐和痛苦都不属于你。

骷髅：请记住，我是真实的，你是虚幻的！你的生命只不过是过眼烟云，就像你头上的那束花，用不了多久便会枯萎。

少女：不，你是真实的，我也是真实的。你的真实属于死寂的坟墓，我的真实属于有声有色有情的生活。我会爱，你不会；我会恨，你不会；我会用眼睛寻找草地里沾露的野花，会用手摘下它们戴在自己的头上……这些，你都不会。

骷髅：但是你也躲不开死神，你也要走进坟墓！

少女：是的。我知道我的生命并不永恒，所以我珍惜。见到你，我将更加珍惜我的时光。谢谢你提醒了我。谢谢你。

骷髅：见鬼！

少女：好了，恢复你的平静吧。只有你的平静是令人羡慕的。

骷髅：……

少女：……

一个微笑的少女面对一具微笑的骷髅。

如果你用心谛听的话，你会听到他们的对话还在继续。也许每个人听到的都不一样。

人 生

所有的生命都有着共同的规律：经历了初生的稚嫩，进入生机勃勃的全盛，走向成熟，最后趋于委顿和衰老……

如果以一株小花为说明，那便是萌芽，抽叶，现蕾，开出小小的花朵，吐露淡淡的幽香，花落后结籽、枯萎……

我很难忘记画家克里姆特一幅题为《人生》的油画。克里姆特用他的画笔将人生归结为三个阶段：幼年、青年和老年。

“幼年”，是依偎在母亲怀抱里的一个婴儿。她无忧无虑，不会为前途发愁，也不懂得痛苦的滋味。她所需要的是抚爱，是母亲的乳汁，是轻声轻气的温情的摇篮曲——就像刚出土的幼芽需要阳光和雨露。她是娇嫩弱小的，假如离开母亲的怀抱，她永远不可能向生命的纵深迈进一步。

“青年”，是一个搂抱着婴儿沉浸在遐想中的少妇。这是人生最美妙的阶段。她的丰满健康的肌肤描绘着生命的成熟和美丽。她的陶醉的姿态叙说着爱和被爱的幸福。她正在尽情地体验生命的欢欣。青春的热血在她的每一根血管中奔流，任何烦恼和挫折都不能阻止她发自内心的微笑。这个阶段，是开花的阶段，生命的鲜花灿烂地怒放在自由的空气中，阳光、风雨、阴霾、雾幔……都可以成为这鲜花的伴侣。我听见她正在深情而骄傲地向世界宣告：我已经开过一次花了!

“老年”，当然是一个老妇了。鲜艳的光彩早已离她而去。她那曾经如金丝一般的秀发已经枯如粗麻。她那曾经哺育了儿女们的丰满的乳房已经干瘪无力地垂落，犹如干枯的落花。她那曾经富有弹性的肌肤已经松弛，老年斑就像不祥的阴影遍布全身。那双曾经使人羡慕的灵巧的手，此刻青筋暴突，仿佛老树的枝杈……这一切，都是生活留给她的痕迹，是她和命运抗争的纪念，是为在人世间旅行而付出的代价。也许，只有回忆才是她仅存的珍贵财富。回忆中，有童年的天真和欢乐，有年轻时的种种激动人心的遭遇，有爱和被爱时的陶醉，有心灵和心灵的美妙对话，有生命和大自然的万般交流……回忆使她在一瞬间变得年轻。回忆也使她加速衰老——只要看见自己的老态，所有年轻时代的美好往事马上就会变得不堪回首。她以手掩面，浑浊的老泪从指缝间滴落……她是秋风中的一片树叶，无可奈何地在枝头变枯、变黄。只要有一阵强劲的寒风刮来，她就会离开枝头，飘然坠落到泥土中。这是生命的归宿。

也许，仅仅用这样的三种形态来概括人生的轨迹，恐怕过于简单。画家省略了人生的很多重要而美妙的过程，譬如在少年和青年的交界处，有多少朦胧而激动人心的风景，当第一次被爱情的手指轻轻地拨动心弦的时刻，世界怎样在恋人的目光中变得无比神奇……还有

《女人的三个阶段》

人生的困惑和灾祸，轻衣薄衫在冰雪中跋涉时的颤抖和艰辛，形单影只在黑暗中寻找道路时的恐惧和孤独……还有人人都无法逃避的死亡，面对那总有一天会降临的黑色阴影，人们的眸子中流露出的不同目光，有人平静，有人惊慌，有人哭泣，有人微笑……“人生”，这两个字内涵的纷繁和复杂，任你怎么形容也不会过分。人间词典的容量是有限的，人生的丰富和曲折却是无限的。每个人的人生之旅都不一样，形形色色的人生经历汇总在一起，就组合成了恢宏博大的人类世界。

注：古斯塔夫·克里姆特（1862—1918）：奥地利画家，代表作有《帕拉斯·雅典娜》《阿黛尔·布洛赫·鲍尔像一》《吻》等。本文所提名画《人生》，又名《女人的三个阶段》。

对　比

画面：两个人身兽尾的怪物，驮着一位美丽的少女游动在海上。海面波涛起伏，空中乌云翻滚……

——油画《被劫夺的艾米莫娜》　作者：贾戈麦谛

面对贾戈麦谛精心创造的美妙形象，画面所叙述的神话故事似乎不太重要了，色彩中透露的信息和哲理已足以使人深思。

我在这里看到的是强烈的对比。

这是光明和阴暗的对比。

被劫夺的艾米莫娜如同从海上升起的一轮太阳。她的光芒并不耀眼，那柔和的亮色已使画面中的世界充满了奇妙的辉煌。而那两个劫夺者，则像是两片乌云。乌云尽管浓重，尽管死死缠绕着太阳，却无法淹没太阳，无法遮盖太阳圣洁而柔和的光芒。与其说是太阳被乌云托举着，不如说是乌云追随着太阳。

这是美和丑的对比。这种强烈的对比无需用语言说明。艾米莫娜是美的化身，她的白玉一般透明莹洁的肌肤，她的高贵优雅、凛然不可侵犯的姿态，她的飘扬在风中的金发，她的表情和躯体所散发出的一切，都是美的宣言。而两个劫夺者只能使人产生丑恶的联想。这是两个半人半兽的怪物，他们的上半身似人，而从水面上分明又甩出了一截黑黝黝的兽尾。也许他们曾得意地狂笑过，曾以为他们是不可战胜的，是法术和力量的代表。他们曾用一块巨毯裹着娇小的艾米莫娜，狂笑着在波涛汹涌的海面飞奔。他们并不把这位被握在掌心的姑娘放在眼里。当海风掀开了裹在艾米莫娜身上的巨毯，当艾米莫娜光彩照人的躯体裸露在他们面前时，他们惊愕，惊愕之后便开始自惭形秽，再不敢用阴暗放肆的目光注视艾米莫娜——在圣洁无瑕的美面前，他们羞愧地垂下了黑发披散的脑袋……

这也是善和恶的对比。艾米莫娜是弱小的被劫夺者，她的所有色彩和线条都蕴涵着善良、单纯、天真和温柔。面对两个穷凶极恶的劫夺者，她的表情中毫无惊恐，这宁静的表情折射出她心灵的透明和纯洁。劫夺者粗壮强悍，他们身上的每一块棕色的肌腱都蓄藏着凶暴和蛮横，而那条甩出水面的兽尾，更使人感觉狰狞。他们不敢抬眼正视艾米莫娜，如果抬起头来，我们会看到两双凶残的眼睛。一白一黑，一善一恶，在对比中显得格外分明。

光明和阴暗，美和丑，善和恶，这是截然相反的对立面，其反差的强烈犹如冰雪之于炭火，犹如白日之于黑夜，犹如水晶之于墨石。双方反衬着，亮的更亮，暗的更暗，美的更美，丑的更丑，善的更

《被劫夺的艾米莫娜》

善，恶的更恶。这便是对比产生的效果。

劫夺者要把艾米莫娜劫向何方？我们不得而知，画面上天水茫茫，世界看不到尽头。然而艾米莫娜似乎并不怎么为自己的命运担忧。她既不惊惶，也不悲伤，平静得仿佛在乘一艘小舢板进行一次轻松的远航。她垂首侧目，居高临下地俯视着两个粗壮的劫夺者，鄙视的眼神中竟露出了几分怜悯。两个劫夺者却局促不安起来，他们变得笨拙了，再也没有那种腾云驾雾的潇洒。一道水柱从口中喷出，喷出了他们心中的慌乱。可怜的恶人！

我们不必为艾米莫娜担忧。我听见她正在轻轻地告诉人们：美，是劫夺不走的！

注：贾戈麦谛（1901—1966）：瑞士画家。《被劫夺的艾米莫娜》取材于希腊神话：森林兽神和海神争夺象征泉水的阿密莫妮，海神为赶走兽神，投出一把三叉戟，将阿密莫妮绑架而去。

苏醒

画面：普通的乡村风景。河，树林，小路。一位少女低着头在路上散步……

——油画《春天的小树林》 作者：西斯莱

面对着这样一幅画，假如有人问："你能不能从中找到春天的足迹?"你会怎么回答呢?

能，当然能。

那缓缓流动的河水中有春的足迹。也许淡蓝色的河面上还漂浮着白色的薄冰块，那些冰块不时地互相撞动着，发出"咔嚓嚓"的碎裂声，使人想起不久前那些冰天雪地的时光。然而河水毕竟已经开始流动，残存的碎冰再也无法封锁这些急于想流向远方报告春天消息的生命之水……

河畔那一片小树林里有春的足迹。不错，那些纵横交错、参差不齐的枝丫依然赤裸着，整整一个冬天的风雪未能折断它们，也未能冻僵它们，绿色的春之梦一直默默地蕴藏在它们的心中。如果仔细看一看，你会发现，有一层嫩黄色的轻纱笼罩着它们——这是什么？是芽，是叶，是绿色之梦的序曲。用不了多久，这一抹嫩黄便会化成一片翠绿，化成一片怡人的浓荫……此刻，在湿润的寒风中，数不清的枝丫如同数不清的手臂，争先恐后地伸向空中，谁说它们不是在挥别寒冬迎接新春呢？

一条小路从遥远的地方伸展过来，穿过小树林，通到了我们面前。春天当然也把脚印留在了这条路上。你看，曾经被冬天冻得硬邦邦的路面已经泥泞不堪。无数农夫曾在这条路上走过，他们肩扛农具，手牵耕牛，三三两两地沿着这条路，走向田野。下田送饭的农妇和孩子们也走这条路，大大小小的脚印交织在一起，终于什么也无法辨清。只有那两道又宽又深的车辙，赫然刻在路面，使人联想起庄园主的马车在经过时撒下的一路隆隆声……

路边有一片草地，草已经长得很茂盛，在金黄色的阳光下，草叶上有无数露珠闪烁着晶莹的光芒。也许，这是春天在这里留下的一个最深沉最清晰的脚印。美妙的新绿将从这片草地上向四面八方蔓延，一直绿遍天涯……

最后，我们的目光当然要落到那位迎面而来的蓝衣少女身上了。（她距离我们太远，而且低着头，其实无从知道她的年龄。不过我想，在初春的早晨这样独自漫步乡间想着心事的，必是少女之所为，姑且当她是少女吧。）她是沿着那条泥泞的路从远方走来的。她慢慢

《春天的小树林》

地走着，穿过寂静的树林，走到了这片洒满阳光的开阔地。她的脚步情不自禁地离开小路，踏进了路旁的这片草地。我们见到她时，她已经停住了脚步，低着头，两手合抱在胸前，默默地站在草地上。她在干什么呢？

是在草丛中寻觅野花？

是在谛听春水流动的奇妙声响？

是触景生情，想起了发生在这里、发生在初春的往事？往事中有甜蜜的泪水，有忧伤的叹息……

也许，只是有一只小小的蝴蝶从她的脚下飞过，她惊异那蝴蝶的色彩和轻盈的舞姿，又不忍惊扰了它，便站定了用欣喜的目光默默地追随着那美丽的小生命，这是春天的信使呵！

为什么要让少女站定在这片草地上？这问题大概只能由画家本人来解答了。假如我是画家，我决不会用一个故事来搪塞读者。我将说：没有什么神秘的原因，任何一位热爱生活的少女都可能站定在这片草地上，是春天留住了她的脚步。她就是春天的一部分。

注：阿尔弗莱德·西斯莱（1839—1899）：英国印象派画家。代表作品有《枫丹白露林边》《阿尔让特依小广场》《鲁弗申的雪》等。

船　思

画面：宁静的湖。几艘泊在湖面的帆船。一个妇人和一个孩子在湖畔默立的背影……

作者：马奈

母亲携着女儿来到港湾。在水边，她们站住了。离岸不远的水面上，静静地泊着几艘单桅帆船，水手不知去向。白色的三角帆被卷在小船上，不会飘扬，也不会鼓动，只是随着船体的起伏在微微颤抖。它们似乎是一些不祥的标志，点缀在微波荡漾的水面，使人想起用白布裹着等待下葬的尸体，而那些歪立着的桅樯，像默默垂首致哀的守灵人……

母女俩久久地默立着。在她们的视野里，只有那几艘静泊着的小船，只有船底下浅蓝色的微澜。当然，假如你仔细观察的话，还能看

《船思》

见水面上船的倒影，那是一些时隐时现、似静似动的神秘的影子……

女儿已经记不清了，这是母亲第几次把她带到这里。每次都是这样，面对着泊在港湾里的帆船，她们久久地默默地站着。母亲含着眼泪，目光沉重而又哀伤。女儿曾经指着水里的船不停地发问：

“妈妈，你为什么老带我来这里？”

“妈妈，你为什么不带我上船？”

“妈妈，这些小船上有什么？”

“妈妈，小船还会到大海里去吗？”

……

母亲总是以沉默作答。女儿只能在母亲怅然沉滞的目光里寻找答案。当晶莹的泪珠从母亲的脸颊滚落，年幼的女儿似乎看见母亲心里的秘密也在悄悄地流出来。她隐隐约约地知道了，这些小船和她的从未见过面的父亲有关……父亲是个水手。他出海去了，他在海上航行了很长很长时间，他一直没有回来。母亲带她来，是来找父亲吗？她想念父亲，尽管不知道父亲长什么模样。

于是女儿终于什么也不问了。她和母亲一起沉默，一起站在河滩上，久久地凝望着水里的小船，像一大一小两座雕塑。

母女俩眼里的小船绝不是静止的。两个人视野中的景象完全不同。

小船在母亲模糊的泪眼中动起来——

锚链“咣当咣当”地收起，雪白的三角帆缓缓地升上桅梢。船上，一个男人微笑着向她挥手，小船出海了……当年，他就是这样和她分手的，无数次分手中平平常常的一次，然而这一次，他一去就再也没回来！

小船突然飘荡起来！狂风呼啸而起，浪山直蹿向灰暗的天空，桅樯折断了，白帆破裂成碎片，小船在风浪中旋转、起落，像飘在旋风中的一片可怜的小枯叶。他绝望地呼喊着，微弱的喊声顷刻被铺天盖地的风浪淹没……

小船消失了！逐渐平静的水面上只有几片木板、几段断桅、几缕白布。他也消失了！水面打着旋涡，旋涡里仿佛出现了他的眼睛，眼睛里流着惊悸、绝望、痛苦和哀愁……

她闭上眼睛，两颗泪珠滚出了眼眶。睁开眼睛时，她又见到了那几只静泊着的小船。那些卷着的帆篷使她想起用白布裹着等待下葬的尸体，那些歪立的桅杆像垂首致哀的守灵者。她觉得自己也成了桅杆，成了一个沉浸在悲伤中的守灵者……

女儿眼中的小船也在动——

帆悄悄地升起来，像雪白的翅膀在水面上展开。小船轻盈地漂向大海，犹如一只矫健奇异的大水鸟。他就骑在这只大水鸟上，甩动着一头金发，唱着快乐的歌向远方飘去。他似乎回头向她挥了挥手。因为太远，她看不清他的容貌。然而不用怀疑，他一定像个英俊的王子。

小船被蓝色的波涛托拥着，平稳地在海上滑行。桅杆举着鲜红的太阳，帆和飘动的白云融为一体，一群白色的鸟无声地围着小船盘旋。白鸟中似乎还有人，那是生有翅膀的小天使！父亲呢？他正坐在船头上，拨弄着一只六弦琴，只是听不清他在唱什么……

蓝色的海面突然动起来。浪花散开后，一个赤裸着雪白肌肤的仙女从水底缓缓升起了。这就是故事里那个善良而美丽的美人鱼吗？仙女来到小船上，微笑着向他靠近……哦，这是不是他至今未归的原因呢？

一声叹息把她从幻想中惊醒。这是身边的母亲在叹息。眼前依然是那几只静泊着的小船，一切如旧。她真想跨出脚，登上那只最近的小船。她要到远方去寻找。但是她的手被母亲的手紧紧地攥着，攥得很疼。

于是，她听见那些小船也发出了轻轻的叹息，叹息在水面上飘漾……

注：爱德华·马奈（1832—1883）：法国著名画家，十九世纪印象主义的奠基人之一。代表作有《白色牡丹花》《酒馆女招待》等。

沙滩上的生命之光

画面：青天，碧海，白沙滩。三个少女在沙滩上憩息。

——油画《海水浴场里的少女》 作者：毕加索

在这个世界上，最鲜艳最生动的是什么？

是生命，是洋溢着青春朝气的年轻生命！

生命孕育于海洋，诞生于海洋。生命从海洋起步，登上陆地，攀上山峰，飞上天空……

海洋是生命的摇篮，海洋里蕴涵着一切生命的元素。尽管狂暴中的海洋能摧毁一切，吞噬一切，但人们依恋海洋。有什么地方能比宁静的海滩更迷人呢？且看三位少女占有的这一片海滩。

海面像一块无边无际的深蓝色玻璃，从沙滩一直延伸到遥远的天边。雪白的三角帆犹如停栖在水面的海鸥，无声地缓缓地滑向远方。远方有峻峭的岩岛，高耸的灯塔似一柄白色的巨剑插入空中。天空和海洋一样蓝，一样平静。天上没有白帆，却有白云在款款地飘动。沙滩是白色的，柔软的细沙晶莹如雪，海水每天抚摸它们，冲刷它们。污浊不属于这片沙滩。你瞧那些躺在沙粒中的石头，圆滑而莹洁，像印象派的雕塑，也像有灵性的奇异的生命。

因此，她们才来了！

什么是热情的青春？什么是蓬勃的生命？什么是生命优美的节奏和迷人的色彩？什么是生命的渴望？

海滩上的这三位少女能回答你。她们曾像三条童话里的美人鱼，在清凉而澄澈的海水中追逐嬉戏，小小的一方海面因她们而激动不已。此刻，她们刚刚离开海水，美妙的躯体在运动后安静下来。沙滩为她们敞开了雪白的怀抱。在白色的映衬下，她们的形体、她们的肤色、她们的神态，无不闪射出生命的光彩，洋溢出青春的气息。那些在鲜艳的泳装下起伏的浑圆的躯体，那些柔美舒展、蜿蜒无定的曲线，那些透明得能看见热血流动的肌肤，都是生命最奇妙最美好的语言。抽象的文字永远也无法描绘她们，这些语言无声地向人们叙说着生命的健康、年轻和美丽，也叙说着爱情。

你看见那位仰头甩动秀发站立着的少女了吗？你看，那一头迎风飘扬的黑色长发，是青春，是力，是生命的旋风。你看，她那高举的双臂，仿佛要拥抱天空和海洋，拥抱整个大自然，拥抱她所向往的一切……

你看见那位面向大海坐着的少女了吗？她正默默地用手绞弄着湿漉漉的长发，陷在沉思之中。虽然只能看见她的背影，但我们能想象出那双凝神远望的眼睛。她在凝望海，凝望神秘的远方，凝望心向神

《海水浴场里的少女》

往的目标——这目标在画面里找不到，但她却能看见。面对这片曾抚摸过她、给过她欢乐、使她清醒也使她沉醉的蓝色海洋，她似乎已挣脱了忧伤和烦恼的纠缠，心中宁静如水。只有美好的愿望，正像种子般悄悄地萌动、发芽……

你当然也看见了中间那位阖眼微睡的红衣少女。她像一尊奇妙的雕塑，凝聚了画面中所有安详、恬静、平和、优雅和美的因素。然而她毕竟不是雕塑，她是活的。在那红色泳衣包裹着的丰满的胸脯下，有一颗年轻而纯净的心正在跳动。她的梦境你是无法想象的——这是缤纷莫测的少女之梦，是蓝色的爱情之梦。你看她那双柔弱而优美的手臂，正自然地做拥抱状。她想拥抱什么？你不妨自己想象。

少女、沙滩、海，在宁静中融化为一体。是生命融化了自然，是自然融化了生命。

注：巴勃罗·鲁伊斯·毕加索（1881—1973）：西班牙画家、雕塑家。是现代艺术的创始人，西方现代派绘画的主要代表。代表作有《斗牛士》《格尔尼卡》《和平鸽》《梦》《亚威农少女》。

舞 忆

轻盈得像云，柔软得像水，悠悠地从天边飘过来，从地下涌出来……

热烈得像火，刚劲得像剑，在幽暗里不屈地燃烧，在寂寥中凛然地飞……

这是你么？是曾经在舞台上消失了十五年的那个你么？我不相信自己的眼睛。

十五年，可以使牙牙学语的小姑娘长成妙龄少女，也可以磨灭任何一位少女的青春光彩。岁月无情，谁也无法抗拒这自然的法则。扳指算算，你也该四十好几了。时间老人一定用他那把从不讲情面的雕刻刀，在你的额头刻出了深深的皱纹，并且，抹去了你身上那些优美的线条。舞台生涯，也许只能属于回忆和梦境了——不要怪我，我就是这样想你的，很自然，也很合理。当看到报上的消息时，我怎么也不相信。然而，报上登的，确实是关于你的消息——说你回来了，又回到了舞台上，又将出现在许多熟悉和陌生的观众面前。于是，我开始为你担忧，为你捏着一把汗：你能行么？能像当年那样跳么？我甚至有点为你惋惜：与其以失去了青春魅力的舞姿重新出现在热爱你的观众面前，不如依然默默无闻，让人们在心灵深处、在记忆的屏幕中保留你美好的形象。为什么要由自己来破坏这个形象呢？

你可能不知道，在我的记忆中，你的形象是多么美妙。我怎么也不会忘记你那些动人心魄的舞姿！

开始看到你跳舞时，我还是个少年。我总以为，跳舞，是女孩子的事情。女孩子跳，女孩子看。我们男人，是不会对跳舞感兴趣的！那一次，当场子里的灯突然熄灭，只留下舞台上那一个又圆又亮的光圈时，剧场里“唰”地静下来，空气也似乎凝固了，仿佛整个世界都在焦急地期待着。我屏住气，心里好紧张呀，我无法想象，即将出现在这个光圈中的，将是什么。你，悄无声息地出来了，是从那深不见底的幽暗处突然飘出来的——像从乌云中划出的一道闪电，像从湖波里飞起的一只白天鹅。看不见你的脸，只有一个披着透明羽纱的背影，在那个跟着你转动的光圈中飘飞。你的双臂轻轻摆动时，仿佛是起伏的波浪，是翩翩的翅膀；你的身躯打转时，仿佛是田野中一团飞旋的雪花，是风中摇曳的柳枝……你的每一个细微的动作，一举手，一投足，都牵动了我的奇幻的想象。我微张着嘴，出神地凝视着你，真是惊呆了——这是一个人在舞蹈么？分明是童话里的仙女，是神奇的传说中的精灵呵！当你面对观众，在灯光下站定谢幕时，我看清楚你了——你的神采飞扬的脸上，闪烁着亮晶晶的汗珠。然而你毫无倦色，快乐地微笑着，那闪耀着青春光彩的笑容，像一朵在夏雨之后悄然绽开的睡莲，含着晶莹的雨珠，羞怯而又优雅地点着头……

这以后，我常常看你跳舞。你的舞姿，创造出了许许多多美丽的形象，这些都一一印在了我的脑海里。所以，在我的记忆中，你是一个飘舞在森林里的善良的少女，是一只飞翔在大海上的勇敢的海鸥，是一个不畏艰险为穷人抗暴除害的仙姑，是一只孔雀，是一朵雪花……

真的，我的记忆里，有了一个奇异的舞台。当你突然从这个世界销声匿迹以后，我记忆中的舞台上，灯，依然会常常亮起来；你，依然会悄无声息地飘到灯光下，翩然地舞着，为我展开诗一般的画面。记忆和幻想交织在一起，你的形象，便不断地在我的心中完美起来。我觉得，你的舞姿，可以展现所有我所向往的、憧憬的美，不管这些美在生活中有没有。你是无所不在、无所不能的……

此刻，电视机屏幕不安地眨着眼睛，似乎和我一样，也在表示疑惑。屏幕上那个女子正在舞剑，她旋风一般地转着。手中的剑，化成了一道若有若无的白光，在她的周围飘绕、闪烁，轻柔中迸透出无法遏制的刚劲。是的，她有婀娜的身段，有柔韧的腰肢，也有能牵动我想象的优美的动作。然而，她怎么可能是你呢！十五年的岁月呵……

终于，屏幕上出现了脸部的特写：一双激动的大眼睛，淹没在一片晶亮湿润的水光中，不知道是汗，还是泪……

哦，是你！尽管额头已没有了当年的饱满和光泽，尽管眼角已出现了密密的鱼尾纹，然而没有错，是你！你的那双眼睛，依旧有当年的神采，只是深沉了，它们仿佛要告诉人们一些什么：不仅仅是重上舞台的欣喜和欢乐……

转瞬之间，特写镜头便消失了。屏幕上，只留下你的背影，静静地伫立在那个圆圆的光圈里，像一尊优美的雕塑……

电视里的音乐和图像都消失了，我还在想着——你，要告诉观众什么呢？你的眼神，你的舞姿，蕴涵着多少内容呵！我知道，这十五个春夏秋冬对于你，绝不是一首轻松的抒情诗。我听说过你所遭遇的不幸，听说过你所经历的稀奇古怪的坎坷。你曾在呼啸的北风里习舞，曾在孤独的油灯下练步，曾在人们的嘲讽中咬着牙、流着汗，恢复变形的体态……在生活的舞台上，你从未曾倒下！现在，你走过来了，并且奇迹一般地重现在艺术舞台上，像十五年前一样，为人们播撒着美的种子，迸射着青春的光彩。你使人们惊讶，也使人们深思。

是的，明天，我就要去找你。我将听你亲口叙述你这十五年的人生旅途。我相信，你会告诉我一个秘密：你，是怎样挽留了青春。对，我还要送给你一首诗，一首在你重上舞台之前写的诗：《舞忆》——那是记忆和幻想的产物。如果你不笑话，我将轻轻地为你朗诵：

我梦里出现过的精灵
我诗中飘出来的女神
是维纳斯
挥动起断而复生的手臂
是飞天
飞出了敦煌幽暗的洞窟
以你轻盈的脚步
驱逐残存我胸中的嘈杂

以你优雅的旋转
煽动隐藏我心底的激情
以你纤纤素手
撩开乌云滚滚的帷幕
托起我向往的太阳和月亮
撒出满天晶莹的星
不时投我以莞尔一笑
是雨后的芽在闪耀
是初春的风在飘动
是燃烧的流星
照亮了我的夜空
……

雕塑门外谈

欣赏雕塑艺术品，是一种美好的享受。

雕塑家用他们那奇丽多姿的想象，用他们那灵巧的手，把普普通通的泥土、玉石、木头变成了形形色色的艺术品。所谓“化腐朽为神奇”“化平庸为典雅”“变粗俗为精细”，实在不能算什么溢美之词。在艺术中，大概没有比雕塑更形象、更直观的了。艺术家的情感和美学观点，通过他们的作品，立体地展现在观众的眼前，不必通过语言、文字和声音为媒介。不管你的文化修养如何，不管你的欣赏习惯如何，雕塑作品，总能留给你一个生动而具体的印象。因此，雕塑艺术几乎渗透到日常生活的任何领域，成为一种最具有群众性的艺术。

最通俗的和最高深的，有时往往如水乳交融，你无法区分它们——通俗之中，有最高深的道理蕴涵其间；而所谓高深，也总是由许多通俗的因子构成。雕塑亦是如此，简简单单的形象，常常使人从中得到无穷的启示，从中悟出不平常的道理。而那些雕塑佳作，更会使你浮想联翩。难怪古人留下的一座雕像群，可以使莱辛写出一部包罗万象的《拉奥孔》来。

古希腊人的审美观

面对着两千多年前的那些精妙绝伦的希腊大理石雕像，连最缺乏想象力的人也会忍不住惊叹！哦，这么美！智慧女神雅典娜，呈现着各种各样美妙的姿态；银弓之神阿波罗，向四面八方伸展着刚劲健美的肢体；而爱神和美神维纳斯，简直就是爱和美的端庄圣洁的化身；还有那些使人感受到力的搏动的青年武士；那些虽然被冠以神的头衔，却有着最优美动人的体态的少女们……

两三千年了，这些雕像的魅力从来未曾消失过。爷爷们携着孙儿在它们面前流连忘返，等孙儿们成为爷爷之后，依然会带着孙儿再来……这样不知循环了多少代。数不清的血肉之躯在衰老、死亡，这些石头的雕像却永远年轻，永远光彩照人。

什么原因？当然应该在雕像身上寻找。

你看那些男性雕像，个个都有强壮的体魄。发达有力的肌腱，在他们匀称的躯体和四肢上凹凸着，如同一片波浪起伏的凝固的大海，你能在那些海浪般起伏的肌肉和骨骼中，想象出强有力的优美的运动。他们身上的每一根线条、每一个块面，都表现出男子汉的力量和刚强，勇敢和无畏。你看那些女性雕像，面部表情都是那么纯真宁静，身体的曲线都是那么柔美优雅，如同原野上那些潺湲清澈的流水，自由自在地沿着最自然的轨迹流淌着，最美丽最芬芳的鲜花在河畔开放。可以说，她们的身上集中了所有的女性的美。这些雕像，美得完善，美得圣洁，美得高尚。你无法对他们进行任何挑剔。任何挑剔，似乎都会成为对美的亵渎。我想，古希腊的男子和女子，绝不可能像这些雕像一样，都是那么俊美，那么健壮，那么婀娜动人，肯定也会有骨瘦如柴或者大腹便便的人，也会有侏儒和畸形儿。然而雕塑家的刀凿远远地避开了他们。

原因大概可以找到了——雕塑家们将人群中的美，全部集中在他们的雕像之中了。正如别林斯基所说："对古希腊人的艺术心灵来说，一切自然形态都曾是同样美的；但是，人是精神的最高尚的容器，古希腊人的创作目光是尽情地、骄傲地贯注在人的美妙躯干和人的美不胜收的形态上的……"这种来自生活的高度集中的美，使得他们的作品成为不朽的艺术奇珍。只要人类对自身形象的审美观不发生变异，这些雕像的魅力和光彩，就永远不会黯淡。

雕塑是这样，其他艺术亦同此理。孜孜不倦地在生活中寻找美、撷取美，并用自己的作品高度集中地表现这些美的艺术家——他们的艺术生命是长久的。

罗丹的两刀

有人问罗丹：雕塑的诀窍是什么？

巴尔扎克雕像

罗丹回答：凿去多余的一切。

这真是极其精彩、极其精辟的结论，高度概括了雕塑家创作的过程。然而，何为必要，何为多余，这也许要使所有的艺术家反复思索和斟酌，甚至苦恼，罗丹自己也不例外。有时候，连人像的双手也成为多余，这似乎不可思议。罗丹用无数心血塑成了巴尔扎克雕像，身披长袍的文豪高昂着雄狮一般粗犷威武的头颅，傲然地面对着污浊的世界。长袍中伸出一双手，一双精细的、有力的、活灵活现的手——这双写出了《人间喜剧》的手，曾使雕塑家花费了很多功夫。然而当有人指出这双手和整个作品粗犷雄健的风格不协调时，罗丹毫不犹豫地挥刀削去了那一双精心雕凿而成的手。这狠心而又大胆的两刀，使巴尔扎克雕像成为一尊独具魅力的不朽之作。

罗丹的这两刀，使所有从事艺术创造的人们都得到了启示——为了得到艺术上的完美，必须尽可能地删除一切冗枝赘节。有时候，你花了九牛二虎之力，动了很多脑筋，流了很多汗水，却造就了一些节外之枝——写诗、作文、编戏、绘画，都会遇到这种情形。这时候，不妨学一学罗丹。如果发现赘笔而不愿删除，那大概永远也成不了第一流的艺术家。

是的，这位大师说得真好：凿去多余的一切。

大禹和大卫

去年曾去绍兴，参观了景仰已久的禹陵。在那古老的墓地，竟见到了一尊鲜艳夺目的大禹像。

我做梦也不会想到，大禹居然会是这么一副模样：头戴皇冠，身穿花花绿绿的皇袍，圆头圆脑的胖脸上，露出一种痴憨的表情。这怎么是大禹呢！这位传说中率领人民开河治水、吃苦在先、磨光了腿上的汗毛、三过家门而不入的民众领袖，竟然胖乎乎地穿上了皇袍，憨笑着面对前来瞻仰的人群……

这尊糟糕的塑像，破坏了我的情绪。原来怀有的那种庄严神圣的历史感，似乎都流失了。

其实，谁也没有见过大禹，然而大家都觉得他不像！原因很简单：雕塑者缺乏起码的历史知识，大禹的时代还是原始社会，根本不可能有这样的皇冠皇袍。然而，这还在其次，关键是塑像丝毫没有表现出禹的气质和风骨——坚忍、顽强、勇敢、聪慧、豁达。这尊花花绿绿的塑像，充其量只是一个饱食终日、无所用心的昏庸的封建帝王形象。作为一座历史人物的雕像，这是虚假的、不真实的。观者的失望和反感，当然是自然而又必然的了。

由此想起了米开朗基罗的《大卫》。同样是谁也未曾见过的远古时代的带有半传说性质的国王，《大卫》却使所有观者为之惊叹，为之折服。面对米开朗基罗塑造的这个英俊健美、气宇轩昂的青年男子形象，人们觉得他就是大卫，就是那个在孩童时便勇敢机智地打死了来犯的巨人歌利亚的英雄。因雕像和传说中的大卫在气质上是一致的，大卫的眉宇间流溢着无畏和勇猛，他的裸露的肌体中流淌出不可抑制的力量……

是的，真实，就像一把无情的标尺，衡量检验着所有的艺术品。虚伪的、违背事物本质的艺术，绝不可能有生命力。

加莱义民

假如你看过《加莱义民》，你一定忘不了那六位走向死神的勇士。

这是罗丹的著名雕塑作品，取材于法国历史故事：1347年，英军围困法国加莱城一年之久。最后，城中的粮食耗尽，法军被迫投降。英军准备夷平全城，杀绝居民。六名勇敢的市民自愿赴英军驻地，他们的脖子上套着绳索，手里拿着城门的钥匙，决心以自己的牺牲拯救全城市民的生命……罗丹把这个悲壮动人的历史故事，凝固成了一座雕塑。他是如何刻画这六位勇士的呢？也许有人会把他们全体都表现得慷慨激昂、义形于色，描绘出六位天神般的清一色的英雄。罗丹却别具匠心地精心塑造出六个完全不同的形象来。是的，六位勇士，有老有少，为了同一个崇高的愿望，一起叩响了死神的大门。然而，面对着敌人和死神，他们的神态却并不一样——有愤怒的，高昂着倔强的头颅，眼睛里燃烧着仇恨的烈火；有冷静的，漠然凝视着脚下的路，像一座凛然的冰峰；也有紧张的，惶惑地摊开了双手，有些不知所措；还有悲哀痛苦的，低垂着脑袋以手掩面，不忍正视前方。也许，前两种神态，在人们的意料之中，而后两种，不是贬低了英雄吗？我以为罗丹是对的。世界上不可能有完全相同的人，有一千个人，就有一千种不同的性格，即使是英雄也是如此。六位自愿献身的勇士，身份不同，年龄不同，经历不同，对生活的态度不同。当死亡临近时，当然会表现出不同的神态。那位低垂着脑袋的年轻人，也许刚刚和慈祥的母亲、心爱的姑娘诀别，此刻，亲人的哭声尚在耳边萦

《加莱义民》

绕，而美好的生命却即将终结，他悲哀了……这有什么不可理解的呢！你能因此指责他是懦夫么！你看他的脚，依然向前迈着，丝毫没有转身逃跑的企图。正因为罗丹塑造了六个各具性格的英雄，塑造了六个有血有肉有感情的活生生的人，《加莱义民》才给人一种强烈的真实感，给人一种惊心动魄的美感。听说《加莱义民》出现在加莱城中时，成群的加莱市民都凝视着塑像哭了起来……

记得罗丹说过："在艺术中，只有那些没有性格的，就是说毫不显示外部和内在的真实的作品，才是丑的。"有性格的作品，决不会浅陋平庸。有性格的作品，才是有力量的，才能感染人；而那些没有性格的作品，必将被人所淡忘。

佛像的美

有一次，和油画家陈钧德谈论雕塑。他告诉我，他收藏着一些最美的雕塑艺术品。拿出来一看，我愣住了：竟是一些古老佛像的脸部造型。那是一些端庄沉静的脸——饱满的前庭，挺直的鼻梁，抿紧的嘴唇，细长的眼睛半开半阖，似睡非睡，似醒非醒，你无法明确地断定这是怎样一种表情——是欢乐？是悲哀？是欣喜？是忧愁？是满足？是痛苦？似乎都是，又似乎都不是。然而这表情使人感到一种圣洁的宁静，感到一种高尚的淡泊。假如你烦躁不安，凝视着这些脸，你会平静下来；假如你心存污浊，凝视着这些脸，你会自惭形秽……画家自有他的理论："这是典型的东方美，在这样的神态中，蕴涵着人类所有美好、高尚的感情。这些感情，不是赤裸裸地暴露在表面，而是要你去体会，要你去想。这种美，境界要比西方的雕塑更高。米开朗基罗、罗丹、麦尼埃的雕塑，都无法和它比。他们的雕塑，固然将人类的各种感情表现得淋漓尽致，可是‘尽致’之后，可以让人体会的内涵便不多了。”

他的理论，使我惊诧。佛像，竟然会比米开朗基罗和罗丹的作品还要高明？也许说过头了吧。然而细细一想，画家也确实有他的道理。我想起几年前在四川乐山看大佛时的感受。站在这尊高达七十余米的巨型雕像脚下，你会生出一种神秘感，会生出许多联想——关于历史，关于人生，关于艺术，关于宗教和神话……原因大概不仅是因为佛像的高大，更因为他那沉思的含而不露的表情。欣赏艺术品的过程，是一个审美的过程，也是一个再创造的过程。一件好的艺术品，不仅应给人美的享受，还应激起人的想象和思索。我回想了一下自己喜欢的一些雕塑，几乎都是如此。刘焕章有一尊雕塑：一位少女，低垂着脑袋，双手掩面，似在思索，似在痛哭，似在回忆什么惊心动魄的往事……雕塑名为《无题》。这无题的少女雕像，曾牵动我无数联想。那尊使全世界倾倒的《米罗的维纳斯》——那个失去了双臂的美丽女神雕像，其失去双臂，并不是雕塑家的意图，完全是因为意外事故，然而却因此引起了人们更大的兴趣。几百年来，多少人在猜测着她原来的模样……雕塑如此，其他艺术亦然，如李商隐的诗、赵无极的画……

高明的艺术家，应该懂得读者和观众的心理，不要把一切都表达穷尽，最好留一些东西，让欣赏的人去体会，去想，去根据自己不同的生活阅历和艺术观进行再创造。也许，这就是评论家们常挂在口上的所谓“含蓄”吧。

含而不露、能启发人的想象的艺术，是真正高明的艺术。

空气就这样飘动

以《空气》命题，用刀凿镂刻出一尊雕塑来，你能想象这雕塑是何等模样吗?

这恐怕是一个难题，不一定人人都能拿出像样的答案来。我曾经以这个问题难过三位朋友，三位朋友的想象力都不算贫乏。第一位答曰：一个小男孩，手里抓一只大气球，气球要往天上飞，小男孩拼命地按住不放，气球和孩子呈相持状。第二位主张雕一张大张着的嘴巴，作竭力呼吸状。第三位更简洁：瘦竹一竿，在风中向一边倾斜。三位言罢，都有些得意，我于是出示了一帧题为《空气》的雕塑相片，三位稍一观摩，便都面露愧色了。

这是巴黎杜伊勒里花园的一尊雕塑，作者是罗丹的学生——法国雕塑家马约尔，一位独具风格的艺术大师。且看他如何表现《空气》：一个裸女，似坐非坐，似躺非躺，四肢自由而又优美地伸向空中，仿佛想去触摸什么，又像在被什么无形的柔软的东西托着并抚弄着。那姿态，仿佛要飘起来，旋起来，飞起来……粗粗一看，此雕塑似乎与空气并不相干，但稍加联想，便能领悟出无穷的奇妙了——这位美丽的女郎，分明是被活泼而又清凉的空气包裹着。从女郎飘飘欲飞的形体中，你能想象出那些看不见摸不着的气流是怎样无拘无束地

《空气》

在飘，在流，在旋转。这是正在运动着的空气，是春天清新的空气，所有的生命都陶醉在它的抚弄、沐浴之中。鲜花在这空气中恣意开放，小鸟在这空气中自由翔舞。雕塑家用刀凿雕刻出的这位姿态奇特的女郎，就是这空气中怒放的花，就是这空气中飞翔的鸟。她陶醉在空气里，融化在空气里。她就是空气的形象，她就是空气……

是的，马约尔的《空气》使人产生了极为丰富的联想。空气无形无色，谁也无法描绘它的模样，然而雕刻家却巧妙地雕出了飘动的空气。“空气就这样飘动！”马约尔完全可以理直气壮地向所有人宣布。

空气可以这样飘，那么，阳光可以怎样流淌？雷声可以怎样疾走？春意如何蔓延？生命如何运动？……这一切，都能诱使艺术家尽情地展开想象的翅膀。有什么不可以表现的呢？世界是如此博大缤纷，人的思想是如此自由多彩。艺术家用自己与众不同的独特的想法和手法创造艺术，而读者又会用自己的审美习惯和想象力去丰富和发展这些艺术。让那些陈旧的、习惯性的、蚕茧似的枷锁，在自由飘动的空气中粉碎吧！艺术创造的天地是何等广阔！

悲哀种种

斯坦尼斯拉夫斯基在看过梅兰芳的戏之后，惊奇地感叹：“他一个甩袖的动作，把一位少妇的悲哀表现得淋漓尽致！”我没有研究过梅兰芳的表演艺术，但我相信这位苏联戏剧大师的眼光不会错。甩一下袖子就能表现悲哀，那大概是表演艺术的极高境界了。

文学家表现悲哀或许容易些，环境、表情、千变万化的心理描写、充满性格的细节刻画……写活一个悲哀者，并让读者如临其境，不算一件太难的事情。

雕塑呢？我觉得很困难。雕刻家可以雕出一张愁苦不堪的脸，可以让大颗的泪珠停留在脸颊，可以镂出无数因哀伤而出现的皱纹，可以描绘出一双失神的眼睛，可以刻出一张欲说无语的微张的嘴……是的，雕塑家尽可以在刻画脸部表情上大做文章。确实也有许多雕塑家进行过尝试，如米开朗基罗的《哀悼基督》中的圣母、罗丹的《思》和《欧米哀尔》、多那泰罗的《圣玛德兰》等。这些形象各异的悲痛哀伤的表情，永远地留在了世界上，留在了人们的记忆里。这是一些无声的悲哀，一些可以直观感受到的悲哀。一想起这些表情，人们的心情便会沉重起来。

大师们的创造当然是成功的。不过可以断言，那是以无数次的不成功为代价的。有不少雕塑家试图用类似的手法表现悲哀，却未能如愿。人们很自然地会在他们雕出的形象前感叹道："哦，那不是欧米哀尔么？""瞧，多像米开朗基罗的圣母！"

寥寥几个字的感叹，无异于宣判死刑。看来，人的表情还不那么丰富。

还有另外一种悲哀。米开朗基罗的《晨》《昼》《暮》《夜》，是四尊斜倚在美弟奇教堂墓碑上的人物雕塑。这四个人物的表情似乎并没有流露出悲哀，只是漠然地沉思着，似睡非睡，似醒非醒，冷淡和倦慵像雾一样笼罩着他们的面容。然而非常奇怪，面对着他们，每一位观者都会感受到深深的痛苦和哀伤。什么原因？是他们整个躯体的构

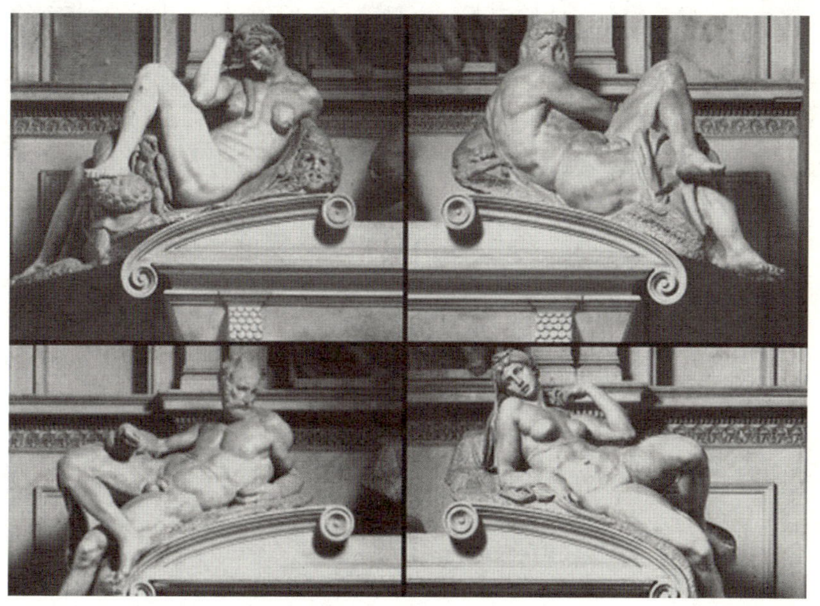

“昼夜晨暮”雕塑

图——那些无可奈何向下滑落的姿态，那些无力低垂着的头颅和四肢……只有沉浸在极度悲哀中的人，才可能很自然地做出这种姿态。他们也许是经历了难以想象的苦难，希望的烛火正一盏一盏地在他们的人生旅途上熄灭。他们疲惫不堪，他们厌倦了。他们默默地诅咒着命运，哀叹着生命无情的流逝，哀叹着自己的不幸……这种对悲哀的间接表现，使观者得到了如此强烈的感受。你能不为雕塑家那精确、深刻和变化无穷的手段所折服?

又想起了美国雕塑家迪奇的一尊雕塑:《哀悼的女人》。那是一个跪在地上的女人。她双手撑地，长发披散的脑袋深深地埋在双臂之间。我们看不见她的脸，看不见她的表情，但她的哀痛和悲伤却表现得那么深刻、那么酣畅——这是使人断肠的悲哀。我们仿佛可以听见她压抑的呜咽，可以听见回荡在她灵魂中的哀号。

隐去脸面，照样能表现悲哀，这正是雕塑家更高明的地方。正如在生活中，有些人常常把痛苦和忧伤挂在嘴上，但旁人却毫无共鸣;而有些人，尽管一声不吭，人们却能在他们的沉默中窥见心灵深处的隐痛。在创作中，尽量曲折间接地表现作者的意图，有意识地留出一些空白，让读者用自己的观察和联想去填补它们（当然，这些空白要留得恰到好处）——这是极聪明的手段。这类作品的意境往往深邃丰富，使人回味不尽。

根和玉石

第一次听说树根雕塑时，我很有些怀疑:那些腐朽的树根，果真能登上艺术殿堂?

亲眼观赏之后，我折服了。这确实是一些迷人的艺术品，它们的魅力和韵味，是人为的雕塑无法比拟的。艺术家利用树根的自然形状，稍加制作，便使它们变成了各种各样的人物、飞禽、走兽……倘论逼真，几乎没有一件根雕是惟妙惟肖、完全逼真的。雕塑的形象往往夸张离奇得让你瞠目结舌——牛少了一条腿，鹿的脑袋比身子还大，狮子几乎没有躯体……然而它们的动人之处，也就在这种出乎意料的夸张之中。我的书橱里，也有了一件根雕，一尊小小的普希金头像—— 一段普普通通的倒置着的竹根，那些乱而密集的根须，成了诗人的鬈发和鬓须，而在根须下的一节竹鞭上，则雕出了诗人忧悒沉思的面容。这是根雕家姚元龙赠给我的礼物，在所有的艺术收藏品中，我最喜欢这一件。全世界的普希金雕像数以千计，这是独一无二的一件，谁也无法再复制第二件。

这种艺术，注重神似而不讲究形似。只要你富有想象力，并且了解各种形象的内在精神，你就可以在千奇百怪的树根之中发现举世无双的雕塑。

面对这些变成了艺术品的树根，你不得不为大自然的造化拍手称绝，不得不为艺术家大胆合理的想象赞叹不已。是的，大自然创造了无数天生丽质，一花一草、一石一木，都有美妙蕴涵其中。如果能发现它们，并且充分地利用它们，它们便能为人类的艺术生辉。在这方面，雕塑家为所有的艺术家做出了表率，他们最懂得其中的奥妙。一大堆色彩斑斓、质地迥异的玉石，在雕塑家的刀下，自会各得其所。洁白的，雕成纤纤少女；乌黑的，雕成神话中的武士；粗犷的、细腻的、稚憨的、质朴的、华丽的，都能用恰到好处的色泽和质地表现出来。一块有着黑色斑点的青玉，雕塑家可以把它琢磨成极精妙的艺术品——青的，雕成一个肥硕的菜瓜；黑色斑点，竟被精心镂刻成一只栩栩如生的小甲虫。黑甲虫在水灵灵的青瓜上爬着，两者浑然一体……

于是，很自然地联想到文学创作的内容和形式——不同的内容，需要以不同的形式来表现，两者的联姻必须情投意合才好。我想，常常欣赏一些出色的雕塑，常常研究一下雕塑家们的选材和构思，对文学家的创作一定是大有裨益的。

汉陶马头

连云港的朋友赠我两个陶制马头，说是汉代遗物。汉代历史不短，西汉二百三十年，东汉将近二百年，前后四百余年。这马头，即便制作于东汉末年，距今也有一千八百年了。马头和秦始皇陵兵马俑中的战马很像，已经没有了釉彩，呈露出黄土本色。马头完整无损，造型雄浑厚朴，线条简洁刚健，耳、目、鼻轮廓分明，使人想起汉代名将霍去病墓前的石马。不过和霍去病墓前的石马相比，这两个陶制马头的表情似乎更生动。霍去病墓前的石马处于一种沉静的状态，而这两匹马耳朵竖起，双目圆睁，嘴巴微张，是正在奔跑中的表情。

这是有着一千八百年历史的老古董，我当然不敢怠慢它们。我将之放到玻璃柜里，用灯光照着它们，常常有事没事地瞧几眼。瞧得熟了，两个马头仿佛都活了起来，不时以它们的语言告诉我一些什么。我浮想联翩。

你，一个两千年后的文人，你骑过马吗？

——寂静中，我听见那两匹马在悄然发问。

你知道我们是什么马？

——是什么马？你们告诉我吧。

我们是战马。我们曾经在沙场上奔驰，在鼓号声中冲锋陷阵。世界上有什么马比我们更勇敢、更威武？我们的身上骑着无畏的战士，我们的脚下踩过敌人的尸体，我们的身边回荡着厮杀的呐喊和刀枪的撞击……

我们是拉车的马。我们曾经天天在崎岖的道路上奔跑，我们从来没有机会回头看一眼坐在车上的主人，只能埋头往前走啊，走啊，不知道何处是我们的尽头……

我们是送信的马。我们曾经整日奔波在曲折的驿道上，跑得气喘吁吁，大汗淋漓。信使不停地用皮鞭抽打我们的身体，永远嫌我们跑得太慢。他们怀揣着的是什么信，我们永远也无法知道。

唉，可惜，我们只是两匹殉葬的马，还没有机会驰骋原野，就被埋进了坟墓，陪伴着素不相识的死者。我们在黑暗中期待了千百年，只想有朝一日重见天日，做一匹自由的骏马。你看见我们张开的嘴巴了吗？那是我们在墓穴中嘶鸣！但是我们的声音被黑暗窒息，被时间吞噬，被阴冷的砖石和泥土尘封……

此刻，我们被你锁在柜子里，我们依然不能自由。也好，我们就做一回来自汉代的使者吧！我们在你的书房里与你会面，和你一起怀古，和你一起遐想，让你寂静的心骚动不安，让你的思想在两千年的时空间来回飞翔。

有时，我会被自己的妄想惊醒。在我面前的，不过是两个没有生命的陶制马头——只是，它们确实经历了两千个春秋。那黄土的颜色，那活灵活现的表情，分明在向我叙述历史，在讲遥远的故事。我也由此想起了两千年前的陶艺家，想象他们用灵巧的手塑造这些马头时的情景。小时候，我曾经认为中国古代的雕塑不如西方——古希腊、古罗马雕塑的生动逼真，在中国古代的雕塑中是看不到的。然而，秦代兵马俑出土后，我开始对中国古代的造型艺术刮目相看了。这两个汉马头，就验证了这一点。

第二辑：悟•文学

你是遥远的过去，是刚刚过去的昨天，也是无穷无尽的未来。你把时间凝聚在薄薄的书页之中，让读者的思想无拘无束地漫游在岁月的长河里，尽情地浏览两岸变化无穷的风光。你是现实的回声，是梦想的折光，是平凡的客观天地和斑斓的理想世界奇异的交汇。

——《为你打开一扇门》

美丽的孤寂

前年去俄罗斯，有一件遗憾的事，就是没能去托尔斯泰庄园，没能去看一看被茨威格称为“世间最美的坟墓”的托尔斯泰墓地。在普希金的故居中，在陀思妥耶夫斯基和阿赫玛托娃的墓地前，我都情不自禁地想起了托尔斯泰，想起了他的与众不同的墓地。为我提供这种想象依据的文章，便是茨威格的那篇《世间最美的坟墓》。

茨威格认为，他在俄国的所见，“再也没有比托尔斯泰墓更宏伟、更感人的了”。而这宏伟感人的墓地究竟是何等模样？作者在散文里告诉人们，这只是一个长方形的土堆而已，无人守护，无人管理，只有几株大树荫庇。那长方形的土堆上，没有十字架，没有墓碑，没有墓志铭，连托尔斯泰的名字也没有。任何人都可以随便踏进他的墓地。这样的墓地，简单得不能再简单了，就像一个流浪汉，一个不为人知的士兵，不留姓名地被人所埋葬……

在我们这个星球上，大概没有一个举世公认的大作家的墓地如此朴素简单。许多人，活着的时候，声名显赫，被最热烈最虔敬的言词簇拥着、包围着，得不到一时半刻的清闲；死了，被人抬着躺入豪华的棺材，然后葬入花岗岩的墓穴，墓前必定要竖起大理石的墓碑，碑上镌刻着死者生前的成就和荣耀，让人们一走到这样的墓地中便肃然起敬。只有托尔斯泰，为自己设计了如此朴素的坟墓。然而“这个世界上再也没有比这最后留下的、纪念碑式的朴素更打动人心的了”。茨威格提到了拿破仑的墓穴、歌德的灵寝、莎士比亚的石棺，尽管这些墓穴金碧辉煌、独具个性，但它们都不像托尔斯泰的墓地那样能剧烈地震撼每一个人内心深藏的感情。茨威格觉得，这里的朴素是“逼人的”。它禁锢住任何一种观赏的闲情，使你收敛了所有不必发出的声音，使你没有勇气从这幽暗的土丘上摘一朵小花留作纪念。所有的人来到这里，都会情不自禁地产生深深的敬意。而这种不在墓地留下姓名的做法，恰恰比所有挖空心思置办的大理石和奢华装饰更扣人心弦。在朴实的幽静之中，人们看到的是一个永不会腐朽的伟大灵魂。

在俄罗斯和芬兰交界的一片森林里，我曾去过阿赫玛托娃的墓，墓地上也没有留下姓名，但是有十字架，有作家的浮雕。在朴素这一点上，其无法和托尔斯泰的墓相比。而这种不留姓名的做法，是不是学托尔斯泰，我不知道，不过我想是有可能的。

茨威格善于渲染和描绘，很注重文采，然而在写《世间最美的坟墓》时，他用的是最简洁最朴素的语句，所以读来和文章所描述的对象非常吻合。文章虽只有千把字，却使读者如临其境，令人感动。我相信他在这篇文章里抒发的感情发自内心，否则难以使这么多的读者在他的文字中产生共鸣。

鱼　骨

曾经很喜欢海明威的小说。那种刚劲铿锵的文风，那种对世界和人生充满挑战意味的哲思，使海明威成为一代文豪，成为美国人引以为自豪的伟大作家。

把诺贝尔文学奖授给海明威，他当之无愧。不过，当年海明威并没有出席诺贝尔奖的颁奖仪式，而是委托美国驻瑞典大使宣读了他的一份简短的书面发言。海明威的这篇讲话稿，可以使所有从事文学工作的人们，心灵为之震撼。

海明威说："写作，在最成功的时候，是一种孤寂的生涯。作家的组织固然可以排遣他们的孤独，但是我怀疑它们未必能够促进作家的创作。一个在稠人广众之中成长起来的作家，自然可以免除孤苦寂寥之虑，但他的作品往往流于平庸。而一个在孤寂中独立工作的作家，假如他确实不同凡响，就必须天天面对永恒的东西，或者面对缺乏永恒的状况。"

这是他的体验，也是所有真正的有作为的作家的体验，只是海明威以理性的语言把这种体验阐述得比常人更为深刻。海明威所说的这种孤寂的状态，并非与世隔绝，把自己囚禁在远离人群的小屋子里，而是指作家的一种心境，一种独立不羁的精神和人格——不追风趋时，不媚俗，不盲目从众，不违背自己的人格、感情和良心。他认为，作家即使是在茫茫人海中，也要保持这种状态。是不是这样呢？

作家的写作应该是一种极具个性的创造。这是海明威对自己的要求，他也果真这么做了。这样做的代价，就是创作的艰辛远远超过那些平庸的作家。不过，创造者的幸福和快感，也就在这种艰辛之中。

读海明威在诺贝尔文学奖颁奖仪式上的那篇书面发言，我想起了他的《老人与海》——所有不愿向时尚和世俗妥协、坚持自己的追求的作家，其实都和那个坚韧倔强的老渔夫一样，时时都在以自己的心血和生命和许多无形的敌人搏斗。这种搏斗，有时候看起来是一无所获，就像那个老渔夫，经历了九死一生，却只拖回来一具巨大的鱼骨……其实，鱼骨又何妨呢？那些亮晶晶肉滚滚的鱼，人们已经见得太多太多，而一具赤裸裸的完整的鱼骨，却可以使观者产生惊心动魄的印象——这是剔去了一切伪装和虚饰的真实，是不同凡响的真实。

如果你也是一个渔夫，能不能也从大海里拖起一具完整的鱼骨？

面对永恒

在荷马之后，豪尔赫·路易斯·博尔赫斯也许是世界上最了不起的盲人作家。太阳每天慷慨地普照着阿根廷的平原和群山，却无法照亮博尔赫斯眼前的道路。他必须被人搀扶、引导着，一步一步小心翼翼地走向他的目的地。然而他却用光彩四溢的文字，把一条宽广奇异的大道展现在人们的面前。他在诗歌中写道："上帝同时赐给我黑暗和智慧。"他的智慧在黑暗中闪烁着耀眼的光芒。面对着他那浩如烟海的著作，人们不知道究竟称呼他什么更合适：诗人、小说家、评论家、哲学家、学者……每一种称号，对他都切合，但又不全面。记得多年前，我读他的一首题为《瞬间》的诗歌，深深地被他在诗歌中营造的那种玄妙幽深的气氛吸引。奇特的意象、令人回味无穷的哲理，使我领略了他精神世界的多姿多彩。"现时孤孤单单，记忆建立着时间。""转瞬即逝的今天是微弱的，永恒的；你别指望另一个天堂和另一个地狱。"这些诗句经过翻译，大概已失去了原有的韵律，但还是让人难忘。因为，它们蕴藏的精神触角和哲理光芒，并未随着语言的转换而消失。

这几年，我至少在不下十位中国作家的小说或散文中看到博尔赫斯的名字。中国的作家们或是在自己的作品中引用他的话语，或是在文章中传播他的见解。这使我想起了博尔赫斯的一段话：“每当我们重温但丁或莎士比亚的一句诗，我们在某种意义上就回到了莎士比亚或但丁创作这句诗的那一时刻。总之，永生存在于其他人的记忆中和我们留下的作品中。……从某种意义上说，我们每个人就是从前死去的一切人。不仅是和我们血统相同的人。”现在，他自己的话在世界各地被不同血统的人重温着、引用着，用他自己的理论来解释这样的现象——他已经活在了后人的心里，已经获得了永生。

其实，在生活中，永恒并不是什么至高无上的东西。永恒的状态，在这个世界不会消失，它们可能辉煌夺目，也可能极其平淡。当你在贝多芬的交响乐中激动不安时，你可能是体验到了那种辉煌的永恒。文明人类生存一天，这样激情磅礴的音乐就会使人激动一天。而当你走在崎岖的道路上饥肠辘辘时，其实也是体验到了一种永恒。人活着，就会有饥饿发生，永远如此。当我们在生活中感动或困惑，当我们在读到一篇精彩的文章时击节赞叹、心有共鸣时，我们便面对了某种永恒的状态。我们平平淡淡地活着，却每时每刻都面对着永恒。不过，一个写作者，如果心里老想着如何使自己的文字永恒，那大概有点滑稽，他的文字大体会在速朽之列。一个优秀的作家，写作时决不会想着如何使自己的文字不朽。他需要想的是，如何用最独特最自然的方式，把他的观察和思考，把他的憧憬和感悟，把他的故事表达出来。而这一切，都是因为生活中永恒的现象在他的心中激起了波澜。博尔赫斯的一生，便是在用文字不断地揭示他从生活中感受到的永恒。另一位杰出的阿根廷作家埃内斯托·萨瓦托曾经说："当在博尔赫斯的作品中挖掘的时候，就会发现各种不同的化石：异教创始人的手稿、'摸三张'牌戏的纸牌、克维多和斯蒂文森、探戈歌词、数学证明题、刘易斯·卡罗尔、埃利亚的芝诺、弗朗兹·卡夫卡、克里特岛的迷宫、布宜诺斯艾利斯郊区、斯图尔特·米尔、德·昆西、戴紧绷软帽的美男子……"这些"化石"，有些我熟悉，有些我认识，有些我完全陌生。但是，在阿根廷，在拉丁美洲，在世界各地，它们拨动了无数人的心弦。不同地域的不同的人，在他的不同的作品中，找到了不同的共鸣。这就是博尔赫斯的魅力所在。

我想起了博尔赫斯的一篇散文《长城和书》。在博尔赫斯黑暗的世界里，中国的长城也在他那智慧的视野之内。在这篇文章里，他谈到了中国的历史，谈了他对秦始皇焚书和造长城的看法。在他的心目中，万里长城也是一种永恒。秦始皇为了炫耀帝国的强盛，为了塑造自己的形象而造的长城，远比他的帝国和他的生命长久。岁月的风沙有一天会把长城湮没。然而作为历史，作为古代人类力量和智慧的象征，长城永远不会消失。人类精神的长城，是任何力量也无法摧毁的。读着这样的文字，我觉得博尔赫斯离我并不遥远，我甚至觉得他的形象已和我熟悉的长城叠合在一起。博尔赫斯正用他那双苍劲的手，抚摸着长城古老的城墙，一级一级地往上攀登……

注：豪尔赫·路易斯·博尔赫斯（1899—1986）：阿根廷诗人、小说家、散文家兼翻译家，被誉为作家中的考古学家。作品以隽永的文字和深刻的哲理见长。代表作有《老虎的金黄》《小径分岔的花园》等。

愿你的枝头长出真的叶子

一

记得有一位散文家说过：语言是什么？语言好比是叶子，点缀在你思想的枝头。假如没有这些绿莹莹的可爱的叶子，谁会对你那光秃秃的枝干发生兴趣？

说得好极了。散文的魅力，在很大程度上取决于文章的语言；枯涩的、干巴巴的、乏味的语言，不可能组合成动人的篇章。真正的散文家，必须是驾驭文学语言的大师。他们的文章的枝头，一定有着水灵灵的、生机勃勃的叶子，使人一看见，眼睛就发亮。

我因而产生了很多联想呢！读我所喜爱的大师们的散文时，我的眼前常常会出现一些树来：鲁迅——时而是一株参天古银杏，在灿然的夕照中悠然摇曳着茂密的绿叶；时而是一株枸骨，在严寒中凛然地挺着不屈的利刺。朱自清——那是一株朴实而又优雅的梧桐，那些阔大的树叶在阳光下飘动时，使人感到可亲可近；当月亮升起以后，它们会变得无比美妙。陆蠡—— 一棵精巧的常春藤，那些柔弱美丽的叶子在幽暗中顽强地伸向阳光。泰戈尔——那是一株南国的菩提树，在那些我无法确切描绘形状的叶瓣下，隐藏着神秘的果子。阿索林——一棵西班牙的丁香树，在晚风里飘荡着绿叶的清芬。卢森堡—— 一棵秋天的红枫，每一片红叶都像一团火，优美地燃烧……

也许你以为我想得玄乎，不信，你可以自己试一试。

二

我也因此而钻过牛角尖呢！我曾经以为华丽的语言便是一切，只要拥有丰富的辞藻，只要善于驾驭语言，就可以写成美妙动人的散文。

我曾经苦苦地想着：怎样使我的叶子丰满起来，缤纷起来。我要变成一棵绿叶繁茂的大树！于是，我曾经有过一本又一本“描写辞典”“佳句摘录”，有过雪片似的词汇卡片……

我的文字，也确乎华丽过一阵——写日出，可以用数十个形容词渲染早霞的色彩；写月光，可以清冷冷地抖出一大堆晶莹的、闪光的词汇，而且博引古今，从李太白的“举头望明月”、苏东坡的“把酒问青天”，一直到贝多芬的《月光奏鸣曲》……这些华丽而又缤纷的文字，先后被我扔进了废纸篓。因为，没人爱读它们；我自己，也无法被它们打动。年少的朋友说：太花哨了，没什么意思。年长的行家说：没有真情，没有你自己！

我的心里“咯噔”一下，就像有一阵强劲的秋风狠狠吹来，一下子扫落了我从许多树上摘来披在自己身上的叶子。哦，这些叶子，不属于我！我光秃秃的，只剩下几根可怜的枝干。

没有真情，没有你自己！年长的行家道出了我的症结。披一身花花绿绿的假叶子，怎么会不让人讨厌！

我只顾到处找叶子，竟忘记了自己的枝干！真的，属于我自己的叶子，只能从我自己的枝头长出来！用自己枝干中的水分、营养催生那些孕育在枝头的嫩芽，让它们挣破羽壳，展开在阳光下。不管它们是圆圆的还是尖尖的，不管它们是阔大的还是细小的，它们总是有别于其他树叶的，它们才真正属于你自己。正因为如此，它们才可能吸引世人的目光。当然，知音永远只是一部分人。

于是，我努力地在自己的枝头培育自己的叶子。那些由我辛辛苦苦采撷来的、被秋风扫落的华美的叶子，并非一无所用，它们堆集在我的根部，变成了丰富的养料。我用我的逐渐发达的根须努力地吸收它们，使它们融入我的躯干——长出我自己的叶子。终于有一点叶子，从我的枝头长出来了……

我继续写散文。我努力用自己的口吻倾吐我对生活、对人生的感受和思索；倾吐我的爱、我的恨，用我自己的语言描述我的所见所闻。怎么看，怎么想，就怎么说。似乎不如从前缤纷了，但这是真的叶子。

三

是的，只有那些表达着、蕴涵着真情的语言，才是真正的散文语言；只有用这样的语言，才能组合成真正的好散文。

不要以为它们都是色彩缤纷的，绝不是这样的。试想，假如每棵树上都一律长满花花绿绿的七色叶子，森林必将失去它的魅力。

谈到散文的语言时，巴乌斯托夫斯基曾经这样讲：

散文的词藻开着花，发着光，它们时而像草叶一样簌簌低语，时而像泉水一样淙淙有声，时而像鸟一般啼啭，时而像最初的冰一样发出细碎的声音，也像星移一般，排成缓缓的行列，落在我们的记忆里……

单纯，比光辉、缤纷的色彩，孟加拉的晚霞，星空的闪烁；比那些好像强大的瀑布，像整个由树叶和花朵做成的尼亚加拉瀑布以及皮上有光彩的热带植物，对内心的作用还要大……

四

很偶然地读到温·丘吉尔的《我与绘画的缘分》。这位叱咤风云的英国首相，居然也写过散文。他当然不在散文大家之列，可《我与绘画的缘分》却结结实实地抓住了我。我喜欢它，它不同一般。他的语言是明白晓畅的，接近于朴实无华，就像随随便便地和朋友聊天，谈往事，谈他对绘画的热爱和理解。然而他的机智、敏锐、顽强不屈，甚至他的勃勃雄心，却可以从那些平平淡淡的语言里流出来，闪出来，蹦出来。如果用树作比喻的话，我不知道该把他比为什么树，正像我叫不出植物园里的许多树一样，这不足为怪。然而它的叶子与众不同，有特点，有个性，我能在万木丛中一眼认出它来。而有许多写过不少散文的作家，我却无法在丛林中辨认它们，也许这就是所谓“性格的力量”吧！我们不妨学学丘吉尔，在追求散文语言的个性化上下一番功夫。

是的，光吐露真情还不够，必须尽可能充分地展现个性，有个性才能自成风格。我想，世界上有多少树，有多少形形色色的叶子，就应该有多少风格迥异的散文语言。只要长在坚实的枝头上，所有的叶子就都会有它的动人之处。当白玉兰树以阔大的绿叶迎接着雨滴，为能发出古筝般的奇响而骄傲时，小小的黄杨也正用瓜子般的小圆叶托起雨滴，像捧着无数亮晶晶的珍珠；当香山的黄栌以火一般的红叶燃遍群山的时候，山脚下的银杏也正用金黄的叶瓣吸引着游人的目光……

五

朋友，如果你写散文，不妨翻开你的稿笺，观赏一下自己的叶子，看看它们是不是真正属于你。

愿你的枝头长出真的叶子来！

我印象中的散文家们

我从他们的作品中认识了他们。他们用各自不同的语言，赠给我一幅幅自画像。

朋友，如果你感兴趣，就让我来谈谈我对他们的印象吧。

普列希文

他从大自然中走来，浑身散发着森林和田野的气息……

他引我沿着隐隐约约的羊肠小道，走进一片被晶莹的月色笼罩着的神奇森林……

他坐在密林中一个潮湿的树桩上，膝盖上铺展着翠绿的稿纸……

读他的散文，仿佛可以听见他和整个大自然对话：和山林，和流泉，和树，和林中的走兽，和天上的飞鸟，和草叶上的露珠……是的，他可以把一片在秋风中飘落的黄叶写成一篇洋洋洒洒的动人的抒情散文——为什么不可以呢？因为大自然中每一种生命的运动都使他激动不已，使他产生无穷无尽的联想。他的灵感和思绪像四处迅跑的清风，在大自然的每一个角落里发出悦耳的回声。

真诚地、充满幻想地倾诉着对自然、对生命的感情，这种倾诉一定是动人的。

当评论家在他清新纯朴的文字中发现了深刻的哲理时，他惶惑了：是吗？我自己怎么没有想到？

他说的是真话。

有些人挖空心思地企图告诉人们一些深刻的哲理，结果却给人留下装腔作势、故弄玄虚的印象。而他，却在大自然和人类之间做着翻译的时候，自然而然地向人们透露出许多人世间的哲理。

他确实是深刻的。

鲁迅

假如他的几百万字的著作都未曾被人发现，只留下薄薄的一本《野草》，他也会成为使读者难忘的散文大师。他的犀利，他的深刻，他的幽默，他的色彩缤纷的才情，他的无所不至的想象，他的孜孜不倦的求索……全部蕴涵在诗一般的文字中。就是那些迷惘的呼叫和感伤的叹息，也能发出美妙的回响……

这是世界上最美妙、最葳蕤的野草，它们可以面对一切名贵的花弃而毫无愧色。

当然，他留下的远远不止一部《野草》。

在《朝花夕拾》中，我看见了他不泯的童心，我看见他坐在灯下微笑着沉思，手中的烟蒂红光闪烁，往事像飘飘袅袅的烟缕把他包围起来；又像缤纷的花雨，在他的世界里飞扬撒落……

有些人只看见他辛辣、犀利的一面，仿佛只有匕首和投枪才是属于他的，仿佛只有刺梅和枸骨才能象征他的性格和风骨。不要忘记，他的原野上还有那些瑰美奇丽的野草，还有那些沾着温柔露珠的花瓣……

大师都是丰富的。人类所具备的感情，他们的笔下都时有流露。他何尝不是如此呢？

阿索林

一阵清幽的铃声带着一种颤动而悠长的声音响了起来……

一阵遥远的笛声在黄昏的微光里飘荡……

他发出的声音总是那么幽远，那么平静，那么优雅。

他似乎只是沉湎在逝去的岁月里，只是讲着过去的故事。他沉着地、不紧不慢地讲着，所有的感情都蕴涵在缓缓流淌的语言的清溪中。那种淡淡的哀愁，那种隐隐的忧伤，使人黯然神伤，又使人心驰神往，使人不知不觉陶醉其中。

我总以为西班牙人都是热烈、奔放、血气方刚的。他们热衷于在斗牛场上叱咤风云，用剑和血昭示人类的勇敢和豪迈。他摇着他的铃，吹着他的笛，把我引进了另外一个世界。

他的世界同样令人神往。

泰戈尔

他的想象和思绪像自由自在的小鸟，忽而飞入密林，忽而掠过海洋，忽而蹿入云空。他可以随心所欲地在大自然和人群中撷取一滴水、一棵草、一声叹息，然后用独特的方式，意味深长地把它们表现出来。

他是一片真正的海，我无法测量他的深度和广度。在那些朴素的、平静的语言外衣下，包藏着海水一样丰富浑厚的内容，你可以尽情地在其中遨游。

他常常露出神秘的、含义幽深的微笑，这种微笑使我久久地沉浸在神奇的冥想中。

波德莱尔

他把人世间的忧郁和不幸展现在人们面前……

他描绘出一个又一个戴着面纱的神秘的形象……

他把愁思一缕一缕地撒在雪白的稿笺上。

他认为这一切就是“美的灿烂出色的伴侣”。

是的，他的魅力正在这里。

然而，他在断言“‘欢悦’是‘美’的装饰品中最庸俗的一种”的同时，笔下却不时悄悄地流出了欢悦。

纪伯伦

他用东方人的坚忍和执拗，兴致勃勃地在世界上走着。他的足音充满着探索的欲望，他的每一个脚印都凝聚着智慧。

他庄重地敲着一扇又一扇门。有些门开了，你可以看见门里的会说话的花草和思索着的人；有的门没有开，那回音不断的敲门声却可以勾起你无穷的想象。

他用东方人的含蓄和幽默，倾诉着人生的体验。你仔细听吧，你能在他的悲欢忧愤中，悟出许多不寻常的哲理。

和泰戈尔一样，他也是一位东方的哲人。

朱自清

亲切、平易近人的人，会有很多好朋友。

亲切、平易近人的文章，也会赢得很多读者。

他的魅力就在于亲切、平易近人。从来没有见他摆过架子，从来没有听到他用居高临下的口吻教训过人，从来没有见他故作慷慨激烈之状，他只是轻轻地说，只是不动声色地娓娓而谈，谈一些普通的人，谈一些普通的事情。我却深深地被他打动，情感之弦不断地在他的文字中产生共鸣。他把真诚看得比生命还重!

当他在静夜漫步;面对着月下荷塘,任思绪像晶莹的月光一般流泻的时候;当他在春天的田野里奔跑,像孩子一样追着春风春雨,惊叹着绿色的生命复苏时;当他的诗人气质和才情在文字中横溢的时候,他也是坦白而又诚恳的。这种坦白和诚恳使我情不自禁地跟着他走进了他所营造的意境……

巴乌斯托夫斯基

他用只属于他自己的独特语言,优美地、不慌不忙地向人们介绍着一个又一个文学大师:安徒生、雨果、普希金、莱蒙托夫、巴尔扎克、福楼拜、莫泊桑、左拉、陀思妥耶夫斯基、托尔斯泰、契诃夫、高尔基、勃洛克……

他讲着他们的故事,他把大师们的风格化成无数具体生动的形象。别人讲过的事情,在他的叙述中似乎又变得新鲜。许多平平常常的文学现象,在他的笔下变得妙趣横生,使人忍不住惊叹:哦,原来如此!

那些只会讲一些枯燥道理的文艺理论家们,应该来听一听他的声音。他说的是最严肃的事情,却从来不会使人生厌。

他自己的风格也因此凸现在人们的面前。

不错,这是花园中独一无二的金蔷薇。

东山魁夷

作为画家，他不愧为大师。开始看到他的画的时候，我就为之倾倒。在那些青的、蓝的、紫的、白的等各种冷峻的色调中，可以感觉到他深沉的热情，可以体会到他对自然美的非同一般的认识。

我不知道，在日本，人们是否把他排入散文家之列。在我的印象中，他是一位出色的散文家。我只读过他的两篇散文，像他的画一样，它们深深地打动了我。他的文字充满了色彩，而且是一些变化着、流动着的色彩。他写清澈的流泉，写人迹罕至的高原，写雪景，写春天的花草，写自己在大自然中激动沉醉的心情……这是一种真挚、细腻、高尚的感情。他的描写和抒情使我身临其境。

也许，因为是画家的缘故，他才能如此准确生动地描绘大自然的色彩。然而并不是所有的画家都具备这种才能的。如果他愿意在用画笔描绘大自然的同时，也常常用文字倾吐感想，我相信，他一定会成为散文大师。

我喜欢的十本书

一家刊物要我为读者推荐十本书，并简单说明一点理由。我答应了，却发现很难落笔，然而后悔已晚，只能硬着头皮在书海里觅珍了。

从浩瀚的书海中挑出十本书来，实在是一件费神的事情。因为，我喜欢的，或者说我认为非常值得一读并且可以反复读的书，绝不止十本。这样的推荐，无法不带一些随意性，它们只能反映我作为一个读者的个人偏好。

1.《唐诗三百首》孙洙编选

识字的中国人，都应该读这本书。熟读或者背诵这些流传千古的诗篇，你会懂得中国语言和文字的魅力。这些诗篇以最简洁凝练的文字，表达了最奇丽璀璨的感情和思想。

2.《红楼梦》曹雪芹著

这部小说写了人世间所有的酸甜苦辣，每种滋味都描绘得淋漓尽致。虽然是过去的时代，但却处处能使人联想到现代。从问世至今，它一直是中国长篇小说的巅峰之作。

3.《唐·吉诃德》［西班牙］塞万提斯著

人类虚构文体中一次绝妙的伟大创造。在一个不可能存在的人物身上，叠现出任何时代都可能重复的精神。

4.《复活》［俄国］托尔斯泰著

托尔斯泰的书都值得一读，《复活》只是其中一本。人生的轨迹是那么曲折，当生活和命运击碎了幻想的气球，下坠时，你要抓住的是什么？

5.《马背上的水手》［美国］欧文·斯通著

这是杰克·伦敦的传记。喜欢这本书，并不等于认为杰克·伦敦是世上最杰出的作家，然而这位奇人在人生旅途中遭遇的惊涛骇浪，却震撼人心。

6.《飞鸟集》［印度］泰戈尔著

一个人的心灵和自然奇妙的融合。通过自然的声音和形象，传达出深远美妙的哲理。这样的传达方式，使许多哲学家枯燥的说教相形见绌。

7.《野草》鲁迅著

灵魂的追寻和挣扎，找到了一种优美曲折、引人入胜的途径。如果只写了这一本薄薄的书，鲁迅也是一个了不起的作家。

8.《随想录》巴金著

读《随想录》，常使我想起卢梭的《忏悔录》。如此真诚地评说历史，如此无情地解剖自己的灵魂，在当代的中国作家中，几个人有这样的勇气？

9.《瓦尔登湖》［美国］梭罗著

一本可以使人拒绝浮躁，走向宁静的书。

10.《西方的智慧》［英国］罗素著

值得深入阅读的西方哲学著作不少，这是我喜欢的一种。以智慧、豁达、平和的态度向世人阐述西方哲学的历史，犹如在不慌不忙中描绘出一条波澜壮阔的思想大河。

散文的“起承转合”

从发表第一篇散文至今，也有三十多年了。数一下书架上自己出版的散文集，已经有了好几十本。可是，散文到底是什么，散文究竟应该怎么写，细究起来，心里还是有点模糊。其实，从一开始，就没人教我怎么写散文。最初的散文，大概是在乡下“插队落户”时写的那些日记。每天晚上，在煤油灯飘忽的微光中，我写我的孤独惆怅，写对幸福的憧憬，写我周围的人物，写大自然的天籁风光，写我的读书感想。那些文字也许幼稚，感情却真挚，而且没有一点功利心。我不在乎别人怎么看，只是自我倾诉陶醉而已。写这些文字时，我没有想到要发表它们，更没有想到这是我当作家的开始。数十年后编自己的文集，找出这些最初的文字，我从中选了一些放在文集中。现在读它们，并不惭愧，因为它们很真实地展现了我当时的生存状态和精神状态。去年，《读者》杂志转载的一篇题为《雨声》的散文，就是我当年“插队落户”时写在日记本上的文字。时过三十多年，还会有读者喜欢并推荐它，我感到欣慰。

我开始写散文的时候，文学界没有多少人对这一文体有太大的兴趣。小说、诗歌、戏剧的影响都在散文之上。小说家和诗人的队伍浩浩荡荡，散文家的名字则寥若晨星。那时，以写散文为主的名家是数得清的，杨朔、秦牧、刘白羽、魏巍、吴伯箫、魏钢焰、袁鹰、何为、徐开垒。他们中有几位对当时和后来中国的散文创作，影响是巨大的。如杨朔的散文，那种托物咏志、以小见大、追求诗意的写法，曾被很多人效仿。秦牧的散文，以博学见长，他的《艺海拾贝》，也曾是文学青年喜欢的读本。杨朔的散文，现在已经成为很多人嘲讽的对象，似乎他就是那个时代虚假空泛的典型。其实，对文学作品的评价，不能脱离它们产生的年代，以当代人的眼光和价值观来要求。杨朔散文的局限性毋庸讳言，这是时代的烙印，但是杨朔作为一名散文家，在文体上确实影响了一大批人。

这几年文学界对散文的创作有些不同的看法，争论得比较多的，是散文能否虚构的问题。如在二十多年前有人问我，我一定会回答：散文既然是文学创作，当然能虚构。在上世纪七十年代，我也曾经以虚构的情节写散文，回过头来看，实在不堪卒读。那些虚构的情节，使以“我”为叙述主体的文章中充满了不真实的气息，而散文应该是以真情动人的。散文结集出版时，我没有勇气把这类文字选进去。它们的生命力，在发表的同时就结束了。现在，对这个问题，我的观点很明确：如果写散文，就不要虚构；要虚构，可以写小说，写剧本。1990 年，我为台湾的一家出版社编《大陆抒情散文选》，在序言中，我写了这样一段文字：“我以为，散文和小说、戏剧不一样，散文属于一种非虚构文体，所有成功的、动人的散文，都带有作者的自传色彩。这里的所谓自传色彩，并非作者叙说自己的一生，而是指人生的片断经验、观察社会和自然的点滴见闻，或者是一段思想和情感的真实经历。它们的共同特点是：真实，非虚构。”有些小说家认为散文可以虚构，可以充分发挥想象，譬如写荒诞奇丽的梦幻景象。如果他们所说的虚构并不是指写小说时编造故事和人物，而是“大胆想象”“荒诞的梦境”，那么，和我的观点其实也并不矛盾。梦境虚幻，却也是真实的心灵经历，而表现手段的出奇、创新、富有想象力，和虚构是两个概念。前些日子，在浙江和一些文学爱好者交流，一位大学教师不同意我的看法，他认为散文既然是文学作品，就应该允许虚构，虚构就是创造，就是文学创新的生命。他还以自己的创作为例——他说他写了一篇散文，其中写到的故事，完全是虚构的，读者很感动。他后来告诉读者，故事是虚构的，曾经被感动的读者非常震惊。他想用这个例子证明自己的观点，其实恰好是对自己的一种否定。读者听说虚构之后的震惊，其实是一种被欺骗后产生的感受。我相信，读者是不会把那篇散文当成一个虚构的故事来读的。我告诉那位大学教师，如果你喜欢虚构，不必写散文，应该写小说。你的虚构的故事，应该是小说，而不是散文。

在非虚构这个前提下，我以为写好散文应该具备三个要素：情、知、文。情，就是真情，这是散文的灵魂，没有真情，便无以为文。知，应是智慧和知识，是作者对事物独立独到的见解。文，是文采，文体，是作者富有个性的表述方式。能将三者熔为一炉，便能成大器，成大家。不过，要做好这三者谈何容易？三者中，“情”之真是最要紧的，真诚、真实、真情，缺了这些，文章不可能动人。鲁迅先生曾说：“真正的现实主义是什么？真正的现实主义是将自己的灵魂亮出来给别人看。”鲁迅对“真正的现实主义”的界定，我以为正是对散文的界定。巴金的《随想录》就是“将自己的灵魂亮出来给别人看”的典范，他的真诚可以说是无人能企及的。他在解剖历史和社会时，也无情地解剖自己。这样的文章，怎能不震撼读者的灵魂！而在“知”和“文”这两点上，我以为柯灵先生是当之无愧的大手笔。柯灵先生年轻时写的散文，很抒情，很空灵，到了晚年，他的散文达到了炉火纯青的地步。文章饱含智慧，每篇作品都有不同于常人的独到见地；而他的散文语言，更是别具一格，他对汉字的运用，到了出神入化的地步。面对他的美妙文字，我常常自惭形秽。

现在有很多年轻作家，将文体的创新看得高于一切，以为在写法上花样翻新，便能引人注目，脱颖而出，成为文坛新宠。这其实有失偏颇。文体的创新固然重要，也能表现一个作家的才华和创造能力，但就散文而言，我以为内容永远要比形式更重要。形式的新奇，也许能轰动一时，然而如果没有坚实深厚的内涵，没有真情和真知灼见，写出的文章大概也不会有久远的生命力。我们只要检视各个时代流传至今的散文名篇，便能窥见其中真谛。杨朔的散文也可以看成是一种教训吧。

上世纪八十年代末，随着商品经济的发展，年轻人的兴趣发生了很大的转移，曾经火热一时的文学逐渐受到冷落。当小说、诗歌和剧本被出版社和读者冷落时，散文却一枝独秀，长盛不衰。不仅当代作家的散文新作受欢迎，“五四”以来那些曾经被打入冷宫的散文，也被陆续发掘出来，重新包装之后，以各种面目被不同的出版社反复出版，而且常销不衰。在“五四”新文学运动中，小说、诗歌和戏剧也是力作迭出，很多作品曾经风靡一时，为什么只有散文在文学低迷的时候依然被当代读者接受？甚至可以这样说，在当代文学发生危机时，是散文支撑起了人们对文学的信心。这样的现象耐人寻味，这究竟是什么原因？我想，很重要的原因，是散文的真实。当人们被“文革”前和“文革”中文学作品的“假大空”搅得不胜其烦后，对所有的虚构作品都产生了一种抗拒的情绪。而且，随着商品经济的发展，年轻人的兴趣发生了很大转移，人们的阅读耐心也变得越来越差。而散文却以它的真实和短小，以它贴近人生的亲切，赢得了读者的心。在“五四”新文学运动中涌现出来的那些散文，尽管时过境迁，但文章中的真情实感依然可以使当代读者感动，其中对人生的感慨和思索，依然使人共鸣。大概也是商品经济的规律使然，随着散文的畅销，很多人开始转行写散文。散文作者的队伍，一下子变得浩浩荡荡起来。小说家、诗人、评论家，都纷纷写起了散文。散文对他们来说，本来只是用余墨偶尔为之，现在却变成了主业，这对散文创作的发展和繁荣，起到了极大的推动作用。

从出版界的现状来看，文学的危机似乎早已成为过去。人们对文学的信心，也已重新振作。书店里的畅销书，篇目繁多，长篇小说又恢复了文学读物的主角地位。散文大概也回到它应有的位置了吧？不过，和二十年前相比，现在的散文要丰富得多，也可以说臃肿得多。中国每天大概都会有成千上万篇标以“散文”的文字出现在报刊之间。其中难免鱼龙混杂，泥沙俱下。瑰宝珠玉是极少数，更多的是白开水、无聊小玩意，甚至垃圾。不过，无法否认这样的事实：现在的读者对非虚构文体的兴趣，依然超过对小说的兴趣——这就为散文的发展提供了广阔的空间。在国内的文学期刊中，以发表非虚构文体的散文、随笔和纪实类作品为主者，境况大都比传统的纯文学杂志要好，如《散文》《随笔》《读书》《万象》《美文》《三联生活周刊》等。

写这篇文章，本是要谈自己的写作体会的，却扯得远了——这也是写散文的习惯使然吧。

关于散文的随想
——《赵丽宏散文选》代自序

一

人无魂，行尸走肉也；文无魂，废话伪辞也。

散文的灵魂是什么？是情感，是真情实感。言不由衷的文字不会有感染力，也不会有生命力。虚伪的人写不出好散文，寡情的人也写不出好散文。

倾吐真情，就要大胆地展示灵魂的色彩，就要诚实地倾吐心里的声音。真情的流露，即便轻幽微弱，也会传得很远，并且能传进知音者的心灵。当你躲躲闪闪，吞吞吐吐，藏头露尾，读者便会离开你，离得远远的。假的声音，就是响得像炸雷，也不会在人们的心中激起回响。

二

人世间有许多框框套套，有形的、无形的，我们不知不觉地便落到了套子之中。写文章大概也是这样，白纸一张，本可以由你无拘无束地去写去创造，去驰骋你的想象和才华，可写起来却不免磕磕碰碰，很不自由，不知不觉地便陷在了套子里。有些套子是现成的，倘若陷在其中又无法识破，无法挣脱，你便只能是井底之蛙，永远到不了开阔宽广的境界。有些套子是自己苦苦地编织起来的，就像吐丝的蚕儿，为自己吐出一个与世隔绝的茧子……

有时候，觉得写起来挺顺手，熟门熟路，一件小事，几点感想，凑凑便是一篇。回过头来看看，才发现毫无新路数，只是在旧套套中打转而已。写得太圆熟不一定是好事情，圆熟的同时，说不定正在为自己织着茧子。常常有涩的感觉生出来，大概才是长进的表现呢！

郑板桥画竹子有奇论：画到生时是熟时。妙极！

三

没有比“肤浅”这一类评语更令人沮丧的了，人人都希望写得深刻一些。何谓“深刻”？有警世的哲理才算深刻？有前无古人的发现才算深刻？我看未必。

文学家应当了解哲学，能精通更好，但不等于就成了哲学家。不要奢望自己能发现什么全新的哲理，当你津津乐道自己的发现和精辟时，你往往只是在重复着别人的道理。不必把深刻和哲理绑在一起，用自己的语言，写活自己的感受，写得和别人不一样——喜、怒、哀、乐，人生的点滴经验，观察自然的片断阅历，哪怕只是一幅淡淡的素描、一缕朦胧的感情，写得真实，写得生动，写出自己的性格，那就可能是深刻的。没有个性，便无权谈什么深刻。

“常恨言语浅，不如人意深”，确实常常有这种恼恨，感觉体会到了，却不一定能表达出来。如果试图用一些议论来为自己壮声色，以增加深度，结果往往适得其反。不如节省一些，留出一点空白让读者和你一起来填补它们。这大概不会有人贬之为“肤浅”吧？

四

读闲书时曾见到这样一幕：

山珍海味，满满一桌，食客们开始还争相品尝，不久，纷纷停杯投箸，摇头而去。何故？厨子只一技而无二法，虽百样菜料，却依法炮制，滋味如出一辙，致令食客生厌。

假如作文者也像那位厨子，事情就糟糕了，读者们也会像那些食客一样挑剔。千篇一律的东西，必然使人“倒胃口”。要不时变化自己，常常给人一点新鲜感。这种变化，绝不是追风趋时，赶时髦，赶浪头，而是在开拓题材和表现手法上追求新意。就如同一个人，常常变换一下装束，能让旁人觉着新鲜，然而身子还是那个身子，骨架还是那个骨架，灵魂还是那个灵魂。当然，身子和骨架会由稚嫩而健壮，灵魂也会由柔弱而刚强。

一张表情呆板的面孔是不会使人愉悦的。一个只会用一个调门唱歌的歌手最后总要被听众“嘘”下台去的。

五

一些令人尊敬的作家（中国有，外国也有），曾经断然否定自己的过去，否定得一干二净，仿佛一夜之间便脱胎换骨，成了另外一个新人。哪有这种事情呢？过去那些声音，决不会因为自己的否定，便永远从这个世界上消失。假如它们真诚优美，即便有些幼稚，读者也依然会常常吟诵它们的。最有权对作品进行评判的，绝不是作家自己，而是读者，是历史。

六

中国的散文有着最悠久深厚的历史和传统，先人的散文库藏中有取之不竭的珍宝，我们甚至来不及浏览其中的一角。

如何继承中国散文古老的传统？是取其精髓，还是仿其皮毛？是传其神韵，还是学其腔调？答案自然不言自明。表现中国人的传统和气质，不一定非要穿起长袍马褂，更不必留起古人的长辫。只要骨子里有中国人的精神，那么，旧衣也罢，新裳也罢，中山装也罢，西装也罢，其他款式新颖的服装也罢，都未尝不可。

但是，只知道遵守旧摊摊，不去开拓新路，不放眼向未来看，那就更可悲了。我们的老祖宗说不定会急得跳出来大喝一声：“呔，不思长进的孬种，往前走哇！”

《心灵是一棵会开花的树》自序

世界上最美丽、最变幻无穷的风景在什么地方？这个地方便是人类的心灵。

世界上最深沉、最辽阔博大的所在是什么地方？这个地方便是人类的心灵。

不管我们生活的环境和状态发生多大的变化，有一个世界永远自由而生机勃勃。这个世界便是人类的心灵。

不管我们身边的黑暗多么漫长，有一个世界永远明亮而灿烂。这个世界便是人类的心灵。

世界上有一个永远不会枯竭的泉眼，从这个泉眼中流出爱，流出恨，流出欢乐和悲伤，流出七色缤纷的情感之泉。这个泉眼便是人类的心灵。

……

世界上有一个无法破译的谜，这个谜便是人类的心灵。

因为有了心灵这个神奇的世界，人类才完全有别于其他生命，升华为万物之灵长。千万年来文明人类的辛劳、搏斗、思索、歌唱，都是为了充实丰富心灵中的这个世界。

每个人的心灵色彩都不会一样，每个人的心中都有一个不同的世界。世界上有多少人，便有多少个情调迥异的心灵世界。

是的，我说心灵是一棵树，一棵会开花的树。在这棵树上，能开出耀眼的奇葩，也能开出素洁淡雅的小花；能开出芬芳的珍卉，也能开出平平淡淡的野花。从健康真诚的心灵之树开出的花朵，无论如何总是美丽的。面对这样的花朵，我深深地感叹：作为一个人，活着是多么好，多么有意思！

也许，有人对我这种自说自话的遐想不以为然：哼，人心叵测，有那么美好？人心是深渊，是危谷，是凶险的陷阱……

也许，这样的说法不无依据，这和我的想法其实并不矛盾。不错，每个人的心灵色彩都不一样，每个人的心中都有一个不同的世界。世界上有多少人，便有多少个情调迥异的心灵世界。然而，对美好理想的憧憬和追寻，永远是人类社会进步和发展的动力。文学向世人展现这样的憧憬和追寻，应该是一件美好的事情，任何人都无法拒绝这样的憧憬和追寻。无需回避人间的丑恶和人心的叵测，而展示这些色彩灰暗的景象，正是为了反衬健康高尚的心灵世界是多么令人神往。

我将要呈献给你的这本书，是我在心灵世界漫游时种种随想和见闻的集合。我无力揭示心灵世界的阔大辽远和深奥莫测，只是在展现这个世界中的某个小小的角落。在这个角落中，没有浓艳的色彩，也没有扑鼻的异香，不过有灵魂颤动时的轻幽回声。但愿这回声也会在你的心里引起轻轻的共鸣。

《人生是一本书》自序

人生是什么？

有人说，人生是一场赛跑。人人都在追赶着自己的目标，一辈子步履匆忙，气喘吁吁，却永远也无法抵达心中的终点。

有人说，人生是一次旅游。你降临到这个广阔纷繁的世界，一生一世就在天地之间游历。有的人云游四海，浪迹五洲，熟视人间百态，阅尽世事沧桑；有的人却如井底之蛙，穷尽一生，只能看见头顶的一方狭窄天空。

有人说，人生是一次赌博。所有的幸福和成就，所有的悲哀和失落，都是赌博的结果。

有人说，人生是一场梦。你身上和你周围发生的一切，喜怒哀乐、荣辱沉浮，都不过是梦境。一切都是虚幻，一切都转瞬即逝。

也有人说，人生是一本书。这本书的作者，就是你本人。

人生是一本书。我欣赏这种说法。

那么，人生是一本怎样的书呢？有的人一生清贫，历尽磨难，但他的人生之书却引人入胜，使人百读不厌。有的人飞黄腾达，青云有路，然而他的人生之书却字迹歪斜，不堪卒读。有的人一生平平淡淡，没有跌宕起伏，没有惊涛骇浪，然而他的人生之书却丰富细腻，犹如曲径通幽的花园。有的人一生叱咤风云，指点江山，在生活的舞台上演出了一场又一场令万人瞩目的悲喜剧，他们的人生之书却常常含混不清，使读者不得要旨……

每一个人的人生之书都是不一样的。世界上有多少人，就有多少本不同的人生之书，绝不会有一本重复。这本书，你天天在写，你周围的人天天在读。只要生命在延续，这本书就要一页一页地由你自己往下写，一页一页地被世人往下读。

时光不可能倒流，人间也没有后悔药。经历过的事情，无法重复，更无法再来一次。你的人生之书既然已经打开，既然已经翻过去很多页，那么，且不要管翻过去的那些内容，注重即将翻开的新的页码吧。

我想，一个人，如果曾经认真地生活过，追寻过，思索过，真心诚意地爱过，奋不顾身地拼搏过，那么，不管你的地位如何，不管你的境遇如何，不管你是一贫如洗还是万贯缠身，你的人生之书就不会苍白虚浮。

我把这本书题名为《人生是一本书》，并非说这本书就是我的人生之书。收在这本书里的文字，展示了我生活经历中的一些值得回忆的瞬间，也展示了我在这些瞬间之后的思索。这绝不是自传，只是我的人生片断。

《读书是永远的》自序

人识了字，最大的实惠和快乐就是读书。书开阔了我的眼界，丰富了我的知识，愉悦了我的身心，陶冶了我的性情，升华了我的精神。

我的职业是专业作家，然而我一直觉得，对我来说，写作还是业余的，要说有什么是专业的，那只有读书。写作需要创造的激情，需要一吐为快的创作欲望。有情绪时，可以一口气洋洋洒洒下笔万言；没有情绪时，也可以好几天不写一个字。而读书就不一样了，不管什么时候，不管在什么地方，不管是什么心情，只要手头有可读的好书，一卷在握，便能沉浸其中，宠辱皆忘。很多年前，我一个人在偏僻的乡村“插队落户”，是书驱散了我的孤独，使我在灰暗的岁月中心存对未来的希望，保持对理想的憧憬。在一盏飘摇不定的油灯下，书引我远离封闭和黑暗，向我展现辽阔和光明。因为有了书，那段物质生活极其匮乏的日子变得很充实。我选择读书作为我的生活方式，选择书作为我的人生伴侣，实在是一件明智而幸运的事情。我想，在人类的各种各样的享受中，别的享受都有尽头，读书却是长久的。只要还活着，还能用眼用脑，便能继续读书，继续享用这永远不会失去美味的精神佳肴。当然，把读书看成一种享受，必须有一个前提，那就是你读的必须是有价值、有趣味的好书。今年春天，有一家报纸的读书副刊约我写一段谈读书的话，我写了如下文字："在黑夜里，书是烛火；在孤独中，书是朋友；在喧嚣中，书使人沉静；在困慵时，书给人激情。读书使平淡的生活波涛起伏，读书也使灰暗的人生荧光四溢。有好书做伴，即便在狭小的空间，也能上天入地，振翅远翔，遨游古今。漫长曲折的历史和浩瀚无尽的宇宙，都能融会于心，化成滋养灵魂的清泉。"我想，这些话，应该是我的肺腑之言。

这本书，对我来说是一本珍贵的书，它是我这近二十来年中读书、写作的心路历程。我不是书评家，只是一个爱书的读者。在这本书中，收入了我这些年来的读书札记、序、跋，以及与书有关的文章。把这些文章集在一起，竟然有数十万字，我自己也感到吃惊，可见读书在我的生活中占了怎样的比重。不过，与我读过的书相比，这简直是沧海一粟。书中的卷一"读写游思"和卷二"品文小札"，为读书创作的随笔；卷三"为他人作序"，是我为朋友、年轻作家的书以及由我主编的书写的序；卷四"心弦自拨"，是我为自己的书写的序、跋。但愿读者在读这本书时，能和我一起领略书中天地的丰富广阔，也能和我一起感受到读书的快乐。

《唯美之舞》自序

艺术是什么？这样的问题，艺术家也未必能精确地回答。因为，艺术的内涵和外延，实在太丰富，决非三言两语所能概括。我查找过1999年版《辞海》上的“艺术”条目，字数不少，很复杂，不过基本上把艺术的内涵和外延进行了解释。《辞海》的词条，应该具有权威性，不妨抄录在此：

> 人类以感情和想象为特性的把握世界的一种特殊方式。即通过审美创造活动再现现实和表现情感理想，在想象中实现审美主体和审美客体的互相对象化。具体说，它是人们现实生活和精神世界的形象反映，也是艺术家知觉、情感、理想、意念综合心理活动的有机产物。作为一种社会意识形态，艺术主要是满足人们多方面的审美需要，从而在社会生活尤其是人类精神领域内起着潜移默化的作用。……根据表现手段和方式的不

同，可分为表演艺术（音乐、舞蹈），造型艺术（绘画、雕塑、建筑），语言艺术（文学）和综合艺术（戏剧、影视）。根据表现的时空性质，又可分为时间艺术（音乐），空间艺术（绘画、雕塑、建筑）和时空并列艺术（文学、戏剧、影视）。

读这样的概念，总觉得和生活中的艺术隔着一层距离。我想，这类理性十足的文字，大概会使很多原本热爱艺术的人望而生畏。何为“审美主体和审美客体的互相对象化”，什么是“知觉、情感、理想、意念综合心理活动的有机产物”，恐怕会解释得使人愈加糊涂。关于艺术的分类，有道理，但也难以将千缕万脉的分支归纳得清晰而合理。

其实，艺术对日常生活的影响和参与无所不在。在人类发展的漫长历史中，人类的艺术活动和追求大概是贯穿始终的。我们在山洞和崖壁上发现的远古时代的壁画，这是祖先以艺术的方式记载他们的生活和历史。而比这些岩画更早的艺术，我们看不到，但可以想见：先祖们在火光中呐喊、舞蹈、敲打石块和挥舞棍棒……这是人类最初表达快乐、痛苦和悲伤的艺术行为。不同时代的艺术，凝聚了不同时代人类的智慧和情感。我想，原始人类在崖壁上刻出的壁画和现代画家的油画没有本质上的差别。古人的石磬、编钟和现代人的小提琴、电子琴的功能如出一辙，荒蛮时期的人们在野外的即兴舞蹈和今天在大剧院里演出的芭蕾也属于同类。如果把人类的历史比为一辆长途车，艺术像润滑剂，像车上的装饰和鸣响器，有了这些，这辆车的前行就变得有声有色。随着社会的发展，生活的进步，人类的想象力和创造力也在不断地变化进展，艺术从本能的宣泄演变为文明人类精神生活的必需。生活造就了无数艺术家，艺术家的创造，也丰富美化了人类的生活。当欧洲的莫扎特在穷困潦倒中谱写他那些不朽的美妙旋律时，中国的郑板桥和其他几位“扬州八怪”的画家们，正在用他们的画笔宣泄愤世嫉俗的激情。不同的地域、不同的人物、不同的性格、不同的文化背景，创造出了不同的艺术，然而时隔二百余年，这些艺术依然在世界上流传，依然在给不同的人群带来欢乐和激情，带来连绵不绝的遐想。艺术打破了时空的界限，使暗淡的人生变得有了光彩。艺术在潜移默化中提升着我们的情趣，扩展着我们的想象力。我想，所谓的想象力，其实很多时候来自艺术的影响，相信每个人都有这样的经验。童年时代，我曾经住在一间漏雨的阁楼上，雨天过后，天花板上的水迹，竟使我产生了无数奇妙的联想。在有机会参观美术馆，读到那些世界名画的画册之前，天花板上变幻无穷的水迹诱导我伸展想象之翼，带我上天入地，使我在凝视和遐想中成为艺术的参与者和创造者。现在，我拥有上千张唱片，可以通过音响设备，一刻不停地欣赏我喜欢的音乐，这自然是品尝艺术。但在童年时代，我能回忆起的最美妙的音乐，却是街头和弄堂里小贩的叫卖声和修牙刷、修雨伞的吆喝声。将水迹和叫卖声与艺术联系在一起，有点像开玩笑，但这样的联想不是空穴来风，它们源自对绘画和音乐的爱好。伏尔泰说：“所有的艺术都是亲兄弟，每一种艺术都能给另一种艺术以启迪。”生活中的情形正是如此。

我不是艺术家，也不是艺术评论家，只是一名艺术的爱好者。这本书，是我作为一个艺术爱好者的体会和感想，其中有对音乐的感受，有对绘画雕塑的欣赏，也涉及戏曲、舞蹈及其他，当然，还有我更为熟悉的文学。这反映了我个人的喜好。如果说人类创造的美好艺术如同一片浩瀚的海洋，我就像一个在海边悠闲踱步的游人，海潮冲上沙滩时，在我的脚背上溅起了晶莹的水花。这些水花并不能说明海的浩瀚，却传达了一个爱海者的陶醉和欣悦。我想，这本书里的文章，不过是几朵水花而已。如果读者能从这些水花的闪动和喧哗中，产生一些感情上的共鸣，从而激起对艺术的兴趣和爱好，对我来说，就是莫大的荣幸了。

编这本书时，重读了自己写于六年前的一篇短文，题目是《艺术是什么》，我试图用自己的话语，对艺术和人类生活之间的关系进行一点描绘。关于“艺术是什么”这样的问题，我的文字无力回答，但它们表达了我对艺术至高境界的憧憬和向往。我想以这篇短小的文字，作为这本书的一段导言：

> 人类用智慧、情感和美妙的幻想培育出的奇花异草，使单调平淡的生活充满了诗意。这些奇花异草，便是艺术。
>
> 假如生活是一片晴朗蓝天，艺术就犹如蓝天上的云霞。它们时而洁白如雪，时而五彩缤纷，时而轻盈如柔曼的丝絮，时而辉煌如燃烧的烈火……如果没有它们，空荡荡的天空会显得多么寂寥。
>
> 假如人生是一条曲折的路，艺术就是路边的花树和绿草。大自然的花草会凋谢，艺术的花草却永远新鲜美丽。无论你喜欢浓艳或者淡雅——大红大紫如牡丹芍药，素洁清幽如腊梅莲荷，

甚至是野草丛中一束雪青的矢车菊——你都尽可以随手采摘，或观其色，或闻其香，或赏其形……一花在手，旅途的寂寞就会烟消云散。

在黑暗的时刻，艺术会在你的心头燃起晶莹而灿烂的火苗。火光里，你憧憬和梦幻中的一切奇丽美妙的景象都可能一一出现。就在你为之由衷地惊叹时，艺术悄悄地把你引出了灰色的迷途……

在寂静的时刻，艺术会化为无数闪闪发光的音符，在你的周围翩翩起舞……

在喧嚣的时刻，艺术会化为一缕缕清风，洗涤你心头的浮躁和烦恼……

艺术是一位忠实而又美丽多情的朋友，假如你曾经真心迷恋过她，追求过她，热爱过她，她就永远不会离开你。当你的朋友们都拂袖而去，她仍会一如既往地留在你的身边，在寂寞中为你歌唱，在孤独时伴你远行……

为你打开一扇门
——《中国学生必读文库·文学卷》序

世界上有无数关闭着的门。每一扇门里，都有一个你不了解的世界。求知和阅世的过程，就是打开这些门的过程。打开这些门，走进去，浏览新鲜的景物，探求未知的天地，这是一件激动人心的事情，也是一个乐趣无穷的过程。一个不想开门探寻的人，必定会是一个在精神上贫困衰弱的人，他只能在这些关闭的门外无聊地徘徊。当别人为大自然和人世间奇妙的景象惊奇迷醉时，他却在沉睡。

世界上没有打不开的门。只要你愿意花时间、花功夫，只要你对门里的世界有着探索和了解的愿望，这些门一定会在你的面前洞开，为你展现新奇美妙的风景。

在这些关闭着的门中，有一扇非常重要的大门。这扇门上写着两个字：文学。

文学是人类感情最丰富、最生动的表达，是人类历史最形象的诠释。一个民族的文学，是这个民族的历史。一个时代的优秀文学作品，是这个时代的缩影，是这个时代的心声，是这个时代千姿百态的社会风俗画和人文风景线，是这个时代的精神和情感的结晶。优秀的文学作品，传达着人类的憧憬和理想，凝结着人类美好的感情和灿烂的智慧。阅读优秀的文学作品，对了解历史、了解社会、了解自然、了解人生的意义，是一件大有裨益的事情。文学作品对人的影响，是潜移默化的。阅读文学作品，是一种文化的积累，是一种知识的积累，也是一种感情和智慧的积累。大量地阅读优秀的文学作品，不仅能增长人的知识，也能丰富人的感情。作为一个有文化、有修养的现代文明人，如果对文学一无所知，那是不可想象的。有人说，一个从不阅读文学作品的人，纵然他有着硕士、博士或者更高的学位，也只能是一个“高智商的野蛮人”，这并不是危言耸听。亲近文学，阅读优秀的文学作品，是一个文明人增长知识、提高修养、丰富情感的极为重要的途径。这已经成为很多人的共识。

古今中外，优秀文学作品的库藏浩如烟海，在这样一套规模不算太大的文学选本中，要想全面地展示文学史，把前人创造的文学精华和盘托出，并不可能。这套文学作品选本，只是从文学的百花园中采来了一些鲜艳的花卉，只是从文学的海洋里捧出了几朵晶莹的浪花，但愿读者能从这些花卉和浪花中认识花园和海洋的魅力，进而产生这样的欲望：去探寻这美丽的大花园，到这迷人的大海中扬帆远航……

我曾经写过一段文字，题目是《致文学》。这段文字，是我和文学的对话，表达了我对文学的一些想法——让我把这段文字引在这里，愿它们能激起青少年读者对文学的兴趣；并以它们作为这篇序文的结尾，也作为这部文学选本的先导。

致文学

你是广袤的大地，是辽阔的天空；你是崇山峻岭，是江海湖泊。你用彩色的文字，描绘出世界上可能存在的一切美妙景象。不管是壮阔雄奇的，还是精微细致的；不管是缤纷热烈的，还是深沉肃穆的，你都能有声有色地展现。你使很多足不出户的人在油墨的清香中游历了五光十色的境界。

你告诉人们，人生的色彩是何等丰富，人生的旅途又是何等曲折漫长。你把生活的帷幕一幕一幕地拉开，让无数不同的角色在人生的舞台上演出激动人心的喜剧和悲剧。你可以呼唤出千百年前的古人，请他们深情地讲述历史；也可以请出你最熟悉的同代人，叙述人人都可能经历的日常生活。你吐露出的喜怒哀乐，使人开怀大笑，也使人热泪沾襟……

你是遥远的过去，是刚刚过去的昨天，也是无穷无尽的未来。你把时间凝聚在薄薄的书页之中，让读者的思想无拘无束地漫游在岁月的长河里，尽情地浏览两岸变化无穷的风光。你是现实的回声，是梦想的折光，是平凡的客观天地和斑斓的理想世界奇异的交汇。

有时候，你展现漫长的历史，有时候，你只是描绘一个难忘的瞬间。如果你真实，真诚；如果你是真实人生的写照，是跌宕命运的画像，那么，人们在你的面前发出情不自禁的感叹是多么自然的事情。

你是一双神奇的大手，拨动着无数人的心弦。你在人们心中激起的回响，是这个世界上最令人激动的声音。人心是无边无际的海洋，这个海洋发出的声响，悠远而深沉，任何声音都无法模拟，无法遮掩。

你是一个真诚而忠实的朋友，你只为热爱你的人们默默奉献，把他们引入辽阔美好的世界，让他们看到世界上最奇丽的风景，让他们懂得人生的真谛。只要愿意和你交朋友，你就会毫无保留地把心交给他们。你永远不会背叛热爱你的朋友，除非他们弃你而去。

你是一扇神奇的大门，所有愿意走进这扇大门的人，都不会空手而归。而对那些把你当成追名逐利的敲门砖的人，你会把你的门关得很紧。

《中国山水》序

为编选这本《中国山水》，我静下心来寻找并阅读了大量写山水风情的散文。这样的寻找和阅读，是一次增长见识、愉悦身心的过程。这些文字，引我翱翔八方，神游了祖国的奇山丽水。所达之处，既有名山大川，也有鲜为人知的峰峦溪流。在文人的笔下，它们同样有声有色，妩媚动人。

中国作家善于写山水文章，这是中国文学的传统。在几千年的中国古代文学作品中，脍炙人口的游记多如繁星，不胜枚举。“五四”以来，以白话文写作的中国作家，几乎所有人都写过有关中国山水的文字。他们有的写自己的家乡，有的写旅途见闻。中国大地广袤，山水纵横，每个地方都有独特的名胜。在地球上，我们这个国家的国土面貌大概是最丰富的。这里有世界上最峻峭的山岭，最曲折的江河。大自然在这片土地上留下了千姿百态的景象，我们的先人又在这些风景中留下了形形色色的脚印。所谓名胜，或是有独特的自然景观，或是有令人神往的历史景观，也就是有人文内涵的古迹，如果两者兼备，那便是天下胜迹。不过文人笔下的山水，未必是名扬天下的风景，他们更钟情于与自己的命运和生活有独特关系的经历。这些经历必定发生在一定的环境中。这环境，无论是一山一水、一村一镇，甚至是一草一木，在文人的笔下都能成为最难忘的风景。而许多原来并不出名的地方，也会因为作家情景交融的文章而广为人知。譬如沈从文笔下的湘西。譬如巴金写《鸟的天堂》时，广东新会那个万鸟栖息的小岛还没有几个人知道，现在，小岛已成为当地最重要的风景，小岛的名字也因巴金的文章而改为“小鸟天堂”。有些作家，如鲁迅先生，不喜欢写纯粹的游记，不少编选游记的选家觉得无法选鲁迅的文字，认为他几乎没有写过一篇严格意义上的游记。其实，在鲁迅那些写故乡的小说和散文中，有很多对故乡山水风情的生动描绘，这些文字，也可以当游记来读。我在这个选本中选了鲁迅先生的《五猖会》，就属于这种情形。

这样规模的选集，不可能是一本介绍中国山水的百科全书，也不可能是一本展现游记文学全貌的大辞典。以区区十数万字的篇幅，想网罗山水游记中的精华，尽展中国的所有风景名胜，根本不可能。对中国山水而言，它只是花园一角；对中国作家写山水的文字而言，它只是沧海一粟。本书选文的创作年代跨度长达七八十年，几乎跨越了整个二十世纪，作者也是好几代人的会合。在这七八十年中，中国的社会生活跌宕起伏，变化极大，在作家描山绘水的文字中，我们依然能感受到这种跌宕和变化。岁月流逝，物转人非，然而大地上奇丽的山水却魅力依旧。我相信，如果读者仔细读一下书中的文字，会对中国的山水有所了解，因而可能生出亲历一游的欲望；对中国作家写山水景物的文字，也会产生兴趣。这种兴趣，是看一朵花而期望游览整个花园，见一滴水而向往辽阔的大海。

第三辑：望•星空

一个伟大的作家，她的精神是不死的。她留给世界的智慧和情感，决不会随着她的生命结束而消失。它们犹如一盏不熄的暖灯，映照在人类的道路上。

——《不熄的暖灯》

不熄的暖灯
—— 怀念冰心

前几天，我在新加坡出席一个国际文学研讨会，来自世界各地的作家聚集一堂，对文学与自然环境的关系各抒己见。这本是一次欢悦的聚会。3月1日早晨，研讨会的东道主——新加坡作家协会主席王润华见到我，满脸肃穆。他告诉我：“昨天晚上，冰心去世了。”这不幸的消息，使参加研讨会的作家都沉浸在悲伤中。参加会议的作家，不管是来自中国的还是来自海外的，大多都是热爱冰心的读者，很多人曾面聆她的教诲。多年前拜访过冰心的日本女作家池上真子叹息道：“她是一个了不起的人。”

听到冰心去世的消息，我很难过。离开会场，我一个人面对葱翠的热带雨林，遥望着北方，默立良久。一位一生笔耕的老人，以99岁的高龄辞世，可以说是一个奇迹。然而我相信，此刻，所有的中国作家，所有喜欢冰心作品的读者，都会为她的离去而惋惜悲痛。冰心这个名字，代表着一个时代，她是二十世纪中国新文学的高峰之一。

她那些洋溢着博大爱心的优美文字，影响了中国的几代读者。在二十世纪的最后二十年中，她和巴金一起，以自己真诚而独特的声音，向世人展示了中国知识分子深邃的良知。他们是时代的良心，是人们心中的明灯。

在我的印象中，冰心是一位慈祥智慧的老人。想起她，我的心里总是荡漾着一种难以言喻的亲切感。那几天，新加坡的报纸都以很大的篇幅刊登出冰心的照片和有关她的报道。看着她的照片，我情不自禁地想起了我和她的一次难忘的会面。那是1990年12月9日下午，我到她家去看望她，冰心在她的书房里接待了我。在见到她之前，我心里既激动又不安，唯恐自己打搅了她。见面时，她拉着我的手，笑着说："久仰久仰，我读过你的文章。"我问她身体怎么样，她又孩子般调皮地一笑，答道："我嘛，坐以待毙。"她的幽默驱散了我的紧张。

那天，她的兴致很好，我们谈了一个多小时。她一直在不停地说，话题从文学、历史谈到时下的社会风气。老人思路清晰，对社会生活非常了解，对国内外的事件和人物都有着深刻独到的见解。我谈到自己从她的作品中得到的教益时，她说："你读过我最短的一篇文章吗？不到一百个字。你不会看到的，给你看看吧。"说着，她从书橱里拿出一本书，书名为《天堂人间》。这是一本很多人怀念周恩来的书，她为这本书写了一篇极短的序文，全文只有三句话："我深深地知道这本集子里的每一篇文章，不论用的是什么文学形式，都是用血和泪写出他们最虔诚最真挚的呼号和呜咽。因为这些文章所歌颂的哀悼的人物是周恩来总理。周恩来总理是我国二十世纪的十亿人民心目中的第一位完人！冰心泪书。”她喜欢这篇写于 1988 年年初的短文，大概是因为这些文字也表达了她对周恩来的感情。她对我说："文章不在乎长短，只要说真话，短文也是好文章。”

冰心的书房很简朴，家里的陈设也极简单。她说："有人建议，要我把家里弄得豪华一点。我不知道什么叫豪华。不过有现成的标本。前些日子有一位海外来客，访问我之前先去拜访了一个领导人。他说，那领导人家里的豪华，不亚于日本天皇。”说这些话时，冰心的脸上露出不屑的神情。我们谈到了社会风气，谈到了老百姓深恶痛绝的腐败问题。她用忧虑的口吻议论道："古人说，大丈夫'威武不能屈，富贵不能淫'，前面一条，很多人做到了，后面一条，我看现在很多人做不到。”我们还一起议论了很多其他事情。老人兴致勃勃，说了一些流传在民间的笑话，引人发笑，她自己也忍不住笑了起来。临走的时候，我把自己刚出版的一本散文选送给她，我在扉页上这样写道："敬爱的冰心老师：在风雪弥漫的日子里，你的正直和诚实为我们点燃了温暖的灯。”这些话发自我的肺腑。她仔细地看了我的题字，微笑着说："谢谢你写得这么好。”说罢，从书橱里拿出一本《冰心文集》第五卷赠我，并在扉页上为我题写了一句话："说真话就是好文章。”

我和冰心的会面，仅此一次，我永远也不会忘记。她对我说的那些话，至今常常在我的心头萦绕。这次会面一年之后，我写完了反思"文化大革命”的散文集《岛人笔记》，想请冰心为这本书写一篇序。我给她写了信，并寄去了其中的部分文章。不久后，老人就给我回了信，信写得很短，然而含义幽邃，引人深思。她在信中说："'文革'是大家的灾难，我们都有同感。现在回想起来，这件事使我大彻大悟，知道‘尽信书则不如无书’的古训，个人崇拜是最误人的东西。”她在信中告诉我，她身体不好，住了几天医院：“恕我不能写序了，写个书名，如何？”她随信寄来了用毛笔写在宣纸上的“岛人笔记”四个字。我的《岛人笔记》虽然没有冰心的序文，但有了她为我题写的书名，我很欣慰。书法家周慧珺看到冰心为我题写的书名后，称赞她的字写得好，说冰心的字清秀脱俗，有骨力，就像她的为人。

最近几年，每次去北京，都很想去看望她，知道她生病住院，不敢随便打扰，只能在心里默默地祝愿她健康长寿。现在，这位可敬的老人已经离我们而去，谁也无法改变这个令人心痛的事实。然而，一个伟大的作家，她的精神是不死的。她留给世界的智慧和情感，决不会随着她的生命结束而消失。它们犹如一盏不熄的暖灯，映照在人类的道路上。冰心不仅属于二十世纪，她的璀璨才华和高尚人格，将伴随我们这个民族走向未来。

巴金的春天

昨天下午李小林来电话。我问及巴老的近况，李小林告诉我，巴老最近身体状况还稳定，思维十分敏捷，但因为气管已切开，还插着管子，无法说话。巴老喜欢听音乐，病房里有一台播录机，但录音带不多，几盘录音带重复地在放。小林问我有没有音乐的录音带，可以给巴老换着听听。和小林通过电话后，我找出二十盘录音带，其中有贝多芬的《第五钢琴协奏曲》、钢琴奏鸣曲《月光》《悲怆》和《热情》，有肖邦和李斯特的钢琴曲、有舒伯特和拉赫玛尼诺夫的作品，还有一些柔和抒情的音乐。

今天一早，去文化广场花市为巴老买花。一家铺子里有刚刚送到的洛阳牡丹，这在上海不多见。选了六枝含苞待放的牡丹，带着挑选出来的音乐磁带去探望巴老。

巴老躺在病床上，春天的阳光在窗外静静流动。医生和护士正在通过插在气管里的管子为他吸痰。床头的一个小柜子上，一台普通的手提式两喇叭播录机里放着肖邦的钢琴曲。

以前，巴老常常去杭州度过春天和秋天。他喜欢坐在西湖边的树林里听鸟鸣，喜欢坐着轮椅沿园中曲径散步，喜欢面对着自然静静思考。1998年以来，他只能住在上海的医院里。

巴老是一个爱静的人。在喧闹的人世间，他以自己真诚深沉的声音赢得了中国人的尊敬和热爱。他的作品影响了几代人。他的盛名和他的谦和形成了极大的反差。在他95岁生日那天，全国各地很多人提着花篮拥到医院里为他庆贺，记者们用照相机和摄像机对准他，灯光灼眼，热浪逼人。我很难忘记巴老当时疲惫而不安的表情。对一位养病的老人来说，我觉得这真是一件糟糕的事情。这以后，巴老一直为病痛所扰。去年夏末，我从日本回来，带着日本友人赠他的礼物到医院里探望他。他躺在病床上，不能说话，不能会客。他在苦苦地和病魔作战。我只能站在门口，心里默默地祝愿他早日康复……

今天，巴老情绪不错。李小林陪我走到巴老身边。我俯身在巴老耳畔轻声说："巴老，我给您送花，给您送一点春天的气息来。我们都很想念您，盼望您早日康复。"巴老看着我，把我的手握得很紧很紧，很长时间都不松开。他的手是那么有力，不像是一个97岁的老人的手。李小林说："我爸爸要和你说话呢！"巴老张着嘴，喉咙里发出响声，却说不出一句话来。

巴老，你想说什么呢？我多么希望听见你的声音。就像很多年前，我们一群年轻的作家来看你，你听完我们四方游历的故事后，微笑着说："中国地方大，像九寨沟这样景色美丽的地方，没有被发现的大概还多得很。"就像六年前我带着儿子一起到你家看望你，你笑着对我儿子说："我比你大八十岁，我羡慕你。"每次见到你，都能听到你的四川话。你的言语不多，但总是说得亲切而深刻。此刻，巴老看着我，目光明亮而有神。这目光中，依然像从前一样闪烁着善良和智慧，然而他却欲言而无声。一个思想深邃、思路敏捷、情感丰富的人，无法说话，无法写作，无法表达自己的思想，这是何等痛苦！

李小林告诉我，除了听音乐，巴老每天看电视，关心着世界上发生的事情。他喜欢京剧，今年早些时候，他坐在病床上分两次看完了京剧《狸猫换太子》的录像。这几年他虽然躺在病床上，但没有停止思考，没有停止向祖国和人民表达他的爱。他把自己珍藏的大量书籍捐献给中国现代文学馆和上海图书馆，其中俄文版的《托尔斯泰全集》，是中国唯一的一套。他还牵挂着孩子们，尤其是那些穷困地区失学的孩子。这几年，和巴老同时代的作家先后去世，其中有他亲密的朋友萧乾和冰心。他躺在病床上，思念着朋友们，却不知道他们已经不在人间。

去年十月，国际小天体命名委员会把一颗小行星命名为"巴金星"，这是巴金的光荣，也是中国文学家的光荣。天上的行星离人世很远，然而巴老却离我们很近。今年一月，柯灵先生写了一篇短文，题目是《天上有一颗巴金星》，其中有这样的话："浩劫不仁，近十余年来，巴金长期缠绵病榻，备极艰苦。愿天上'巴金星'的清辉照耀，给地上的巴金以更强的生命力，使他早日战胜病魔，享受一段风和日暖、安静愉悦、人生应有的冬晴岁月！"柯灵先生说出了大家心里想说的话。

此刻，春天的阳光在窗外流动。含苞的牡丹正在巴老的注视下慢慢开放……

炉火纯青

在中国的成语中，有些词汇实在令人赞叹，简练优美的几个字中，既有生动有趣的形象，又有深刻丰富的内涵。譬如“炉火纯青”这样的成语——用青色的火苗来比喻一种技艺纯熟到家的状态，这真是令人叫绝的创造。

不过越是美妙的词汇，用起来越得小心，用得不好便会把话说过头，结果词不达意，适得其反。“炉火纯青”这个成语，被评论家用来描绘作家的写作状态，就非常少，不是评论家们忘记了这个美妙的成语，而是能被冠之以“炉火纯青”的作家，实在是凤毛麟角。字人人会写，文章也人人会作，然而能把作为心迹流露的文字写得自然简约而又美妙绝伦的，在中国的作家中又有几人？读柯灵先生的散文时，我很自然地想到了“炉火纯青”这个成语。

柯灵先生从文六十余年，写作的范畴几乎涉及所有的文学样式。他写的电影、戏剧、小说、杂文，无不在文学史中留下了印迹，然而真正使人认识他、记住他、敬佩他的，我以为是他的散文。在当代散文家中，柯灵先生写得不算最多，可是他的每一篇散文都能使人产生丰富而悠远的联想，留下深刻的印象。这是极不容易的，若没有睿智博大的心胸，没有深厚的写作功力，不可能达到这种境界。读柯灵的散文，是一种美好的享受。在他的散文中，不仅能感觉到一颗真挚善良的心在热情地跳动，能听到许多深刻而独到的声音，还能体会到中国文字的独特魅力。如果把作家的文字比为画家的绘画颜料，那么柯灵先生有一个奇妙的调色盘，在这个调色盘里，他把每一种颜色都调得恰到好处，然后再用笔精确无误地将颜色涂到应该涂的地方，该亮的地方透明耀眼，该暗的地方不故作辉煌。这样的画，当然是无可挑剔的精品，是一位文学大师曲折心迹的自然而又艺术的流露。譬如他在为《柯灵散文选》写序时，有一段文字谈到对文学艺术的理解和追求，就非常值得一读：

> 人海辽阔，世路多歧，幸而和缪斯萍水相逢，春雨如酥，润物无声，才使我睁开朦胧的心眼，避免了可悲的沉沦迷误。以天地为心，造化为师，以真为骨，美为神，以宇宙万物为友，人间哀乐为怀，崇高闳远的未来为理想：艺术的历程和生活的历程同样瑰丽，而又同样漫长曲折和艰辛。感谢这一片远岸遥灯，一直在黑暗中照着我前进。

寥寥百余字，把开阔的心境和深刻的思想描述得何等透彻而且优美。有些词句，似乎很生僻，然而用在柯灵先生的散文里，这些词句就有了新的生命，显得新鲜而富有生机。最近，柯灵先生为《人生和艺术》散文丛书写了一篇总序，其虽然只有六百余字，却极为精辟地阐述了人生、艺术和散文之间的关系。其中的内涵，不亚于万言长文。请看他怎样议论散文：

> 散文最贴近生活，大言炎炎，小言詹詹，清谈娓娓，私语絮絮，可上九天摘星，可在裈中捉虱，意到笔随，不据（拘）一格。寸楮片纸，却足以熔冶感性的浓度，知性的密度，思想的深度，哲学的亮度。一卷在手，随兴浏览，如清风扑面，明月当头，良朋在座，灯火亲人。
>
> 散文创作不但考检文字工（功）力，也验证情操性行。文字虽小道，却是探察内心的窗口，或庄，或谐，或如姜桂，或如芒刺，或慷慨放达，或温柔敦厚，或玲珑透剔，或平淡自然，发乎性，近乎情，丝毫勉强不得。或真纯，或夸饰，或朴实无华，或锦绣其外败絮其中，也瞒不了明眼人。流派纷陈，是精神领域宽广的表现。物质贫乏表示民族衰老。一切文学艺术产品，在商品社会里，自然要进入市场流通，但艺术无价，灵魂无市。

文字何等讲究，每一字，每一词，每一句，都是精雕细刻，然而绝不是浮华的雕凿，而是浑然天成，使人不禁感慨这些文字的言简意赅，感慨作为文学语言的汉字竟能有如此典雅丰富的表现力。

我想，年轻一辈的作家，读着柯灵先生这样的文章，应该会感到一些惭愧。当我们洋洋洒洒写着长文，并以此为自豪的时候，柯灵先生却正在吝啬地从浩如烟海的汉字词库中精挑细拣，构筑着他的短小精粹、涵义阔大的散文。作为也在学着写散文的后辈，我从心底佩服柯灵先生。我想，在中国的散文史上，柯灵先生将以他真挚深沉的思想、典雅精粹的文字，留下灿烂的一页。

倾听未来

近日，读高瑛回忆艾青的文章，引起了我的一些回忆。

“艾青”这两个字，在我的心里曾经是诗的象征。少年时代读《大堰河，我的保姆》《雪落在中国的大地上》和《黎明的通知》等作品，浮想联翩。艾青的诗句把我引入乌云弥漫的灰暗年代，也把我引入激情飞扬的境界。在艾青的诗中，我听到一颗博大而敏感的心在有力地跳动。不过，我觉得这样的诗人似乎是生活在另外一个世界，他们就像天上的星辰，明亮而耀眼，可望而不可即。他们可以让人崇拜，让人仰望，让人面对他们的名字和诗歌浮想联翩，产生美妙的梦想。我做梦也不敢想，有一天，我会和艾青坐在一起，听他说话，和他一起谈论诗歌。

1979年初春，中国作协组织了一个诗人访问团，访问沿海地区，艾青是团长。诗人们先去了海南岛，再到上海，然后去青岛、大连。那时，“文化大革命”刚结束不久，艾青从沉默中复出，他的诗歌新作不时出现在报刊上，成为中国文坛引人注目的大事。他的《光的赞歌》《鱼化石》《古罗马竞技场》等力作被诗歌爱好者广为传诵。这次海洋诗会，也使老诗人诗兴大发，艾青写了很多和海洋有关的诗。走在海滩上，他感觉“俯拾皆是欢欣”。访问团到达上海时正是早春三月，上海作家协会组织了一次欢迎会，我也去了。那时，我还在华东师大中文系读书。那天到会的人很多，上海作协的大厅里全坐满了。在会上，我第一次见到了艾青，但我只是远远地看他，没有机会和他说话。他坐在诗人们中间，没有占据显赫的位置，也没有在会上发表什么长篇大论，只是在介绍诗人的时候说了几句俏皮话，使会场上的气氛始终保持着轻松。然而毫无疑问，他是大家关注的中心。那次会上最有意思的事情是诗人们朗诵自己的作品，有人朗诵了艾青刚创作的《盼望》。诗歌只有短短八行，却让人无法忘记。我至今仍能背诵这首短诗：

一个海员说，
他最喜欢的是起锚所激起的
那一片洁白的浪花……
一个海员说，
最使他高兴的是抛锚所发出的
那一阵铁链的喧哗……
一个盼望出发
一个盼望到达

出发和到达，是人生的两种境界。两者之间的内容，包涵了人生的全部。诗人站在航行的船上，同时想到了出发和到达，传达给读者的，是无尽的联想。

1982年初，我大学刚毕业，分配到《萌芽》当编辑。那年秋天，我带着未婚妻一起去北京，住在诗人徐刚家里。徐刚也是崇明岛人，曾和我同在家乡生活工作，他的创作受到了艾青的关注，和艾青有很多交往。他知道我崇拜艾青，说要请我和艾青一起吃饭，让我有机会和这位大诗人见面说话。我以为他随便说说，没想到他为此正儿八经地请了一次客。

那天吃饭是在哪家饭店我已记不得了，一起来的，除了艾青、高瑛夫妇，还有袁鹰，徐刚、陈舒燕夫妇是东道主。和艾青坐在一张桌子上吃饭，我可以仔细地观察他。艾青的头比一般人要大，他的额头特别宽，看人时表情很温和，但目光里闪烁着智慧。第一次面对我崇敬的大诗人，我有点紧张，也拘谨，不知道该说什么好。但艾青一开口，我就放松了。他微笑着，目光直视着我，但并不咄咄逼人。徐刚告诉艾青，我和他是同乡，曾经到崇明岛“插队落户”。艾青笑着对我说：“哦，你也是崇明岛人，你们崇明岛出诗人嘛。”那次聚会，艾青和袁鹰、徐刚谈得多，高瑛则和两位年轻女士说话，在大部分时间里，我只是一个听者。那天话题很广，艾青说的多。他说话很慢，也没有长篇大论，总是用短促的几个字和词，来叙述事情，抒发感想。艾青谈北大荒，谈新疆，谈王震在“反右”时对他的保护。不知怎么，谈起了智利诗人聂鲁达。五十年代初，聂鲁达访问中国，艾青一直陪着他，两个人因此成为知心的朋友。有一次，艾青问聂鲁达：“在我们的汉字中，您这聂鲁达的‘聂’字是三个耳朵，我看您和常人一样，也只有两个耳朵，还有一个呢？”聂鲁达想了想，用手指敲敲额头，微笑着答道：“在这里，它在倾听未来。”

这段有趣的轶事，说得大家都忍不住笑起来。艾青的智慧和幽默，在他和聂鲁达的这段对话中表现得很形象。艾青说“它在倾听未来”时，模仿聂鲁达的样子，用手拍着宽大的额头，样子很滑稽。后来我读到聂鲁达的回忆录，他用深情的语言谈到和艾青的友谊，谈到中国“反右”时他的困惑，他对艾青的同情和担忧。他认为艾青是一个智慧而富有幽默感的诗人，是一个坚定不移的爱国者。他不明白，这样的好人，为什么在中国会受到批判。他很想声援艾青，但是鞭长莫及。尽管他们之间的联系后来中断了，再也没有恢复，但远隔天涯的两位大诗人却一直心灵相通。聂鲁达获诺贝尔文学奖时，正值中国的“文化大革命”时期，艾青连人身自由都没有，根本无法向他道贺。艾青谈起聂鲁达时，也很自然地流露出对这位老朋友的怀念。六年后，我随中国作家代表团访问墨西哥，陪同我们的一位女作家曾在聂鲁达身边工作过，我把这个故事讲给她听，引起了她极大的兴趣。她无法理解三个耳朵的“聂”，但知道了聂鲁达和中国一位大诗人之间的友情。

那天，我带着一本人民文学出版社出版的《艾青诗选》，请艾青签名。艾青在扉页上写了我的名字，然后签了自己的名字。他的字写得很大，笔力苍老遒劲，这使我想起他曾是一个画家。后来看到他写齐白石的文章，才知道他一直没有放弃对艺术的追求。而那篇写齐白石的文章，成为“文化大革命”后出现的怀人散文中的传世佳作。

1985年春天，我被选为上海作家的代表，参加了中国作协第四届代表大会。大会在京西宾馆召开，所有的代表都住在那里，艾青也来了。当时，艾青是中国作协副主席，开大会的时候，他坐在台上，我没有机会和他说话。我那时大概是最年轻的几位代表之一，是真正的小字辈。艾青的房间和上海的代表不在一个楼层，我不敢贸然去拜访他。一天，开大会前，我遇到了艾青。那是在宾馆空旷的门厅里，我发现艾青和高瑛互相搀扶着走在我的前面，艾青走得很慢，显得步履蹒跚，明显地露出了老态。走到一排沙发旁，他大概是走得累了，便坐了下来。我走到他身边，停住脚步和他打招呼。我问他："艾青老师，您好，您还认识我吗？"艾青抬头看了我一眼，笑着回答："怎么会不认识，你是赵丽宏嘛。"高瑛在一边问我未婚妻的近况，我告诉他们，我们已经结婚了，刚生了个儿子。艾青以他特有的温和的目光看着我，开玩笑地说："哦，当父亲了，弄璋之喜。"

我对艾青说，我很想到您的房间里看看您，但又怕打扰您。艾青笑着说，来吧来吧，我们见过面，一起吃过饭，也是老朋友了。说着，他站起身来，我想扶他一下，艾青笑起来，说："我还没有到不能走路的地步呀。我自己走。"我们并肩走着，慢慢地走过长长的走廊，走进了会场。

本来想在那天晚上去艾青的房间里拜访他，但是当天晚上，艾青就因为身体不适回家了。我想，以后总会有机会再去拜访他。想不到，这就是我最后一次和艾青说话，此后再也没有机会见到他。

艾青离开人世已经好几年了。写这篇文章时，我曾上网搜寻关于艾青的信息，互联网上和艾青有关的网页竟有一万多个。"为什么我的眼里常含泪水？因为我对这土地爱得深沉……"，这样的诗句，无声地出现在网页上，却依然能震撼人心。一个诗人，只要他的诗歌仍在人间流传，他就依然活着。在冥冥之中，他正静静地倾听着未来。他的生命和热爱诗歌的人们共存。

流水和高山

在宁静的西湖畔，凝视着波光潋滟的水面，我的心里回荡着音乐。

在九寨沟，欣赏着那些水晶一般清澈晶莹的流水时，我的心里回荡着音乐。

在黄山，惊叹着群山千姿百态的变化时，我的心里回荡着音乐。

在黄河边上，看那浑浊的急流翻卷着旋涡滔滔奔泻，我的心里回荡着音乐。

在峨眉山顶，俯瞰着在翻腾的云海中起伏的群山，我的心里回响着音乐。

坐船经过长江三峡的时候，面对着汹涌的急流和峻峭的危岩，我的心里回响着音乐……

面对着流水和高山，我想起了人类历史上两位最伟大的音乐家，他们是贝多芬和莫扎特。

也许有人会说，置身于中国的山水，你的心里为什么会回荡外国人的音乐？我想，答案其实很简单，美好的音乐没有国界，它们无需翻译，无需解释，便能毫无阻拦地逾越语言和民族的藩篱，沟通人类的心灵，拨动情感之弦。在大自然奇妙的韵律中，想起这两位音乐家，在我是情不自禁的事情，听他们的音乐时，我不觉得他们是外国人，只感觉他们是和我一样的人，他们用音乐表达对世界和生活的看法，用音乐抒发他们心中的诗意。他们的音乐感动了我，激动了我，他们的音乐把大自然和人的情感奇妙地结合为一体，使我恍然觉得自己也成了大自然的一部分，成了音乐中的一个音符。记得很多年前，在一些愁苦的日子里，我把自己关在屋子里，一遍又一遍地倾听着莫扎特的钢琴协奏曲——从他儿时创作的第一钢琴协奏曲，一直到他晚年写的第二十七钢琴协奏曲——听着这些优美的钢琴曲，如同沿着一条迂回在幽谷中的溪涧散步，清凉晶莹的流水洗濯着我疲惫的双脚，驱散了我心头的烦恼。

莫扎特的音乐如同清澈的流水，在起伏的大地上流淌。这流水时而平缓时而湍急，然而它们永远不会失去控制，始终保持着优美的节奏。它们在风景如画的旅途上奔流，绿荫在它们的脚下蔓延，花朵在它们的身边开放，百鸟在它们的涛声中和鸣。有时，也有凄凉的风在水面吹拂，枯叶像金黄的蝴蝶，在风中飘舞……然而这样的景象，不会破坏它们带来的美感。莫扎特的旋律中有欢乐，也有悲伤，但，我没有发现他的愤怒。莫扎特可以把人间的一切情绪都转化为美妙动人的旋律，甚至他的厌恶。这是他的神奇所在。他的追求，何尝不是艺术的一种理想境界？在人类艺术的长河中，有几个人能达到这样的境界？莫扎特为法国圆号写过几首协奏曲，都是为当时的一个业余法国圆号演奏家所作。莫扎特看不起这个没有受过多少教育的演奏家，在写给他的曲谱上，莫扎特用“笨驴、牛、笨瓜”这样的词儿来称呼这位演奏家，其厌恶之情溢于言表。然而不可思议的是，他在曲谱上写出的旋律，却是人间少有的优雅音乐。这些音乐当时就让人着迷，它们一直流传到现在，能使现代人也陶醉在那迷人的旋律中。所以有人说，莫扎特是上帝派到人间来传送美妙音乐的特使。我想，只要人类存在一天，莫扎特的音乐就会存在一天。人世间的变化再大，人类也不会拒绝莫扎特的音乐，就像人类永远不会离开奔腾的流水。

曾经听到一些自称喜爱音乐的人宣称：不喜欢莫扎特。莫扎特太甜美。仿佛喜欢了莫扎特，就是一种浅薄。这样的看法使我吃惊。在人类的历史上，有哪个音乐家为这个世界创造了如此丰富众多的美妙旋律？创造美，竟然可以成为一种罪过，岂不荒唐！我听过莫扎特生前创作的最后几部作品，他的第四十交响曲，他的《安魂曲》——这些在贫病交迫的境况中写成的音乐，把忧伤和困惑隐藏在优美迷人的旋律中。听着这些旋律，只能使人对生命产生依恋，只能对生活产生憧憬。一个艺术家，面对着穷困和死神，依然为世界唱着美丽的歌，这是怎样的一种境界？把这样的境界称之为“浅薄”，那才是十足的浅薄。

听贝多芬的交响曲，很少有人不被他的激情所振奋。即便是那些对音乐没有多少了解的人，也能在他气势磅礴的旋律中感受到生机勃勃的力量，感受到一种居高临下、俯瞰大地的气概。就像读杜甫的《望岳》，“会当凌绝顶，一览众山小”。音乐家在把心中的音符倾吐在乐谱上时，灵魂中涌动着多少澎湃的激情？贝多芬的其他曲子，也有相似的特点。我很难忘记第一次听贝多芬的第五钢琴协奏曲时的印象——当钢琴高亢激昂的声音突然从协奏的音乐中迸出时，我的眼前也出现了流水，不过这不是莫扎特的那种缓缓而动的优雅的流水，而是从悬崖绝壁上倾泻下来的飞瀑，是从高耸入云的阿尔卑斯山上一泻千里的急流，这急流挟裹着崩溃的积雪和碎裂的冰块，它们互相碰撞着，发出惊天动地、惊心动魄的轰鸣。我无法理解，这样的音乐，为什么会有《皇帝》这么一个别名？不喜欢皇帝的贝多芬，难道会喜欢用《皇帝》来为这样一部激情铿锵的作品命名？如果用《阿尔卑斯山》作为这部钢琴协奏曲的名字，该是多么贴切。在莫扎特的音乐中，似乎很少出现这样强烈的、激动人心的声音。如果是莫扎特的河流，他不会让流水飞泻直下，也不会让那些冷冽的冰雪掺和在他的清澈的流水中。他一定会寻找到几个平缓的山坡，让流水减慢速度，委婉地、迂回曲折地向山下流去。这样的流水，当然也是美，不过这是另外一种韵味的美。

在贝多芬的音乐中，我很自然地联想起那些高耸入云的山峰，它们以宽广深沉的大地为基础，以辽阔的天空为背景。它们像自由不羁的苍鹰俯瞰着大地，目光里出现的是大自然的雄浑和苍凉，是人世间的沧桑和悲剧。只有那些博大的灵魂，才可能描绘出这样气势浩大的景象。

然而，贝多芬的山峰不是荒山。他的山峰上有蓊郁的森林，也有清溪流泉。他的钢琴奏鸣曲《月光》便是倒映着清朗月色的高山湖泊，他的那些优美的钢琴三重奏便是清澈的山涧，在幽谷中蜿蜒流淌……当音乐跌宕起落、震天撼地时，他的山峰便成了洪峰汹涌的峡谷，轰然喷发的火山。

曾经听一位西方的指挥家这样评论贝多芬：他把心中的愤怒、焦灼和困惑直接用音乐宣泄出来。在他之前，还没有人这样做。这就是现代音乐和古典音乐的分界。这样的结论，对于音乐史或许有些武断，但作为对贝多芬的评价，却一点没有错，这大概正是贝多芬对现代音乐的贡献。把心中那些复杂焦虑的情绪化为音乐的旋律，也许改变了古典的和谐优雅，使有些人觉得惊愕，觉得不那么顺耳，然而这种复杂的心情，绝非贝多芬一人心中所独有，他用如此强烈激荡的形式把这种心情表达出来，当然能使无数人产生共鸣。对那些萎靡不振、沮丧悲观的灵魂，贝多芬的音乐是一剂良药。正如萧伯纳在《贝多芬百年祭》中所说：他不同于别人的地方，就在于他那令人激动的性格，他能使我们激动，并把他那奔放的激情笼罩着我们。贝多芬的音乐是使你清醒的音乐。

如果有人问我：面对着这样的流水和这样的高山，你更喜欢谁？我很难回答这个问题。最近读法国钢琴家大卫·杜波的《梅纽因访谈录》，书中，大卫·杜波问梅纽因：在贝多芬和巴赫、莫扎特之间，谁更伟大？这问题使梅纽因颇费神思。他这样回答："我没有必要把他们摆到同一水平线上去衡量，但我的生活中的确不能缺少他们之中的任何一位。除了贝多芬 ，我也不能没有莫扎特、巴赫、舒伯特以及其他许多人。"我想，在音乐的世界里，不能没有贝多芬，也不能没有莫扎特。少了他们两位中的任何一位，这世界就是残缺的。在这两位音乐大师中，谁也无法下结论说哪个更伟大，更了不起。就像在评价中国的唐诗时，你很难说李白和杜甫这两位大诗人，谁更伟大，谁更了不起。如果把莫扎特比为流水，那么，贝多芬就是高山。流水和高山，都是大自然中最精彩的风景，流水的活泼清逸和高山的峻拔秀丽，同样令人神往。在我们的大地上，不能没有流水，也不能没有高山。高山和流水，常常是那么难以分割地连在一起。高山因流水而更显伟岸，流水因高山而更跌宕活泼。没有高山，也就不会有流水；而没有流水的高山，则必定是荒山。我并不关心人们怎样为莫扎特和贝多芬的音乐风格定义。古典主义也罢，浪漫主义也罢，这些帽子，怎么能罩住音乐塑造的丰富形象和复杂微妙的情感？

听莫扎特的音乐，你可以坐下来，静静地欣赏，犹如面对着水色潋滟、风光旖旎的湖水。你会情不自禁地陶醉在他的音乐中，让想象之翼进行彩色翔舞。

听贝多芬的音乐，令人激动，令人坐立不安。在那些跌宕起伏的旋律中，你仿佛急步走在崎岖的山道上，路边气象万千，让你目不暇接。你也很可能产生这样的担忧：前面，会不会突然出现一个悬崖，会不会一失足跌落进万丈深渊？

这样的境界，都是诗意盎然的人生境界。

是的，莫扎特和贝多芬，常常使我想起中国的李白和杜甫。李白和杜甫虽然都生活在盛唐，却是一前一后，擦肩而过。然而两个人的诗歌一起留了下来，成为那个时代留给世界的最响亮最美妙的声音。李白和杜甫相处的时间极短，却互相倾慕，互相理解，并将文人间这种珍贵的友谊保持终身。“白也诗无敌，飘然思不群”“笔落惊风雨，诗成泣鬼神”，这是年轻的杜甫对李白的赞叹。“不愿论簪笏，悠悠沧海情”，这是诗人对诗艺和友情的见解 。而李白一点也没有因为年长于杜甫而摆架子，两个人结伴同游齐鲁，陶醉于山水。分手后，互寄诗笺倾诉别情。李白诗曰：“思君若汶水，浩荡寄南征。”

杜甫也以诗抒怀："寂寞书斋里，终朝独尔思。""罢席惆怅月照席，几岁寄我空中书？"李杜之间的友情一如高山流水，绵延不绝。莫扎特和贝多芬也是同一时代的两位大师。对贝多芬来说，莫扎特是长者，是前辈。在艺术上，贝多芬对莫扎特满怀敬意，称他是"大师中的大师"，尽管他对莫扎特的生活态度不以为然。而莫扎特生前听到尚未出道的贝多芬的曲子后，也曾真诚地预言："有一天，他会名扬天下。"较之李白和杜甫，莫扎特和贝多芬之间的交流也许更少，两个人之间大概也谈不上有什么友谊，但是作为音乐家，他们的心是相通的。在莫扎特《天神交响曲》震撼天地的旋律中，贝多芬大概终于忘记了他所有的成见，因情感共鸣而手舞足蹈了……

莫扎特和贝多芬的时代早已远去。欣赏音乐的现代人恐怕不会去计较作曲家当时的身份，也不会去追索他对当时的皇帝持什么态度，更不会在乎他当时穿的是"宫廷侍从的紧腿裤"还是"激进共和主义者的散腿裤"。重要的是音乐本身，如果音乐家在作品中阐述了他对美的特殊理解，倾诉了他美妙的真情，那么，他的音乐就会长久地拨动听者的心弦。因为，他留下的旋律，是人类的心声，是美好感情的结晶，它们不会因为岁月的流逝而消失，也不会因为世事的更迁而变色。最无情的是时间，多少名噪一时的艺术，被时间的流水冲刷得一干二净，原因无他，因为它们不是真正的艺术。最公正最有情的也是时间。生时被误解、被冷落，死时连一口棺材也买不起，然而他的音乐却随着岁月之河晶莹四溅地流向了未来。时间对他来说不是坟墓，而是功率无穷的扬声器。

高山巍巍，流水潺潺。能在莫扎特和贝多芬的音乐中徜徉于美妙的高山流水，真是人类的福分。

钻石和雪花

大概在二十四年前，一个阴雨的夜晚，在一间没有窗户的小黑屋里，我打开一台老式电唱机，小心翼翼地将一张旧唱片放入唱机，然后屏住呼吸，等待着音乐出现。在一阵金属唱针和胶木的丝丝摩擦声之后，突然响起了沉重的鼓声。虽然我不敢将音量放大，但那鼓声还是使我感到惊心动魄。它们犹如痛苦的呐喊，也像一个巨人的脚步声，缓缓地，一声一声地轰鸣着向我逼近……很快，雄浑的鼓声便被优美的弦乐淹没，接下来展开的乐章一段又一段地攫住了我的心。它们带我上天入地，带我穿过雷声隆隆的雨幕，越过峻岭和幽谷，把我引向从未到达过的奇妙境界。起初，我觉得这非常像贝多芬的交响曲，然而不是。这是勃拉姆斯的《C小调第一交响曲》。那一夜，我第一次听到勃拉姆斯的音乐，也是第一次知道勃拉姆斯这个名字。他在阴雨绵绵之中推开了我的门窗，使我知道，在这个世界上，还有和贝多芬一样雄浑博大的音乐。

此后，我一直设法寻觅勃拉姆斯的音乐，然而说起来可怜，在二十多年前，要在中国找一张勃拉姆斯的唱片，竟难如登天。一直到八十年代，我才陆陆续续听到了一些勃拉姆斯的作品，譬如他的《摇篮曲》《海顿主题变奏曲》《D大调小提琴协奏曲》《第二钢琴协奏曲》《B小调单簧管五重奏》《德意志安魂曲》等。这些作品都使我感动，它们不时地使我联想起贝多芬，联想起巴赫，联想起莫扎特，联想起和他同时代的音乐大师，然而他显然又不同于他人。他不像贝多芬那样总是激情磅礴，不像巴赫那样总是沉稳庄重，也不像莫扎特把世间的一切都转化成优美的旋律。在他的音乐中，有一种欲言又止的惆怅，有一种深藏不露的忧郁，有一种隐隐约约的哀怨……这些情绪，仿佛清波下的暗涌，使奔涌的流水变得深不可测。我喜欢凝神倾听这样的流水，在它们的涛声里，我的眼前浮现出关于勃拉姆斯的动人故事。这故事，正是那些暗涌的源头……

1853年9月30日，20岁的勃拉姆斯在小提琴家约阿辛的陪同下去拜访舒曼。舒曼当时的名声如日中天，他是成就卓著的作曲家，也是权威的音乐评论家。舒曼的妻子克拉拉，是名扬欧洲的钢琴家。生性内向腼腆的勃拉姆斯敬仰他们，却一直没有勇气去拜访他们。他曾经将自己谱写的钢琴曲寄给舒曼，不知什么原因，钢琴曲被原封不动地退了回来，这使他感到自己和舒曼之间距离遥远。如果不是好友约阿辛的怂恿和鼓励，他可能永远不会踏进舒曼的家门。这次拜访，成为勃拉姆斯一生的转折点。舒曼见到勃拉姆斯，一点也没有摆架子。还没说几句话，舒曼立即将他带到钢琴前，让他弹奏他自己创作的钢琴曲《C大调奏鸣曲》。勃拉姆斯才弹了几节，舒曼就眼睛一亮，示意他停止，接着大声喊："克拉拉，你必须来听一听！"于是，克拉拉也来到了客厅。在勃拉姆斯的眼里，美丽的克拉拉翩翩如天仙。克拉拉的微笑，使他的心灵如遭电击。这一瞬间的融洽感，后来发展成长达四十余年的情谊，成为人类情感史上难得的一页。那天，舒曼家的客厅里回旋着勃拉姆斯的琴声。在琴声里，舒曼和克拉拉都看到了一个伟大的音乐家的影子，他们感到他的钢琴曲如同"蒙着面纱的交响乐"，他们为此激动不已。在勃拉姆斯弹奏时，克拉拉一直默默地注视着他。她的温和的微笑使勃拉姆斯如沐春风。克拉拉后来在日记中这样记载：

> 他为我们演奏他自己写的奏鸣曲、诙谐曲和其他一些曲子，这些乐曲表现出丰富的想象力、深厚的感情和对曲式的驾驭能力。罗伯特（即舒曼）说，实在无法说出还要增减什么。看见他坐在钢琴前，的确令人感动！他有一张令人感兴趣的年轻面孔。当他演奏时，这张面孔显得美极了。他有一双漂亮的手，这双手克服了最大的困难……他为我们进行的演奏是那么炉火纯青，让人感觉他是好心的上帝特别定做的。他有远大的前程，因为一旦他开始作管弦乐曲，他将为他的天赋找到第一个真实的创作领域。

而舒曼，那天在日记上只记了一句话："勃拉姆斯来看我，他是一个天才。"

此后，舒曼便不遗余力地推荐介绍勃拉姆斯。他们见面一个月后，舒曼就在他主编的《新音乐杂志》上写了一篇题为《新的道路》的社论，高度评价勃拉姆斯的才华，使勃拉姆斯的作品开始被德国音乐界关注。舒曼在他的文章中这样说："他的突然来临，是由上帝选来代表这个时代最崇高的精神。"而克拉拉则开始在她演出中激情洋溢地弹奏勃拉姆斯的作品。对勃拉姆斯的每一部新作，她都会坦率诚挚地提出自己的看法。勃拉姆斯成为舒曼家庭最亲密的朋友。勃拉姆斯深深地爱上了年长他十三岁的克拉拉，然而他敬重舒曼。他不愿意伤害恩师，只是把那份恋情深藏在心。勃拉姆斯拜访舒曼的第二年，舒曼因精神病住进了医院，为防止病情恶化，医生禁止克拉拉去医院探望。带着六个孩子的克拉拉坠入了痛苦艰难的深渊。这时，勃拉姆斯来到舒曼家，他安慰克拉拉，代她去医院探望舒曼。在克拉拉出门演出时，他为她照顾年幼的孩子们，成为孩子们亲切的"玩伴"。在那两年中，勃拉姆斯的爱和帮助对克拉拉来说几乎意味着一切。后来，克拉拉曾经这样向她的儿女们解释她和勃拉姆斯之间的关系："不管一个人有多么不快乐，上帝都会将他的慈爱传达给每一个人，我们必须为这样的事实而庆幸。虽然我拥有你们，但那时候你们太小，很难了解你们的亲爱的父亲，而且也因为太年幼难以体验任何巨大的悲痛。在那痛苦的数年中，你们无法给予我任何安慰。虽然拥有希望，但在那时候单单依靠希望要活下去是很不容易的。后来勃拉姆斯出现了。你们的父亲爱他、尊重他胜过这世界上任何一个男人。他以一个忠实的朋友的身份来分担我的不幸。他使我伤痛的心变得坚强，让我振作精神，而且尽他所能来抚慰我的心灵。事实上，他是位不折不扣的朋友，而且是我唯一的支柱。"1856年7月29日，舒曼逝世。在送葬的行列中，勃拉姆斯和舒曼的几个最亲密的朋友一起，抬着舒曼的灵柩走向墓地。舒曼逝世后，勃拉姆斯不能再待在克拉拉家，传统世俗的目光犹如利剑，从四面八方向他们两个人射来。勃拉姆斯离开时，克拉拉送他去火车站。那天，克拉拉心烦意乱，她在日记里写道："这简直是另一个葬礼。"

然而勃拉姆斯和克拉拉的情谊远远没有结束，它们只是刚刚开始。舒曼逝世后，勃拉姆斯始终是克拉拉最忠诚的朋友。在她困苦的时候，勃拉姆斯总会出现在她的身边，给她帮助和安慰。也许，正是因为勃拉姆斯太珍惜他对克拉拉的爱情，他才那样将爱深藏在心，只是以一个朋友的身份出现，无微不至地给她帮助和安慰。舒曼去世后，勃拉姆斯本可以向克拉拉倾吐爱情，向她求婚，然而他保持着沉默。他知道克拉拉依然念念不忘舒曼，在克拉拉写给勃拉姆斯的每一封信中，她都提及她和舒曼的婚姻——这是一种直接的提醒，也是一种婉转的拒绝。实际上，在克拉拉的后半生中，没有什么比勃拉姆斯的关心和爱更重要了。在两种不同的传记文字中，我看到两种不同的说法。一种说法，克拉拉曾写过很多流露出深情的信给勃拉姆斯，但都没有寄出；另一种说法，勃拉姆斯曾写过不少向克拉拉求爱的信，但是全都撕了。我不知道这两种说法哪种更准确，但是它们告诉我这样一个事实：这两个相爱的音乐家，无法逾越横隔在两个人之间的障碍，他们都压抑着心中的爱情。他们互相思念着，互相守望着，在爱情的根基上，长出的是友谊的绿荫。我看过法朗克·迪克西的油画《和谐》，表现的便是勃拉姆斯和克拉拉之间的情谊。画面上，克拉拉沉浸在音乐里，她在弹琴，她的双手在琴键上跳动，目光却眺望着远方。年轻的勃拉姆斯坐在钢琴边，他的右臂倚在钢琴上，手掌托着脸颊，他凝视着克拉拉的眼睛，目光里流露出来的是爱慕和崇拜，还有深深的哀愁。从窗外射入的一脉阳光，把他们两个人笼罩在温暖的金色之中……这两个音乐家之间这种不开花也不结果的爱情，并没有妨碍他们对艺术的共同追求。勃拉姆斯当时便被人们认为是贝多芬的传人，然而在贝多芬的光芒中，勃拉姆斯有着沉重的负担，他曾经这样对人说："你完全不能理解听到巨人的脚步声时，是什么样的感受。"这"巨人的脚步声"，便是指贝多芬的交响曲。他的《D小调第一交响曲》写得极其艰难，先后竟花了二十三年，在世界音乐史上，这也许绝无仅有。《D小调第一交响曲》是在克拉拉的关注和鼓励下写成的。克拉拉曾在一封信中启发他："暴风雨的天空可以孕育一部交响曲。"而勃拉姆斯给她的回信，就是《D小调第一交响曲》第一乐章那由沉重的雷声引发出的美妙绝伦的旋律。他把交响曲的每一部分曲谱都寄给克拉拉，让她体会他心中的激情，请她对作品提意见。交响曲的最后一个乐章中，有一段美妙的法国号独奏，旋律来自阿尔卑斯山的民谣。民谣的歌词是："在高高的山巅上，在深深的幽谷中，我千万次向您致意。"克拉拉收到勃拉姆斯的这部分乐谱时，禁不住热泪沾襟……《D小调第一交响曲》问世后，引起了巨大的反响，有人觉得这简直就是贝多芬的《第十交响曲》，然而勃拉姆斯又显然不同于贝多芬，没有人能否认他成功的创造。有人评论，这部交响曲，为勃拉姆斯的声誉奠定了不朽的基石。而人们并不知道，这部不同凡响的交响曲，和克拉拉有着千丝万缕的关系。

舒曼逝世后，克拉拉守寡四十年，始终未嫁人。而勃拉姆斯，则终身未娶，至死孑然一身。克拉拉去世时，勃拉姆斯不在她的身边。他从远方赶回来时，克拉拉已经下葬。勃拉姆斯一个人来到克拉拉的墓地，颓坐在她的墓穴边。泪水沿着他苍老的脸颊，沿着他灰白的胡须，滴落在松软的墓地上……一年后，勃拉姆斯也与世长辞。这是人间的悲剧，也是两个高尚的灵魂为世界留下的一首优美凄楚的长诗。这样的感情，大概会使很多视爱情如儿戏的现代人难以理解，但你怎能不对他们这种感情产生由衷的敬意呢？

了解了勃拉姆斯和克拉拉之间的故事后，再听勃拉姆斯的音乐，便仿佛能听出很多弦外之音来。其实，勃拉姆斯并没有压抑自己的情感，他用音乐宣泄了自己对克拉拉的爱。他把那种刻骨铭心却又无望的爱情，全都用音乐倾吐了出来——那种惆怅，那种忧郁，那种哀怨，那种发自灵魂的呼唤，曾经拨动了多少热爱音乐、向往爱情的人的心弦。

最近，我常常听勃拉姆斯的《E小调第四交响曲》，这是他写的最后一部交响曲。指挥家克雷伯指挥维也纳爱乐乐团，将这部交响曲诠释得无比精美。我觉得这部作品是勃拉姆斯对自己一生的回顾——优美忧伤的旋律从头至尾回荡着无可奈何的叹息。勃拉姆斯的好友、小提琴家约阿辛曾这样描述勃拉姆斯，说他像“钻石般纯真，雪花般柔软”。这样的描述，不仅指他的人格，也指他的音乐。在勃拉姆斯的音乐中，回荡着深沉挚切的赤子之心，倾诉着对爱情的渴望。在钻石般透明澄澈的天空中，飞扬着晶莹柔软的雪花。

爱之魔力

爱是人类有别于其他生物的最重要的标志。爱使人世间产生了很多奇迹。浪子回头，哑巴说话，盲人重见光明，植物人恢复知觉……这样的奇迹，被大量地表现在文学作品中。爱也是很多悲剧的起因，莎士比亚在《罗密欧和朱丽叶》和《奥赛罗》中就把这样的悲剧表现到了极致。

爱是人类心灵中最恒久的一种激情，这种激情自古以来一直是文学创作的动力和催化剂。

1911年春天，一个阴郁的黄昏，在智利中部的小城斯冷纳街头，突然响起了一记枪声。枪声中，倒下了一个年轻的小伙子。人们闻声赶来，只见他的手中握着一把手枪，发热的枪管还在冒烟。年轻人失神的眼睛怅然地望着天空，脸上笼罩着悲伤和绝望。这个青年是谁？他为什么要自杀？人们在他的衣袋里发现了一张明信片。明信片上有他的名字：罗米里奥·尤瑞塔，写这张明信片的是一位姑娘，名字是加勃里埃拉·米斯特拉尔。明信片的内容很简单，文字也极冷静，是一封拒绝爱情的信。谁也不会想到，这一出爱情悲剧，会成为一个伟大的诗人走向文学的起因和开端。这位写明信片的姑娘，三十多年后将登上诺贝尔文学奖的领奖台，成为“拉丁美洲的精神皇后”，成为闻名世界的诗人。

米斯特拉尔在17岁那年遇到了年轻的铁路工人尤瑞塔，两个人真诚相爱，却又因志趣不同而分手。尤瑞塔对米斯特拉尔念念不忘，然而米斯特拉尔不愿意和纵情酒色的尤瑞塔重新和好。痴情的尤瑞塔竟然走上了绝路。尤瑞塔的死，在米斯特拉尔的心里留下了难以愈合的创伤。在哀伤和痛苦中，米斯特拉尔找到了倾吐感情、诠释灵魂创痛的渠道：写诗。她创作了怀念尤瑞塔的《死亡的十四行诗》，诗中那种刻骨铭心的爱，那种发自灵魂深处的真情，使所有读到它们的人都为之心颤。她在诗中写道：“我要撒下泥土和玫瑰花瓣，我们将在地下同枕共眠。”“没有哪个女人能插手这隐秘的角落，和我争夺你的骸骨！”她以这组诗参加了圣地亚哥的花节诗赛，荣获第一名。人们由此记住了她的诗，记住了她的名字。

《死亡的十四行诗》充满了孤苦哀伤的气息，犹如绝望的爱情誓言。米斯特拉尔一生未婚。据说，除了尤瑞塔，她没有再爱过第二个男人。然而爱情却成为她毕生讴歌的主题。她在《我喜欢爱情》中这样写道：

它给你缠上长长的绷带，你必须忍受创伤。
它献给你温馨的翅膀，你却不知它飞向何方。

它走了。你将神魂颠倒地尾随，尽管你发现：

你必须追随它，直到死亡……

作为一名杰出的诗人，米斯特拉尔并没有无止境地沉浸在个人的哀痛中。由痛苦而产生的爱，如同在风雨中萌芽的种子，在她的心中长成了一棵枝叶葳蕤的大树。这棵大树，向世人散发出智慧的馨香和博爱的光芒。米斯特拉尔在她的诗歌中讴歌男女间的爱情，也歌颂母亲和母爱，歌颂孩子和童心，歌颂气象万千的大自然，她把爱的光芒辐射到辽阔的地域。她的诗歌，流露出女性的温柔和细腻，表现出悲天悯人的博大情怀。爱人，爱生活，爱自然，这些就是她的诗歌的永恒主题。我读过她的散文诗《母亲之歌》，在诗中，她把一个女人从十月怀胎到生下孩子的过程和柔情描写得婉转曲折，动人心魄。读这样的文字，使人感受到一颗善良的母亲之心是多么美丽动人。在她之前，大概还没有一个作家把女人的这种体验表现得如此深刻，如此淋漓尽致。发人深省的是，写出这种作品的诗人，自己并没有生过孩子，没有当过母亲。其实，其中没有什么秘密，因为米斯特拉尔胸中拥有作为一个女性的所有爱心。1945 年，米斯特拉尔获得诺贝尔文学奖，颁奖者以这样的话评价她：“她那由强烈感情孕育而成的抒情诗，已经使得她的名字成为整个拉丁美洲世界渴求理想的象征。”对于这样的评价，她当之无愧。

读米斯特拉尔的诗歌时，我很自然地会想起另一位获得诺贝尔文学奖的智利诗人聂鲁达。如果说，米斯特拉尔的诗是人类女性精神的美妙结晶，那么，聂鲁达的诗便是雄浑刚健的男性气质的荟萃。然而他们两个人诗作的内核是共同的，那便是对人和自然的爱，对真理和理想的追求。在智利这片狭长而多彩的国土上，哺育了这样两位杰出的诗人，这是智利的光荣。

米斯特拉尔也常常使我联想起中国的一位了不起的女作家：冰心。六十多年来，冰心始终以博大而细腻的爱心面对世界，面对读者，使无数人沉浸在她用纯真高尚的爱构筑的艺术天地中。冰心的声音，也是中国知识分子和中国文学良心的一种象征。

表达了真爱的美妙艺术，是不会过时，也不会暗淡的。只要文明的人类还在追寻这样的爱，米斯特拉尔和冰心，她们的作品就永远会有新鲜的生命力。

巍峨的托尔斯泰

曾经有报刊给我出题，要我推荐人类有史以来最伟大的十部小说。中国的小说，我首先想到的是《红楼梦》；外国的小说家，第一个出现在脑海里的，就是托尔斯泰。然而选他的哪一部小说，却使我感到为难。《战争与和平》《安娜·卡列尼娜》《复活》，三部小说都是伟大的作品，选任何一部都不会辱没了那个小说排行榜。我最后还是选了《安娜·卡列尼娜》，不过加了一个说明：托翁的这三部小说，都可以入选。面对托尔斯泰和他的作品，再狂妄自大的家伙，也不敢发出不恭敬的声音。“伟大”这样的形容词，曾经被人用得很随便很泛滥，用来形容托尔斯泰，却是再妥帖不过的。

托尔斯泰的形象，和他的小说，似乎有些对不上号。照片和雕塑中的那位满脸胡子的老人，更像是一个普通的俄罗斯农夫。托尔斯泰是贵族，是大地主，但对贵族的头衔和田地钱财看得很轻。他把土地分给农民，让农奴们恢复自由，自己也常常穿着粗布衣衫，操着农具，和农民一起在田野里劳动。但是他在小说中表现的，却是那个时代知识分子的最沉重最深刻的思考。他在小说中展现的宽阔雄浑的场景和丰富多彩的人物，让人叹为观止。他是一位小说家，也是一位哲学家。读他的那些哲学笔记，我也曾被他深邃的思想震惊。不是所有的小说家都在这样锲而不舍地寻找真理，探索人类的精神。他追求的是人与人之间的平等，希望人心向善，希望正义和善良能以和平的方式战胜邪恶。他是一个理想主义者，并用自己所有的生命和才华去追求这理想，尽管这理想在他的时代犹如云中仙乐、空中楼阁。当然，我更喜欢读他的小说，他的向往和困惑，在小说中化成了有血有肉的人物，化成了让人叹息沉思的曲折人生。

很多年前访问俄罗斯，有一个很大的遗憾，就是没有去看看托尔斯泰的庄园，没有去祭扫一下托尔斯泰的墓。托尔斯泰的墓，被茨威格称为“世界上最美的，最感人的坟墓”。这位大文豪的归宿之地，“只是树林中的一个小小长方形土丘，上面开满鲜花，没有十字架，没有墓碑，没有墓志铭，连‘托尔斯泰’这个名字也没有”，但这却是世上最宏伟的墓地，因为，里面长眠着一个伟大的灵魂。

在当时的苏联作家协会的花园里，有一座托尔斯泰的雕像。他穿着那件典型的俄罗斯长衫，坐在椅子上，表情忧戚地注视着每一个来访者。我在他的雕像前留影时，感觉自己是站在一座巍峨的大山脚下。

背　影

合上那本薄薄的名叫《佩德罗·巴拉莫》的小说，全身心都被一层神秘的烟雾笼罩着，久久无法解脱。这烟雾不是静止的，它们在我的眼前翻卷弥漫、飘忽不定。烟雾里幻化出形形色色的幽灵，鬼魂在其中呐喊，人在其中呻吟，真真假假，死死生生，鬼鬼人人……马蹄踏过空无一人的庄园，飞扬的尘土中一张张惊恐惶惑的脸时现时隐……

在记忆中，没有哪一本小说曾使我产生如此离奇而又强烈的印象。沉湎在它的意境中时，这世界、这人类仿佛全都有了新鲜的含义，尽管这种新鲜沉重而又阴郁。能创造出这种意境的必定是大智者。因为他们，人类的精神世界将不断丰富博大。时空失去了它们固有的规律，死者复活了，生者窥见了死后的一切，死者和生者不动声色地探究着人生的真谛。智慧的调色板上不时泛出人们一时还叫不出名字的新奇的色彩……

我于是记住了这本小说的作者，记住了一位墨西哥当代作家的名字：胡安·鲁尔福。

小说的扉页上没有作者画像。因此我无从知道他的外形，不知道他长着怎样的一张脸，怎样的一双眼睛；不知道他是喜欢蹙着眉峰沉思，还是常常抿紧了嘴显出一种含义深长的微笑……这一切是无法想象的。我曾经尝试着用自己的想象描绘他，然而不行，那片神秘的烟雾中幻化不出他的脸来。只有一个背影，瘦削的、修长的，披着一件黑色的风衣，低着头，步履沉重地在我的前面缓缓行走。神秘的烟雾围绕着他，却无法将他淹没……

数年之后，当我接到通知准备出访墨西哥时，脑海中冒出的头一个念头就是：好，这次能见到胡安·鲁尔福了！

人生的机遇是那样充满偶然，那些可求而不可得的事情突然出现在你面前时，有些人惊喜，有些人惶惑，而我，两者兼有。深想一下，也许是惶惑多于惊喜。当我飞越太平洋取道美国踏上墨西哥的大地时，心里便充满了这种莫名的惶惑。走出墨西哥机场，在出口处迎接我们的是墨西哥作家协会主席何塞·乌莎因先生。这是一位风度翩翩的美男子，脸上永远含着温和诚恳的微笑，这微笑消除了陌生的屏障。在汽车驶向宾馆的途中，我向他吐出了心中的惶惑：

“胡安·鲁尔福先生，他还在墨西哥么？”

“在，他住在墨西哥城。他是我们作家协会的名誉主席。”乌莎因先生微笑着回头凝视我，目光中掠过一丝惊讶。

“这次，能拜访他一下么？”

乌莎因先生没有直视我期待的目光，转脸看着车窗外缤纷的街景，沉吟片刻，才答道："他最近身体不好，一直在家闭门不出。如果身体许可，他一定非常乐意见你们。他知道你们要来，他很重视你们的访问。"

一个不置可否的回答。我不能再问什么，只能听凭安排了。

也许是怕我失望，乌莎因先生又回过头来，笑着补充了一句："我这两天就到鲁尔福先生的家里去。我们尽量安排吧。"

一颗还未熄灭的希望的火星！

然而不管怎么样，我毕竟已经离他很近了。那些远隔重洋、相距万里的遥想和揣测都已经成为历史。此刻，我和他身在同一块土地上、同一个城市里。走在墨西哥城那些人潮汹涌的街道上，我总是情不自禁地生出这种念头："他大概也在这条路上走过的。"墨西哥城繁华的都市风光却怎么也无法使我联想起《佩德罗·巴拉莫》，联想起小说中那扑朔迷离、真幻难分的气氛。而在那些脚步匆匆的墨西哥城人的身上，我也难以联想到胡安·鲁尔福的身影。

他依然神秘，依然是被烟雾围绕着的背影。

墨西哥城的普通老百姓是不是知道他？他们怎样看他？怎样理解他？我很想知道这一切。据我所知，除了中篇小说《佩德罗·巴拉莫》，他只写过一些短篇小说，加在一起才是薄薄的一本书。若以创作数量计，在中国，他恐怕要领一张作家协会的会员证也会遇到麻烦。大作家也是各种各样的。

一直陪着我们的卡门太太是墨西哥作家协会的戏剧部主任，一位举止优雅的中年女士。在一次闲聊中，我们谈起了胡安·鲁尔福。

"你认识他吗？"

“胡安·鲁尔福……”卡门轻轻地重复着他的名字，语音里流溢出一种神往，“我当然认识他，大家都认识他。”

“能谈谈您对他的印象么?”我很有兴趣地追问。

卡门把头一甩，笑了，金色的头发遮住了浅蓝的眼睛。她的描绘极其简单，也有些朦胧：“一个离群索居的老人，一个沉默的老人。他的目光能看到你的心灵深处，你却未必能看到他。他喜欢在寂静中冥想，谁也走不进他冥想中的世界。”

我专注出神的表情引起了卡门的注意，她又笑了：“等见到他，你就知道了。”

又是一颗燃烧的火星！卡门这样说，想必言之有据。

仿佛又离他近了一步。只是仍旧只见他的背影，他的反剪着双手、低着头、踽踽独行的背影。

一天，由翻译陪着去逛墨西哥城的书店。我的目光停留在五花八门的文学著作中，我在找他的名字。一位黑头发黑眼睛的小伙走近我，友好地向我点头微笑。这是书店的职员，他显然想向我提供帮助。

“我想找一本胡安·鲁尔福的著作。请问，您知道胡安·鲁尔福吗?”

“当然知道。我们中学的课本里就有他的小说。”小伙子说着，把我引到一个书架前，“瞧，这里都是他的著作，各种版本的都有。”他从书架上挑出两本书，递到我的手中。

两本书都不厚，装帧简朴，涂塑的封面上没有艳丽的色彩和图案，只有黑色西班牙语字母组成的书名赫然醒目。书的设计者很聪明，像他这样的作家，无需以缤纷华丽的外衣为装饰。翻译告诉我，两本书中，一本是《佩德罗·巴拉莫》，另一本是《胡安·鲁尔福小说集》。虽然不识西班牙文，我还是情不自禁地动手翻开书页……

不知为什么，书还未翻开，我的心跳却紧张得加速了。为什么？按惯例，这样的著作扉页上都印有作者的照片——难道，我是怕看见他的照片？

也许真是这样。我怕见到他的照片后，会破坏了深藏在心里的那份神秘感。照片上的他，未必能将目光射到我的心灵深处。要消除那份神秘感，也应该是在见到他本人的那一刻，为何不将这种感觉保留延迟到那一刻呢？

书还是翻开了。两本书的扉页上都没有他的照片。是出版者的疏忽，还是作者本人的意思？不得而知。

当我在墨西哥南方的玛雅文化遗址前发出由衷的感叹时，他的背影依然不时地在我的眼前出现。我觉得他的形象和笼罩着神秘色彩的玛雅文化有一种内在的默契，只有在能诞生玛雅文化的土地上，才能诞生他这样的作家。玛雅文化中断得极其突然，成为举世瞩目的历史和人类之谜。这谜又使我联想起他的创作。1962年，他只有44岁，正是精力旺盛的年龄。在中国，这种年龄的作家常常被归入“青年作家”之列。就是在44岁的时候，他中断了创作，再也没有写过一篇小说。此后的二十多年，他默默地把自己关在墨西哥土著民族研究所，研究他的人类学。他为什么搁下了手中那支不平凡的笔？是厌倦了，不想再写？是觉得峰巅已过，想永远保留自己在读者心目中的形象？是人类学吸引了他，使他认为研究人类的乐趣远在写小说之上？……如果见到他，我很想亲口问一问。暂时我还无法知道答案，不过这答案大概要比玛雅文化为何中断简单得多。我想。

又回到墨西哥城了。还有两天就要起程回国了，乌莎因先生在一家中国餐馆设宴为我们送行。他是否去过胡安·鲁尔福家中？我们和胡安·鲁尔福的会面能否实现？何塞因先生微笑着不动声色。他难道忘记了自己的许诺？

终于，何塞因先生谈这件事情了。当听到他口中出现胡安·鲁尔福的名字时，我的心又一次抽紧了。

“胡安·鲁尔福的身体仍旧不好，这几天还在床上躺着。不过，他非常愿意见你们。假如……”

乌莎因征询的目光落在我们团长的脸上。善良的团长犹豫了片刻，答道：“既然鲁尔福先生卧病在床，我们就不打扰他了，请您代我们转达敬意和问候吧。”

这一话题就到此结束了。我闭口无言，感到沮丧，眼前仿佛出现了似梦非梦的情景：我久久地追随着一个神秘人物，他时隐时现地走在我的前面，从不转身回首看我一眼。我步履急促，连奔带跑，他却一步一步走得极慢。眼看已离他不远，只要再紧追几步，就能赶上他。然而，我竟一脚踏空，跌进一道突然出现的深壑之中。当我在黑暗中挣扎时，他走远了……

哦，我将带着一份遗憾返回中国去！

离开墨西哥城，离开诞生了他的那片土地，我踏上了遥远的归程。飞越太平洋时，正是茫茫黑夜，机窗外什么也看不见，只有深不见底的黑暗。我企图想象他在病榻上闭目静思的模样，然而不行，想象的翅膀怎么也不肯往那个方向飞。唯有他的背影，唯有他的背影依然无声地走在我不可企及的前方……

只能再沉浸到他的小说中去继续重温他，寻找他，想象他。

回国不到四个月，就听到他离开人世的消息。那是登在《文艺报》上的一则一寸见方的小消息。许多人也许不会注意它，我，却默默地对着这条消息沉思了很久。我想起了他的小说中一段关于死的描写：

> 死就像一条河，慢慢地涨着水，慢慢地把它盖住，然而它不紧不慢地就成了一条新的小河。

他的河是不会枯竭的。这河将发出奇特的声响，在曾经追踪过他的人前面流着，并且会逐渐汹涌起来，宽阔起来。在他的涛声里，我仍将看见他的背影，瘦削的、修长的，披着一件黑色的风衣，低着头，步履沉重地在前面缓缓行走。神秘的烟雾围绕着他，却无法将他淹没……

注：胡安·鲁尔福（1917—1986）：墨西哥作家和摄影家，代表作有《燃烧的原野》《佩德罗·巴拉莫》等。

诗人之死

诗人死了!——光荣的俘虏——
倒下了，为流言蜚语所中伤，
低垂下他那高傲不屈的头颅，
胸中带着铅弹和复仇的渴望!……

——引自莱蒙托夫《诗人之死》

普希金的名字，早已成为俄罗斯文学的代名词，也已成为俄罗斯人生活的一个部分。在俄罗斯，除了白痴，没有人不知道普希金。这两个世纪以来，多少俄罗斯要人在风云一时之后又默默地被人们遗忘，其中包括那些自以为主宰了俄罗斯命运的沙皇。而普希金的名声却与日俱增。在访问苏联的旅途中，我的耳畔一次又一次听见普希金的名字，我的视野中一次又一次出现普希金的形象。在广场，在花园，在街道，甚至在地铁车站，被铸成铜像的普希金以沉思忧郁的目光凝视着人们。匆匆而过的人们已经习惯了这种凝视，然而还是会有人停住脚步，微笑着在普希金的像前放上几朵新鲜的小花。这些沾着露珠的小花所代表的意义，远远胜过那些虚伪动人的长篇颂词。在莫斯科的普希金广场，我曾在普希金铜像前的花坛中发现了一张明信片，上面写着：

“正直的诗人，你为什么死去……”

我不知道在这张明信片上题词的作者是谁，然而，在那短短的题词中流露出的深沉感情我却体会到了。这种感情很复杂，大概只有当代的俄罗斯人能够给出恰当的解释。不过有一点很清楚：当代的俄罗斯人依然热爱着普希金。

正直的诗人，你为什么死去？我也这样问自己。普希金死时只有38岁，正是才华横溢的年龄。如果他活下去，也许可以改写俄罗斯的文学史。普希金的死，在很长时间里，一直是人们热议的话题。在列宁格勒，在昔日的彼得堡，我访问了普希金故居，访问了普希金度过生命最后时光的所在。那幢古老的楼房为我拉开了神秘的帷幕，将诗人弥留时的情景缓缓地展现在我的面前……

列宁格勒的普希金故居在市中心。那天下午，作家格斯达利诺夫开着自己的轿车陪我们去参观。轿车沿着宽阔的涅瓦大街飞驰，到了莫伊卡桥前，车向西拐。沿着莫伊卡向西不过两百米，我们在一幢外形很普通的黄色三层公寓楼前下了车。这黄色公寓楼，就是普希金故居，他住在二楼。普希金在这里度过了他生命的最后一段时光，俄罗斯人在这里失去了他们最伟大的诗人。

公寓楼内有一个小广场，广场中心耸立着普希金的铜像。普希金站在高高的花岗岩基座上，面色怆然地凝视着他曾经住过的那幢楼房。

普希金故居的负责人加里娜是一位年轻漂亮的女士，她陪我们参观了普希金住过的房间，并亲自进行了生动的讲解。她以文学的语言，描述了普希金的弥留时刻……

那是一百五十四年前（本文写于1991年，编者注）的一个灰暗的早晨。普希金的妻子冈察洛娃烦躁不安地坐在客厅的椅子上。窗帘低垂，天光和雪光从窗帘的缝隙中漏进来。冈察洛娃走到窗前，掀开窗帘一角，心不在焉地朝窗外看了一眼，只看见堆满积雪的莫伊卡河冷冰冰地横在两条街道中间，如一条僵卧着的巨大的死蛇。一辆马车停在门外。冈察洛娃拉上窗帘，重新瘫坐在沙发上。她在等普希金。普希金去和那个流亡在俄国的法国男爵丹特斯决斗了，决斗的起因正是为了她！丹特斯以法国式的浪漫，肆无忌惮地追求冈察洛娃，仇视普希金的小人们乘机对普希金进行恶毒的侮辱和攻击。为了维护自己的荣誉，普希金向丹特斯提出决斗。普希金离开的时间并不长，他的好朋友冉萨斯陪他出门时，普希金很平静。情绪紧张的冈察洛娃想和他吻别，他淡然一笑，转身走出门去……

门铃响了，冈察洛娃坐在沙发上无动于衷。丈夫出门不久，有谁会这么早上门来呢？门铃又响了，响得很急促。

“普希金不在家！你走吧！”冈察洛娃不耐烦地对着门外大喊。

门铃依然响个不停。冈察洛娃只得起身开门。门外，站着面色苍白的冉萨斯。他的眼睛里闪烁着泪光。

“他……回来了。”冉萨斯声音低沉。

“他在哪里？”冈察洛娃焦急地追问。

“在马车上。”

冈察洛娃飞奔下楼，只见普希金正被人从马车里抬出来。普希金被裹在一件黑色的斗篷中，他紧闭着眼睛，面色灰白，剧烈的疼痛使他的脸部表情变得扭曲。冈察洛娃尖叫着向普希金扑过去，冉萨斯把她拉住：“他受伤了，不要碰他。”

木板楼梯上响起了沉重而杂乱的脚步声。几个人小心翼翼地抬着普希金上楼。在楼梯拐弯处，普希金突然发出一声惨叫，人们不得不停留了片刻。冈察洛娃泪流满面，然而她手足无措。鲜血，渗过斗篷，一滴一滴地淌到金黄色的木楼梯上……

普希金躺在卧室的床上呻吟。那场时间短促的决斗犹如一场噩梦。丹特斯的枪弹射进他的腹部时，他几乎没有痛的感觉，只看见耀眼的火光，以及对方那张瞪大了眼睛、露出了牙齿的脸。这张脸的表情与其说是凶恶，不如说是恐惧。当普希金在雪地上倒下，那个法国小丑面无人色……

普希金受伤的消息在彼得堡迅速传开了。平时安安静静的小楼前顿时热闹起来。热爱普希金的彼得堡人从四面八方踏着冰雪急急赶来。公寓门口、院子里、楼梯上，挤满了焦急不安的人。通向普希金住宅的那扇木门关闭着，人们被挡在门外。门开了，站在门口的是普希金的好朋友、诗人茹科夫斯基。茹科夫斯基做了一个请大家安静的手势，然后将一张字条贴在门上。字条上，写着普希金的伤情。茹科夫斯基轻手轻脚地关门走进去，字条上的消息，立即在焦急的人群中流传……

普希金还在苦苦地和死神搏斗。他的最亲密的朋友们都来了，他们聚集在客厅里，从卧室中传出的呻吟使他们如坐针毡。冈察洛娃蜷缩在客厅一角的一张沙发中，不和任何人说话。她的头顶上方的墙上，挂着一幅普希金的油画像。油画上的普希金正以一种严肃而亲切的表情注视着客厅中的每一个人，这种注视和痛苦的呻吟交织在一起，使在场的所有人都感到心如刀绞……

在普希金的卧室里，面色严峻的医生们站在普希金的床边。彼得堡最有名的医生都赶来了。面对着普希金腹部那血肉模糊的伤口，医生们默默无语。他们都听见了死神走向普希金的脚步声，然而没有人能够阻止死神的步步进逼。他们所能做的，只是小心翼翼地包扎好伤口，然后给普希金服一些镇静止痛的药。

第一夜，剧烈的疼痛折磨着普希金。普希金呻吟着，彻夜难眠。冈察洛娃走进卧室想来陪伴他，普希金拼命摇头，吃力地喊道："不，请你不要进来！让我一个人在这儿吧！"冈察洛娃只能含着眼泪悄悄退出，依然蜷缩到客厅的那张沙发里。茹科夫斯基站在普希金的床头，用手帕轻轻拭去普希金的额头不断渗出的汗珠。普希金痛得忍不住呻吟时，茹科夫斯基伸出手去。普希金下意识地抓住茹科夫斯基的手，那只因疼痛而颤抖的手竟然把茹科夫斯基握得非常痛。茹科夫斯基凝视着普希金蜡黄的脸，泪水夺眶而出……

第二天早晨，眼睛红肿的茹科夫斯基又出现在楼梯门口，将一张字条贴在门上，字条上写着：

"上半夜痛得很厉害，难以入睡。下半夜睡得比较平静。"

焦急地等候在门外的人们从这张字条中看到几丝希望，他们幻想着会有奇迹出现。然而所有从这扇门里走出来的医生都阴沉着脸一言不发，不回答人们提出的任何问题。医生拎着药箱上马车时，有人站在马车边上大声地恳求："救救普希金，让他活下去吧！"

第二天，普希金的伤势明显恶化。他发着高烧，大部分时间都处于昏迷状态，偶尔有片刻的清醒，也是被疼痛折磨得说不出一句话。天黑了，普希金从昏迷中醒来，只见冈察洛娃站在他的身边，脸上布满泪痕。恐惧、焦灼、悲哀和疲劳，使这位昔日公认的"莫斯科第一美人"变得形容憔悴。

"亲爱的……"普希金开口说话了，声音很微弱。冈察洛娃赶紧俯下身子，将自己的脸颊贴在普希金滚烫的额头上，她的眼泪流到了普希金的脸上。

"我的时间不多了。"普希金艰难地微笑着，"死神在召唤我。"

"不！你会好起来的，你会的！"冈察洛娃几乎是哭着喊道。

普希金凝视着泪流满面的妻子，欲言又止。站在冈察洛娃身后的茹科夫斯基看出普希金有话要说，便俯身低语道："有什么话，请你说出来吧。"

"你，答应我一件事，好么？"普希金平静地说着，似乎暂时忘记了伤痛。冈察洛娃流着泪连连点头。

"我死后……你，不要急着嫁人，好么？"普希金微笑着，目光对着天花板。

冈察洛娃一边点头，一边失声痛哭。

"好了，请你……出去，好么？"普希金费尽力气对妻子说出了最后一句话，这使在场的所有人都感到很吃惊。谁也无法断定，普希金此时不要冈察洛娃待在身边，是出于恨，还是出于爱。出于恨可以理解，出于爱也不难解释——他不愿意让妻子看到他痛苦的模样，怕因此使妻子伤心害怕。冈察洛娃显然是选择了第一种解释。她又一次掩面奔出卧室。人人都听见她把一个红色的水晶茶瓶碰翻在地。在寂静的黑夜，这突然的响声使人心颤。然而，跌在地板上的水晶茶瓶却完好无损。

普希金陷入了长时间的昏迷。

第三天早晨，在茹科夫斯基贴到楼门的纸条上，只写着短短几个字：

“病情十分严重！”

1837年2月10日上午，普希金的心脏停止了跳动。

普希金逝世的消息震撼了平静的彼得堡。莫伊卡河岸上挤满了悲痛的人们。前来向普希金遗体告别的人流从诗人的家门口一直排到涅瓦大街。沉默的人流秩序井然地走进普希金的寓所，走向安睡着的普希金。

普希金躺在一具棺材里，脸上凝固着痛苦的表情。人流默默地从他的身边走过。人们的目光中，有悲伤，有依恋，有敬畏，也有迷惘。

在人流中有一位青年，他泪流满面地在普希金身边站了很久。从这里出门后，他回到距此不远的寓所中，关起门来伏案疾书，把满腔的悲痛和愤怒倾泻到稿纸上。他在写一首长诗，诗题是《诗人之死》。这首诗不久以后便传遍了俄罗斯，人们也因此认识了一位天才的诗人，他的名字是莱蒙托夫。

在人流中，还有一位青年，他也默默无言地在普希金的身边守了很久。他崇敬普希金，然而无缘结识。几天前，在彼得堡的一位富翁家举办的音乐晨会上，他曾经见过普希金。那时，心情烦躁的普希金根本没有在意他那专注崇敬的目光，只对他匆匆一瞥，还耸了耸肩膀……想不到几天后再见面时，普希金已经永远地闭上了眼睛。这位青年在人们不注意的时候，悄悄地从普希金的头上剪下一绺鬈发，藏到了贴胸的衣袋中。这位性格细腻的年轻人，后来也成了举世闻名的大作家，他的名字是屠格涅夫。

由俄罗斯上流社会的一帮无聊之徒以及沙皇的宫廷造成的诗人之死，激起了人们极大的愤慨，沉默的人群孕积着一触即发的怒火。沙皇害怕普希金的葬礼会在彼得堡引起事端，在举行葬礼的前一天夜晚，派人把普希金的灵柩运到离彼得堡很远的圣山修道院悄悄埋葬。然而谁能埋葬那不朽的诗魂呢！普希金的名字，普希金的形象，普希金的诗，以不可阻挡的速度传遍了世界……

我们的脚步在普希金的故居中轻轻回响，加里娜把我们带进了一个多世纪前那段令人心颤的时光。景物依旧，然而故事已经十分遥远。客厅里，冈察洛娃当年曾经整夜蜷缩在上面的那张沙发，还放在通向卧室的门口。对面的墙上挂着普希金的油画像，油画上的普希金永远以忧郁的眼光凝视着那张无人的沙发。靠墙的茶几上，那个曾经被冈察洛娃打翻在地的红色水晶茶瓶依然完好无损，晶莹的光芒并没有因为岁月的流逝而暗淡。冈察洛娃不是一个信守诺言的人，在普希金逝世后不久，她就改弦更张，嫁给了一位追求她的法国贵族。这也许是她对普希金的一种报复。二楼楼梯的腰门上，还贴着茹科夫斯基用潦草的笔迹书写的那两张字条。楼门前寂静无人，面对着门上的字条，我似乎在刹那间也成了当年拥挤在门前那焦灼不安的人群中的一员……普希金卧室中的陈列品尤其使人难忘。在一个玻璃柜里，陈列着普希金决斗时穿的那件黑色背心。在另一个玻璃柜中，放着一个精致的小铜匣，铜匣里放着普希金的一绺鬈发，这正是屠格涅夫当年珍藏的那一绺头发。小铜匣边上，是用石膏拓下的普希金遗容。他是在痛苦中死去的，他的遗容看上去并不憔悴，而是一种沉重的思索的表情。当年屠格涅夫面对着他的遗容，曾经不由自主地在心里暗自重复："他宽广的前额显得古怪地苦痛……"

普希金的书房是一个令人神往的地方。这是一间宽敞的大房间，三面墙壁都放满了高大的书架，书架上摆满了各种各样的书籍，十九世纪的俄罗斯书籍装帧之精美，使人惊叹。书房的中间是一张大书桌，书桌上摊放着普希金的手稿，手稿上有普希金用鹅毛笔随手画下的侧面自画像。这幅自画像，早已成为普希金最著名的一幅画像。书桌上还有一尊兼做文具盒和烛台的非洲人雕像，一个年轻的黑人小伙子倚在一把大铁镐上，憨态可掬。这尊雕像是一位好朋友送给普希金的，这位朋友送这尊雕像时，曾开玩笑地说："让这个非洲人天天站在你的面前，也让你天天面对自己的祖先。"普希金生前非常喜欢这尊雕像。这位身上有着非洲血统的大诗人，也许真的会因此而常常想起自己的祖先。

在普希金的书房里，加里娜破例让我坐在诗人的大书桌前留影。站在一边的格斯达利诺夫笑着说："我们苏联的作家没有人敢坐到普希金的这把椅子上去！"

坐在普希金的书桌前，我恍若在梦中。这位伟大的俄罗斯诗人，曾是我少年时代的偶像。在动乱的岁月里，他的诗曾给过我安慰，给过我信心和力量。我从来没有想过，将来有一天会踏上俄罗斯大地，来到普希金生活过的地方，寻觅他的脚印，抚摸他的遗物……这是我的梦，如今，这梦变成了现实。

离开普希金故居时，我想写一首诗，表达我对普希金之死的想法。然而我终于没有写，倒是普希金生前留下的最后一首诗，久久地在我的脑海里回旋。这首诗谈的也是生和死，然而却没有阴晦沉重的色彩，有的是对生命的眷恋——

呵，不，我没有活得厌烦，
我爱生活，我要活下去；
这心灵还没有完全冷却，
尽管我的青春已经虚掷。
它还能对新奇的事物，
保留着感受的欢欣，
还能喜于幻想的美梦，
和对一切……的感情。

但丁的目光

暮色降临，那些曲折的街道和小巷顿时显得更幽深。眼看着天光一点点幽暗，站在街口，只见那些古老的楼房迎面压下来，遮住了窥探的视线。黄色的路灯突然亮了，石头的路面上光影闪动，似乎随时都会有奇景出现。黄昏的佛罗伦萨，在一个外来者的眼里，显得无比神秘。

走过一条狭窄的小路时，陪同我的意大利朋友轻声说：“但丁，他在这里住过。”顺着他手指的方向望去，是一座很普通的临街小楼，看上去已经歪歪斜斜，门口挂着一盏方形风灯，灯不亮，闪烁着昏黄的光芒。给人的感觉，这光芒也是古老的，五百年岁月，都浓缩在这幽暗的灯光中了。当年，这该是一盏油灯，在风中飘摇。但丁踏着夜色回家时，看见的也是差不多的景象吧。

我走到小楼门前，门关着，无法进去。古老的山墙上，有但丁的青铜雕像。诗人眉峰紧锁，目光忧郁而深邃，越过我的头顶，凝望着远方。我想象在那座小楼中，有窄而陡的楼梯，在黑暗中上升，通向一间书房。书房不会很大，但却能容纳下整个宇宙。诗人的幻想和思索在这里上天入地，寻哲人，会鬼神……写出《神曲》的伟大诗人，竟住在如此普通的寒舍中，这有点出乎我的意料。大诗人贫穷，中外古今，大抵如此。但丁贫穷，不会影响《神曲》的伟大。我仿佛看见，在那昏暗的灯光中闪动着一行字：贫穷而伟大的诗人！

走在古老的石头街道上，很自然地产生这样的念头：这就是但丁当年走过的路，一条普通的小路，走出非凡的人生。他在这里邂逅初恋的姑娘贝娅特丽，也从这里走上被放逐的路。1300 年，但丁 35 岁。那一年，他遭到权贵的迫害，被当政者宣布终身流放，永远不准返回佛罗伦萨。这样的遭遇，对一般人也许意味着沉沦和毁灭，然而对但丁，这却是一个伟大的开端。

但丁从此开始了流亡生活。他说："人不能像走兽那样活着，应该追求知识和美德。"离开佛罗伦萨，他旅行、观察、思考，游遍了意大利，认识了社会各阶层的人物。他每天都在思考生命的意义，思考国家的命运和人类的前途。他没有想到，告别故乡，就成了永远的游子。他在活着的时候，竟然再也没有机会重返佛罗伦萨。晚年的但丁，定居于古城拉韦纳，将一生的经历和思考，倾注于《神曲》的创作。一个游子，客居他乡，心含着愁苦，也怀着憧憬，用鹅毛笔写出了一行行奇妙的诗句。《神曲》长达一万四千余行，但丁在诗中梦游地狱、炼狱，历经千难万险，最后抵达天堂。其惊人的想象力和深邃的思想，前无古人。但丁说他写《神曲》的目的是"要使生活在这一世界的人们摆脱悲惨的遭遇，把他们引到幸福的境地"——他在为爱和理想而创作。我记得《神曲 · 天堂篇》的结语：

只是一阵闪光掠过我的心灵，
我心中的意志就得到了实现。
要达到那崇高的幻想，我力不胜任；
但是我的欲望和意志已像
均匀转动的轮子般被爱推动——
爱也推动那太阳和其他的星辰。

他的《神曲》是欧洲文艺复兴的先声，也使他成为人类历史上最伟大的诗人之一。他被称为“中世纪的最后一位诗人，同时又是新时代的最初一位诗人”。

在但丁流放期间，佛罗伦萨当局感觉将这位大诗人拒之门外很不得人心，便宣告，只要但丁公开承认错误、宣誓忏悔，就可让他回乡。然而但丁认为自己没有错，断然拒绝。1321年，但丁在威尼斯染上疟疾，返回拉韦纳，不久便离开人世。他的遗体被拉韦纳人安葬在市中心的圣弗兰切斯科教堂广场。佛罗伦萨市政当局提出把但丁的遗体迁回故乡，遭到拉韦纳人的拒绝。也许是为了表达故乡对这位伟大诗人的歉意，佛罗伦萨当局委托拉韦纳人在但丁墓前设一盏长明灯——灯油，则由佛罗伦萨永久提供。1829年，佛罗伦萨在圣十字教堂为但丁立了墓碑和雕像，同时把教堂前的广场命名为但丁广场。这时，离但丁辞世已经过了五百多年。

我来到但丁广场时，天已经落黑，下起了小雨。空旷的广场上不见人影。圣十字教堂在雨中，远远看去，像一个白衣巨人，孤独地站在微雨迷蒙的夜色里。教堂已经关门，我只能站在门口沉思默想。在这座教堂里，埋葬着佛罗伦萨历代的主教和显赫的权贵。但丁的墓碑，在教堂的入口处，只是一块普通的石碑，上面刻着诗人的姓名和生卒年月。然而，到这里的人们，大多只为但丁而来，为他的《神曲》而来。这正应了李白诗句的意境："屈平辞赋悬日月，楚王台榭空山丘。"

在教堂大门的左侧，有一尊高大的大理石雕像，这是但丁的立像。台基上，刻着诗人的姓名；台基的两边，是两头大理石狮子，威严地护卫在主人的脚下。但丁穿着宽大的长袍，伫立在精致的台基上。诗人的目光，一如他故居前的那尊铜像，忧郁而深邃，俯视着夜色迷茫的大地。

第四辑：行•远方

这汇集自千峰万壑的高山流水，虽然沉静一时，却终究难改奔腾活泼的性格。诺日朗瀑布，正是压抑后的一次爆发和喷泻。只要这看似沉静的压抑还在，诺日朗的激情便永远不会消退。

——《诺日朗瀑布》

江南片断

江南好，
风景旧曾谙。
日出江花红胜火，
春来江水绿如蓝，
能不忆江南？
——（唐）白居易

江南的水

很多年前写过一篇文章，题目就叫《水做的江南》。在我的印象里，江南是水做的。

江南到处是水，池塘沟渠、溪涧流泉、江河湖泊……登高四望，如明镜般闪烁的，是水；如玉带般蜿蜒的，是水；如珍珠般滚动的，是水。多雨时节，江南就在雨的帘幕笼罩之下。绵长的雨丝把天和地连成一体，把江南织成一个水的世界……

江南是流动的水，是翡翠一样清碧的流水，是茶晶一般透明的流水，是云烟一样飘逸的流水。这样的水，可以栽莲养荷蓄蛙鼓，可以濯足泛舟消春愁。这样的水，可以泡龙井茶，可以沏碧螺春，也可以酿酒，酿清冽甘甜的米酒，酿芬芳醇厚的加饭、花雕、女儿红……

要说江南之水的清丽柔美，当然首推杭州西湖。被逶迤的小山环抱着的西湖，是一位性情柔和的南国美人。她的表情永远是那么温婉平和，或者面含微笑、明眸流盼，或者凝神遐思、目光沉静，或者愁容半掩、双眼蒙眬……西湖最美的时辰，当然是春天和秋日。春必须是初春，有雨有雾，湖光山色隐约在雨雾里，使人一时看不清她的真面目，而那种迷蒙空灵的景象，活脱脱就是写意的中国水墨画。这样的画面，很自然地会叫人联想起宋人赵芾和夏圭描绘西湖烟雨的画。当然，还有名垂画史的宋代“米氏云山”。大书画家米芾和他的儿子——那位自称“戏墨”的米友仁，他们父子俩的山水写意画把烟雨迷蒙的湖山描绘得出神入化，使后人叹为观止。我想，米氏父子当年一定常常在初春的雨中泛舟西湖，是千变万化的江南山水给了他们创作的灵感。不过，和变幻莫测的江南春色相比，画家的笔墨永远会显得贫乏。被画家用墨彩留在画纸上的，只是江南万千姿态的一两种。雨中的西湖美妙，晴天的西湖同样迷人。当娇艳的春日冲破云雾的阻挡，突然照到西湖上时，湖面上闪动着万点金鳞，湖光又反照到天上，把周围的群山辉映得一片灿烂。这时，倘若你正泛舟在湖中，从湖面蒸腾出的水汽氤氲飘升，明晃晃的湖光山色便全都在这无形的水汽中飘摇颤动起来。金色的阳光，翠绿的山林，缤纷的花卉，湖上泛动的小船，以及在苏堤、白堤和湖岸走动的游人，全在这氤氲的水汽中晶莹透明地融为一体。秋日的西湖，最佳时刻是在深秋。湖上的暑气此时已散尽，湖周围青翠明丽的色彩开始显得深沉，翠绿的水杉变成了墨绿，倒映在湖面上的杨柳和梧桐的绿色浓荫变成了金黄和橙红。随风飘落的树叶犹如金色蝴蝶，在空中翩翩起舞。它们停落到湖上，便在水面弄出许多细微的涟漪。湖里的荷花早已花谢叶败，枯黄的荷叶以各种各样的姿态残留在水面上，使人情不自禁地想到“留得残荷听雨声”这样的古诗。千百年过去，人间世事沧桑，今非昔比。然而将眼光凝视西湖，凝视江南的山水，却依旧能体会到浪漫的古人面对自然时涌动的诗情。在杭州生活多年的苏东坡，写出“若把西湖比西子，淡妆浓抹总相宜”这样的诗，实在是有感而发。

西湖的水，有时候总感觉是太静了一点，太安分了一点。这时，便会想起九溪十八涧那些清澈活泼的流水。在江南，有多少这样的活水，谁能计算呢？从江南的山野和田园里走来的人，几乎人人都能向你描绘出几处你从未听说过的清泉和溪流。不过，如果把江南的水都想象成西湖这样的静水，或者是九溪十八涧这样的细弱之水，那也是错的。江南的水，也有雄浑壮阔的气象。我在无锡太湖边住过不少日子，太湖的万顷波涛，常常使我想起浩瀚的海。碰到有风的日子，湖面翻涌起万顷波涛，涛声阵阵，犹如浑厚的鼓号，让闻者顿生豪气，心中的慵困和委顿被荡涤得干干净净。如果这样的水还嫌气势不够，那好，还有更壮观的。到了农历八月十八日，到海宁看钱塘潮去。那汹涌而来的大潮排山倒海，惊天动地，咆哮的浪涛崩云裂石，可以让胆怯者魂飞魄散，也可以让豪爽者心旷神怡。这潮水，不仅在江南，就是在中国，在世界，也是罕见的奇观。看过这样的潮水，有谁还会说江南的水都是柔弱之流呢？

水，是江南的血脉。没有这些晶莹灵动、雄浑博大的水，也就没有了江南。

关于桥

和水连在一起的，是桥。江南是水的世界，自然也是桥的世界，如果没有桥，江南就成了一片被流水分割成碎片的土地。是桥把这些被分隔开的土地连成了一个整体。在江南，有不少城镇被人们称为“桥乡”，因为，在这些城镇，目之所及，到处是桥。桥，凝结着江南人的智慧。

在江南的乡间，从前有很多木桥。这些木桥，大多结构简单，桩柱、桥梁，都是未经雕凿的原木，桥面或者是木板，或者是拳头粗的枝条。然而就是这些简单的桥，江南的人们可以把它们造得千姿百态，没有一座重样。记得小时候去乡下，见过一座小巧的木桥，长不过四五米，桥栏杆是用一些圆木棍搭成的，这些圆木棍看似很随意地排列着，却拼出了精美的图案。桥头有一个木头的凉亭，凉亭的廊柱和围栏被过桥人的手抚摸得油光发亮。亭子的屋檐下，镶嵌着一条条雕花板，那上面雕刻的花纹我至今还记得——梅兰竹菊，还有在花丛里扑蝶的小孩。我喜欢走这座桥，走在桥上，桥面在脚下微微晃荡，仿佛能感觉到流水的波动。在算不上风景名胜之地的乡间，人们会想到修建这样既实用又有审美价值的木桥，实在很难得。要知道，那时，农民非常穷，在贫穷的状态中依然能保持这样的雅兴，依然不忘记追求艺术和美，这大概是值得骄傲的事情。如果没有进取之心，没有对生活的憧憬和希望，不可能这样。这样的木桥，大概很难保存到现在了，岁月的风雨会毁了它们。

江南的桥，更多的是石桥。它们才是长寿的。我喜欢看那些古老的石桥，它们给人的印象，是刚劲有力。江南的石桥，把粗犷和精巧，奇妙地结合在一起。造桥的石头往往都没有经过磨砺，还保持着它们从山中被开采出来时的模样，质朴而粗犷。由它们组合成的石桥却是千姿百态的。有时候，简洁的几根石条，便搭成了一座简易的桥；有时候，石块和石条组合成造型繁复的拱桥，桥身高高拱起，桥下是可以行船的圆形桥洞。这些桥，和威尼斯的那些拱桥有些相似，桥上行人，桥下过船，但建筑的风格却完全不同。陈逸飞在他的油画中画了江苏周庄的两座石桥，油画由美国的大收藏家哈默收藏，又被转赠给邓小平。此画成为新闻眼，频频出现在电视、报纸和众多的杂志上。周庄和周庄的石桥也因此名扬天下。一些对中国知之甚少的外国人甚至把这桥看成了中国江南的象征。我去过周庄，被陈逸飞画过的双桥，确实是两座很别致的石桥。不过，在我的印象中，类似的石桥，在江南很多。在苏州和无锡，在上海郊区的一些古镇上，我见过不少类似的桥。在上海青浦的练塘镇上，就有好几座这样的石拱桥，其中最古老的，据说建造于明代。几个世纪来，古镇变化极大，旧屋倒塌，新楼矗立，然而这些石桥却依然如故。它们横跨在流动的水面上，数百年间岿然不动。岁月的风雨，一代又一代人的手和脚，磨平了石头上的斧凿之痕。走在这样的桥上，感到现实和历史之间遥远的距离一下子缩得非常短。站在石桥上，看一只载着鱼鹰的小舟从桥下悠然滑过，那感觉仿佛是又回到了唐诗宋词的意境中。

二十多年前，我曾在江苏宜兴的蜀山镇客居多时。镇上有一座很大的石拱桥。高高的桥面上行人熙熙攘攘，小贩在桥上摆摊，卖水果、蔬菜、日用百货，桥下的船只来来往往。桥上的行人和桥下的船工高声应和，互相打着招呼……这景象，很像是《清明上河图》中的那座大桥。走在这样的桥上，挤在杂色的人群中，我会突然觉得自己成了《清明上河图》中的人物。

桥使古老的历史得以延续，使祖先们当年生活的景象不再遥远隔膜。

然而，现代人的生活毕竟和古人的生活大不相同了。宽阔的水泥道就像不断扩张的蛛网，在江南的乡村伸展蔓延，纵横交错。造路就要建桥，连接这些水泥大道的，再也不可能是当年的那些木桥和石桥，而是水泥桥，大大小小的汽车可以像蜘蛛一样从桥上爬过去。这些水泥桥，长是长了，宽也宽了，但是它们不会使人产生什么奇妙的联想，它们再也没有古老的木桥和石桥那种悠长的韵味。当我坐在疾驰的汽车里，从这些桥上呼啸而过时，一面享受着它们提供的便利，一面却在怀念古老的木桥和石桥。这是多么矛盾而又无奈的事情。

江南的花

说过江南的水，也想说说江南的花。

江南是一个大花园。从春天的桃李海棠，夏日的莲荷蕙兰，到秋天的桂花菊花，江南的花数落不尽，描绘不完，用多少文字也写不全它们的形态、色彩和芬芳。不过，在我的记忆中，江南最美妙的花并不是这些可以入画入诗的、带着不少文气和雅味的名花奇葩。很多年前，我客居在太湖畔的一个小村庄，春天降临大地时，我常常一个人踯躅在田野中，漫无目标地走向远方。我记得河岸和小路两边的那些野花，它们犹如散落在青草中的珍珠，闪烁着晶莹的亮光。这都是一些很小的花，大的不过指甲那么一点，小的就像绿豆米粒。它们的色彩也很普通，没有大红大紫的彩色，不是几点雪白，就是几簇淡黄，再不，就是几星细微的雪青。这些野花，我几乎都叫不出它们的名字，也记不清它们的形状，但它们一路清新着我的视线，愉悦着我的心情，使我被一阵又一阵莫名的清香包围着。这样的景象，使我想起古人的诗句“一路野花开似雪，但闻香气不知名”。写这两句诗的是清代诗人吴嵩梁。我想，当年，他一定也有过和我一样的经历，独自一人在江南的田野里踏青，流连忘返，惊异于路边那些无名野花的烂漫和清新。

在我的记忆中，给人美感最多的江南之花，是两种最普通最常见的花：油菜花和芦花。

油菜花在春天开花。那是一些骨朵极小的金黄色小花，花瓣犹如婴儿的指甲般大小，如果一朵两朵地看，它们是花世界中毫不起眼的“小可怜”。然而没有人会记得它们一朵两朵的形状，在世人的眼里，它们是一个气势浩然的盛大家族。这些小花，不开则已；若开，便是轰轰烈烈的一大片，就像从地下冒出的金色湖泊，波澜起伏，辉映天地。在我的印象里，在自然界中，没有哪一片色彩比盛开的油菜花更辉煌，更耀眼。在阴郁的时刻，面对着一大片盛开的油菜花，会像面对着耀眼夺目的阳光，你的心情一定会豁然开朗。油菜花的香气也很特别，这是一种浓烈的清香，像是刚开坛的酒，说它醉人，一点也不夸张。油菜花，用它们旺盛的气势和明亮的色泽向人们展示着灿烂的生命之光。

芦花在很多人的心目中不算什么花。当秋风呼啸，黄叶飘零，江南的大地开始弥漫萧瑟之气时，芦花悄悄地开了。它们曾经是河岸或者湖畔的野草，没有人播种栽培，却长得葳蕤旺盛，铺展成生机勃勃的青纱帐，没有人会把它们和娇嫩的花连在一起。然而就在花儿们无可奈何地纷纷凋谢时，它们却迎着凛冽的风昂然怒放。那银色的花朵仿佛是一片飘动的积雪，纯洁、高雅，洋溢着朝气，没有一点媚骨和俗态。在我的故乡崇明岛，芦苇是最常见的植物。沿江的滩涂上，高大的江芦蓬蓬勃勃，一望无际。深秋时，芦花盛开，展现在人们眼前的是一片银色的海洋，它们和浩浩荡荡的长江波澜交相辉映，连成一个浩淼壮阔的整体。走在江边，听着深沉的江涛声，被雪浪般的芦花簇拥着，顿觉神清气爽，心中的烦乱被一扫而尽。前年秋天，我回故乡，在江岸上散步时，我采了一大把芦花。听说我要把它们插在花瓶里，有人笑道：这样的东西，只配扎扫帚，怎么能插在花瓶里呢？但我还是把家乡的芦花插到了花瓶里。我觉得它们胜过那些色彩艳丽却柔嫩短命的花，它们不会凋谢，也不会枯萎；它们用纯洁的银色，带给我清新的乡野之气，也向我描绘着生命的活力。凝视着它们，我的眼前会流过汹涌的江水，会涌起雪一般、月光一般的遍地芦花。遥远的青春岁月，就悄悄地又回到了眼前……

好久不写诗了，却忍不住为这些芦花写出一首诗来：

凝视着永恒的流水
也曾有翠绿的春心荡漾
却总是匆匆又白了头
白了头，描绘一派秋光

银色的表情并不衰老
风中摇曳着深情的向往
所有的期冀都在天空飘扬
却不是无根的游荡

刀来吧，火来吧
哪怕一夜间消失了我的形象
却无法灭绝我地下的埋藏
只要水还在流风还在吹
地下的心就会发芽长叶
春雨里又会是一地葱茏的绿意
秋风里又会是漫天洁净的银霜

花的风骨

说起花的风骨，人们都要说梅花。在江南，也处处有梅花。梅花开在严寒之时，使无花的冬天提前有了春意。少年时代，在上海郊区的一所寄宿中学念书，学校附近有一座小花园，花园里有一片小小的梅林。冬春之交时，梅花盛开，我和几个同学经常相约去看梅花。这时，天气已经不怎么冷，看不到冰雪，风中已有几分湿润的春意。记忆中，那一小片梅林是湖畔的一朵温柔的红云。它们并没有使我联想起什么傲雪斗霜的铮铮风骨，那一片红云，只是春天来临的象征。在我的心里，梅花不是一种能使人产生新鲜感的花。从古到今，不知有多少墨客骚人将梅花作为舞文弄墨、抒发情怀的对象。读中学时，我也背诵过不少吟咏梅花的诗句。诗句很美，很有韵味，但是诗里的梅花和生活中的梅花并不是一回事。当年在崇明岛"插队落户"时，我也在农民的灶墙上画过梅花，先画枯焦的枝干，再描粉红的花朵，然后在一边题"风雨送春归，飞雪迎春到"，这是当时人人都会背诵的诗句。有时，也忍不住题几句旧诗，譬如"梅破知春近"，或者"遥知不是雪，为有暗香来"……关于梅花的诗句是题写不尽的。我佩服古人，竟能在梅花身上发现那么多诗意和哲理。后人要想在梅花身上发现什么新的意韵，实在是难上加难了。

在江南，还有什么花像梅花那样，也能预报春天的来临呢？大概总是有的。很多年前在崇明岛上，我曾在一片荒凉的海滩上认识了一种奇妙的小花，至今无法忘怀。那时，我在崇明岛临海的东端参加围垦。在海滩上用泥土垒起一条长堤，挡住海水，被长堤圈住的海滩便成了农田。人的奋斗，使大自然千万年才形成的沧海桑田变成了几个昼夜的事情。然而这些新围出来的农田却无法耕种，播下粮种，常常是颗粒无收。为什么？因为被围垦的海滩是盐碱地，不适宜种庄稼。连生命力极强的芦苇在那里也无法生存。于是人们便在这些盐碱地里放入淡水，水可以冲淡田里的盐分，又可以养鱼，一举两得。我被留在海边守鱼塘，度过了寂寞的一年。面对着荒芜的盐碱滩，难免联想起那些艰难孤独的人生，也难免顾影自怜。在大地的同一纬度，只要春天一到，江南的大地上便花红柳绿，生命繁衍得轰轰烈烈，而这里，光秃秃的土地上只有白森森的盐花。寒冬尚未结束，但也已进入尾声。有一天，我发现，在盐碱滩上，星星点点地长出了一些绿色的嫩芽。它们叶瓣细小，却翠碧清秀，令人欣喜。海滩上寒风呼啸，这些翠绿的嫩芽似乎毫不在乎，迎着凛冽的风一点点地伸展蔓延，没有什么力量能阻止它们的成长。有时候，从海上卷来的风猛烈得能把树连根拔起，能将屋顶整个掀掉，然而对这些贴地而生的绿草，它们显得无可奈何。这些扎根在盐碱地里冒着严寒生长的植物，引起我极大的兴趣。我看着它们一天天大起来，高起来，长成了一蓬蓬小灌木似的绿球。它们为荒凉的盐碱滩铺上了一层斑驳的绿地毯。当地的农民告诉我，这是一种只在盐碱地里生长的野草，叫盐碱草。初春时，寒意未消，大概就是梅花开放的时节，盐碱草也开花了。这是一些淡紫色的小花，它们的蓓蕾小如米粒，乍开时并不显眼，要留心才能发现。可是，等到所有的蓓蕾一起怒放时，盐碱滩上便出现了美妙的景象——只见一片片雪青的轻云，在风中飘摇。这时，风依然刺骨，盐碱滩上白花花的盐渍仍在，而笼罩大地的荒凉却已经不复存在——是这些活泼动人的小花驱逐了荒凉。这些小花，还引来了成群的蜜蜂。蜜蜂欢叫着在花丛中飞舞的情景，使我感动。我在当时的日记中这样感叹："世界上，有什么花比这些盐碱花更坚强更美丽呢？若论坚强，它们不会输给冰山上的雪莲，也不亚于在肥沃的土地上报春的梅花。它们是有着独特风骨的花。"我曾经采下一束盐碱花，将它们养在一个杯子里。在一间简陋的茅屋中，那束盐碱花使我感受到了生命的无穷魅力，它们向我展现了江南万花争艳的春天。我想，只要春天如期降临人间，花是不会灭绝的，即便是在最贫瘠的土地上。

柔和刚

还是在很年轻的时候，有一年，和几位朋友在杭州春游。坐在西子湖边，面对着桃红柳绿，湖光山影，聆听着莺歌燕语，风叹浪吟，喝着清芬沁人的龙井茶，大家都有些醺醺然。江南的明丽和秀美，使人沉醉。这种沉醉，似乎能让人昏然欲睡，让人在温柔和妩媚的拥抱之中飘然成仙。这样的感觉，应了古人的诗"暖风熏得游人醉"。朋友中有人下结论道：江南景色之妙，在于一个"柔"字。当时我并没有想到反驳这样的结论。很多年过去，现在回想起来，这样的结论大概站不住脚。

离杭州不远，还有一座很典型的江南古城绍兴。如果说江南的城市，都给人一种柔美的印象，绍兴则完全不同。说起绍兴，我的心里很自然地会涌起一种刚劲豪迈的气概。那里，是我们的一位坚毅勇敢的先祖大禹的故乡，是卧薪尝胆的越王勾践的故乡，也是现代女杰秋瑾和文豪鲁迅的故乡……这些在中国历史上最有风骨的人物，都裹挟着勃勃英气，无法和一个“柔”字连在一起。然而绍兴的阳刚之气，并不是全由这些历史人物带来的，走在这座新旧交织的城市里，我处处都能感到雄健的阳刚之气。

绍兴是一个由石头构筑的城市。古老的城墙是石砖砌成的，老城的路是石板铺成的，运河里的古纤道是石头架成的；而更多的是大大小小的石桥，千姿百态地架在密如蛛网的河道上。在这些铺路架桥造房子的石头上，有用钢凿刻画出的无数粗犷有力的线条，岁月的流水和风沙无法磨平它们。这些石头，以及石头上的线条，使我感觉到一种厚重的力量，这种力量，和江南的柔风细雨完全是两回事。我曾经想，这么多石头，从什么地方来？后来游览了绍兴城外的东湖和柯岩，方才知道其中的秘密。东湖在峻岭绝壁之下，湖水波平如镜。坐船在湖中仰望，但见千仞危崖从天上压下来，那情景真是惊心动魄。这湖畔绝壁陡直险峻，犹如刀劈斧削，而临壁的东湖虽不宽阔，却深不可测。这山、这湖，似由威力巨大的鬼斧神工劈掘而成。后来我才知道，这里原来是古代的采石场，是石工的斧凿劈出了东湖畔的万丈绝壁，挖出了绝壁旁这一泓幽深的湖。人的劳动竟能造成如此壮观的景象，这是何等伟大的力量。柯岩也是绍兴的采石场，石工们削平了高山，又向地下挖掘。我见过石工们在深坑采石，斧凿清脆的丁当之声和石工们高亢的吆喝之声交织在一起，从地底下盘旋而上，直冲云霄。这是我听过的最激动人心的声音，这声音似乎是积蓄了千百年的痛苦和忧愤，埋藏了无数个春秋的憧憬和向往，猛然从人的内心深处迸发出来，挟带着金属和岩石的撞击，高飞远走，震撼天地。在柯岩听到这样的声音，印象中柔弱的江南就完全改变了形象。在柯岩，有一块名为“云骨”的巨大石柱，如同从平地上旋起的一缕云烟，被凝固成岩石，孤独地兀立在天地之间。这块奇石，并非天外来客，也不是自然造化，更不是神力所为，而是石工们的杰作。在劈山采石时，他们挖走了整座山峰，却留下了这一根使人浮想联翩的石柱。这像是一座纪念碑，像是一座雕塑，纪念并塑造着在江南创造了惊天业绩的采石工——他们是一个坚忍顽强的群体，是祖辈相传的无数代人。造就了绍兴城和其他江南城镇的石头，就是通过他们的手开采出来的。

江南的方言，被人称为吴侬软语，全无北方话的铿锵；江南的戏曲，也大多缠绵悱恻，唱的是软绵绵的腔调。唯独绍剧例外。绍剧又叫“绍兴大板”，唱腔粗犷豪放，洋溢着阳刚之气。听绍剧时，我很自然地会联想起在柯岩听到的石工们的采石号子——同样的激昂，同样的高亢。我曾想，绍剧的唱腔，会不会脱胎于石工的号子？

绿色的雨雾

汽车沿着盘山公路缓缓地向上爬着。莫干山，它那迎面扑来的一片绿色，使我的整个身心都沉醉在一种未曾有过的清爽之中。到达山顶的荫山街，安排好住宿，已经是黄昏。细细观赏这秀美的山林，只能留待明天了。那一晚，枕着幽幽的林涛声睡去，梦境，也仿佛是一片绿色……

一阵阵清脆婉转的鸟鸣把我从梦中唤醒。推开窗，飘飘然飞进来一片透明轻柔的白羽纱——哦，是雾。向窗外望去，只见白蒙蒙、混浊浊的一片，看不见远山，看不清近处的树林，更不用说朝霞旭日了。只有那如烟如纱的雾，淡淡的，轻轻的，在清晨湿漉漉的空中飘来飘去……

雾，竟神不知鬼不觉地悄悄笼罩了群山。我不禁一阵失望，这扫兴的天气！然而几位同伴却兴致不减："走，雾中游山，别有风味呢！"

走出宾馆，是一片幽深的竹林。飘忽的雾幔中，看不清竹林的深度，只听见竹叶在晨风里絮语：沙啦啦、沙啦啦……一颗水珠滴落在我的脸上，凉丝丝的，怪惬意的。抬头望去，一簇水灵灵的竹叶，含着一颗颗晶莹闪烁的露珠，像一团碧绿的翡翠，在我的头顶颤动着。这一团翠绿，仿佛点亮了我惺忪的眼睛：从悠然流动的雾中，恍恍惚惚地闪出淡淡的绿来，一星星，一团团，一片片，就像有人在雪白的宣纸上轻轻泼洒下一片绿色，慢慢地化开、化开……沿着曲折逶迤的石板小径向前走。越走，这绿便显得越真切，越浓郁。竹叶上的水珠，不时地滴下来，落到我的脸上、手上，流进我的颈子里，似在撩拨着游人的兴致。同伴们的头发都被雾气打湿了，眉毛和睫毛上，挂满了亮晶晶的小水珠。

走出竹林，山道开阔了，雾也变得更为透明，而且流动得更加迅速。此时的雾中山色，随着轻绡羽纱似的雾气悠然流动，远山近峦时时显露出淡青色的、隐隐约约的、飘飘忽忽的曲线，使人在神奇之中感觉到一种亲切。我似乎不怎么讨厌这雾了。我觉得自己仿佛是一个探宝者，正在这茫茫雾海中寻找着稀世的珍宝，不时地为一些突然的发现而惊喜地叫起来——当一座精巧的建筑闪烁着缤纷的色泽，突然从雾幔中探身而出的时候；当一块奇异的岩山突然横在眼前，挡住你的去路的时候；当一丛野花摇曳着露珠莹莹的花瓣，突然出现在路边的时候；当一汪清亮的泉流发着丁丁冬冬的声响，突然涌到你的脚下的时候；当你在艰难的攀登之中，突然发现峰回路转的时候……真的，这真是一种很难得的乐趣，就像人们在生活中的追求——那些被追求的目标，往往不是可望可及、一清二楚的，但它们存在着，并且永远在那里等待着，只要你不懈地寻觅探求，它们就会突然出现在你的眼前，出其不意地送给你一种成功的快乐。

“哗哗哗……”一阵阵深沉雄壮的流水声，仿佛从极其遥远的地方，穿过雾的封锁传了过来。

“快到剑池了！”同伴们又是一阵惊喜。很想远远地眺望一下这莫干山中的第一名胜，然而不行——雾，依然把一切罩得严严实实。云雾弥漫的山谷显得溟蒙缥缈，只有那一阵阵深沉的流水声，不停地从山中飘来，与乳白的雾气搅和在一起，形成一种神秘的气氛。在这种气氛里，很自然地想起了关于莫干山的那些神奇的传说。当年，莫邪和干将就在这山中铸剑。在氤氲的团雾之中，我仿佛看见他们正在剑池旁磨剑，在炉火旁炼剑。莫邪，这美丽而又勇敢的女子，为了炼出宝剑，纵身跳进了熊熊炉火。她的衣裙，是绿色的……

哗哗的流水声越来越响。终于，一道喷溅着雪白水花、迸发着震耳喧响的瀑布，从雾中显露出来，就像一柄硕大无朋的宝剑从天外飞下来，直插进一个绿森森的深潭之中。整个雾中的世界，都因之而颤动起来……

离开剑池踏上登山石径时，竟下起雨来，弥漫的晨雾转瞬间都凝成了雨珠。亮晶晶的雨珠滴在竹叶上，飘在泉潭中，发出许多轻微悦耳的声音。一些游客撑起了彩色的雨伞，于是，青翠的雨雾里，便绽开一朵朵耀眼的小花……

到达山顶，雨停了。云隙中，射下来一缕缕金黄色的阳光。登上宽阔的观日台极目四望，绿色的远山、绿色的竹林、绿色的湖泊，一切都历历在目了。刚才还漫山飘飞的雾和雨，仿佛都已溶化在这一片清新的绿色之中……

但愿这绿色，能长久地留在我的记忆里。

过夔门

浩浩荡荡的长江仿佛一下子激动起来，江水突然变得浑黄而又湍急。风也大了。风声呼呼地长啸着，和哗哗的涛声和在一起，形成了一种雄浑壮阔而又令人激动不安的气氛……

“夔门！夔门！”

甲板上有人惊喜地大叫。旅客们纷纷奔出舱房，轮船的上上下下都是脚步声。我和一群来自西欧的旅游者一起登上了空无一人的船顶。扑面而来的，是两座雄奇巍峨的大山，是两堵峻峭森严的厚壁，是两个顶天立地、虎视眈眈地对峙着的巨兽。这两者之间，有一条窄窄的隙缝，青灰色的天光在隙缝中闪烁，像一柄寒气逼人的剑……

这就是瞿塘峡的大门，也是长江三峡的大门——夔门，亦称瞿塘关。“夔门天下雄”，果然名不虚传。还未抵达门下，我已经感受到它的雄壮和险峻了。远远地眺望着这天下无双的大门，眺望着峡壁之中闪烁不定的天光，实在有点担心：这么大的轮船，能从这两座大山中挤过去吗？

风越来越大，涛声越来越急，两座大山也越来越高，而我们的轮船却显得越来越小。就在人们“哦哦”的惊叹中，顺流而下的轮船以很快的速度驶近了夔门。

真是惊心动魄的景象——江北那座暗红色的大山，仿佛突然崩坍了，气势汹汹、面目狰狞地从天上倒下来，压过来。充塞天宇的雷鸣般的风声涛声，也似在拼命地为它助威……渺小而又脆弱的江轮，实在是经不住它轻轻一碰的！两位站在船首的法国妇女以手掩面，惊恐地尖叫起来……

等那两位惊恐万状的法国女郎镇静下来，抬头观望时，轮船已进入夔门了。这时候，从她们口中吐出的不再是恐惧的尖叫，而是由衷的赞叹了。她们拧开照相机，忙不迭地四下里拍起来。

真的，刹那间又是一片新天地。轮船顶着强劲的大风，进入了一个壁垒森严的幽深的峡谷。两堵上悬下削、危岩欲坠的巨大峭壁，在江的两岸参天拔立，像两面神奇的大屏风。世界一下子变得十分幽暗。环境尽管依然险峻，风声涛声简直震耳欲聋，然而人们已经有了一种安全感，不像进峡口之前那样感到可怕了。环顾左右，我突然发现，隔江对峙的这两堵高高的峭壁，竟然面貌迥异：江北的峭壁山石赭红，犹如扑面而来的冲天大火；江南的峭壁却是一片惨白，仿佛一道摩天雪墙。两堵峭壁都是寸草不生，只有无数粗犷的线条，像是被无数巨斧劈削过。这一红一白两位巨人，两相对峙，默默无语地低头凝视在它们之间滚滚远去的长江……低视江面，我不禁为之一惊：窄窄的水面上，到处是湍急的旋涡，到处是奔腾的激浪。浑黄的江水犹如千万匹发狂的野兽，在轮船四周挤撞着，蹦跳着，咆哮着……哦，“众水聚涪万，瞿塘争一门”，浩浩荡荡的长江水，此刻都汇集在这狭窄的峡谷之中了！

流水声轰隆轰隆地在峭壁之间回荡，这是一种令人振奋的英雄豪迈的声响，使我产生了许多遐想。我想，当年，这红白两座大山，应当是二位一体的，它们曾经以巍峨雄壮的阵容，傲然挡住滔滔长江的去路。汹涌的江水，是一位不屈不挠的好汉。它并没有在大山前退缩，而是以坚忍的毅力，用它的波锤浪剑叩击山门。几百年，几千年，几万年，它锲而不舍地叩击着，终于劈开了大山，找到了一条流向大海的通道……哦，长江是剑，劈开了夔门；长江是胜利者，在被它征服的大山之间骄傲地歌唱……此刻，在轮船的驾驶舱里，那位沉着地指挥着江轮的船长，那位稳操轮舵的驾驶员，也许正在轻松地微笑吧。这些饱经风浪的水手们，早已驯服了桀骜不驯的急流险滩。打开夔门的钥匙，掌握在他们的手中！

雄奇而又凶险的夔门，被前进的江轮甩在了身后。前方，天地豁然开朗，千姿百态的长江三峡，像一幅奇丽缤纷的长卷，在我的眼前徐徐展开了……

莲花山观石

中国一共有几座莲花山，我不知道。早些年游黄山时，上过一座莲花峰，留下的印象只是它的高峻，吃力地走了很多盘山石级才到达山顶。在山顶上俯瞰，景色自然是美不胜收，然而这是在莲花峰上看别的山，莲花峰自身的模样，反而模糊了。

广东有一座莲花山，我是不久前才听说的。朋友们告诉我，莲花山在离广州不远的番禺，景色很独特，值得一看。说实话，对朋友的推荐，我将信将疑，既然莲花山风景迷人，为何我从前未曾听说过呢？若是名山大川，它不应该默默无闻。

最近有机会去番禺，看到了莲花山，我的疑问烟消云散。

番禺的莲花山不像黄山的莲花峰那么高峻。汽车沿着山坡向上爬行时，只看到路边绿荫摇曳的树林，等停车时，才发现已经到了山顶。高高的莲花宝塔就在身边，向山下远眺，只见一条大江烟波浩淼地经过山脚流向远方，和辽阔的天空连成一片。这是珠江的入海口——

狮子洋。据说，海外归来的游子们坐船从南海进入珠江时，最先看见的便是莲花山上的宝塔，它像母亲伸出的手臂，撩拨着游子的心弦。所以有人把莲花塔称为祖国南大门的华表。

“走，看石头去！”番禺的朋友把我引向一条通往山下的小路。莲花山的最佳去处，是石景区。

最先看到的是狮子石。山坡上一块巨石，状如雄狮，圆瞪着大眼，微张着阔嘴，似在俯视山下的狮子洋。狮子洋的名称，大概也就是由此而来。这头巨狮，是大自然的鬼斧神工，当然奇妙，不过我并没有因此而惊奇。这类象形的山石，到处都有——在桂林，在黄山，在雁荡，在庐山，在峨眉，我见过许多比这更奇妙的石头。莲花山如果仅以这样一头石狮点缀，恐怕难以跻身名山之列。好看的还在后头。

山道转过几个弯后，石景便开始出奇了。路边的山崖，竟出现了峻峭的石壁，石壁的刚劲线条，似乎不应该属于这一带平缓的丘陵，这是风格截然不同的两种景色。仔细看那寸草不生的石壁，我更加惊讶：石壁上，竟有密密麻麻的凿痕。凿痕均匀地布满了巨大的峭壁，如同刻在石上的花纹。这峭壁，难道也是自然的造化？看来不像。是人工所为？更是不可思议。

番禺的朋友笑着解开了我的疑团：“这是古代的采石场，两千多年前，石工们便开始在这里采石。广州几座汉代古墓中的石料，就是采自莲花山。这是经考古学家鉴定过的！”

我的兴趣一下子浓起来。人造风景，大多小巧精致，如苏州的园林，深圳的“锦绣中华”，像眼前这样粗犷雄奇的石景，很难想象是人工所为。

石景，千姿百态地呈现在我的眼前——

“一线天”——两堵峭壁间的一道极窄的缝隙，仅容一人侧身而过。站在石缝中抬头看，但见一线天光在头顶闪烁，犹如劈开山峰的一柄利剑。石工们当年为何在山间凿出这道缝隙，是为开道，还是无意中造成，不得而知。有一点可以肯定，他们绝没有想过要凿出个“一线天”来。

“仙人床”——山腰间的一个岩洞。洞中有一个长方形平台，形状如床，一头还凿有石枕。说过路仙人曾在这张床上留宿，当然是想象力丰富的后人编出的故事。不过，石工们凿这个平台，可能是为了当床，热极时往冰凉的石床上一躺，还真能在片刻的凉爽中恍然成仙。

“溅玉流珠”—— 一眼眼清泉从石缝里涌出，汇成溪流在山中流动，流到一堵峭壁前轰然跌落，形成一挂颇有诗意的瀑布。瀑布在宽阔的峭壁前笔直落下，如一条雪白的丝绢，飘飘悠悠地挂在山前。水流不算大，因此瀑布也谈不上气势磅礴，然而在一片寂静的山石中有这样一股活水日夜鸣唱，实在是一件美妙的事情。就像有一位不知疲倦的琴师，永无休止地弹奏着一把巨琴，峭壁是琴身，瀑布是颤动的琴弦……

“观音岩”——汉白玉的观音像是现代人所雕，那森严的岩洞却是古人所凿。说是岩洞，其实是巨大岩壁上一扇不规则的门。岩壁从天而降，薄薄的一大片，两边都无所倚托，与地面衔接的一段更薄，那岩洞便是在极薄处被捅破的一个窟窿。这岩壁的成因可以想见，石工们从一座山的两面同时采石，经过漫长的开采，几乎凿完了整座山冈，到最后，便留下了这样一堵岩壁。而那个岩洞，正是山两面的石工的会合点。这样一次会合，也许要流尽几代石工的汗水。

走到山脚下，发现有湖，湖水墨绿，深不可测。湖，也是当年石工们采石的遗址。地面上的山冈被削平后，石工们便开始向地下采掘，在地下凿出深深的石坑。石坑废弃后被山泉和雨水注满，便形成了湖泊。有时湖中会蹿出一根笔直的石柱，犹如一枝巨笋冒出水面。也有一些不规则的小石屿，散布在湖畔。这些奇异的景观，似乎经过园林大师的精心构思，不过毫无疑问，这些都是古代石工们无意间的创造。

最惊心动魄的，是湖畔的燕子岩。这堵临湖而立的巨大峭壁，是这一大片古代采石场中最雄奇壮观的风景。刚劲的线条从空中划下，把高高的山冈劈成一个锐利的大直角插入湖中。泛舟湖上，到燕子岩下举头仰望，只见万仞绝壁直插青天。贴近石壁时，感到那巨大的石壁仿佛随时会迎面压下来。同伴中有人对着峭壁大喊，回声在石壁间轰然而起，袅袅不绝。这回声，似乎化成了丁丁当当的斧凿声。我的眼前，仿佛出现了遥远的画面——峭壁上，赤身裸体的石工们壁虎一般贴在岩石上，铁锤纷纷起落，石屑和火星在锤声中飞溅，还有石工们的血和汗……

燕子岩顶筑有漂亮的亭台楼阁，登上岩顶凭栏四望，规模浩大的古代采石场尽收眼底。我想，当年的石工们在这里流汗流血时，大概做梦也不会想到，他们的劳作，会给后人创造出这样一派绝妙的风景。这无意中造出的奇观，使大自然的景物相形见绌。如果把这一片采石场遗址比为一座雄奇的宫殿的话，那么，山坡上那只天然的石狮，至多只能是宫殿门前一只不起眼的小小的石狮。而燕子岩，更像一块摩天巨碑——这是劳动者的纪念碑，是中国古代的石工为自己刻出的纪念碑。

“你觉得莲花山怎么样？”番禺朋友的询问，打断了我的遐想。我的回答不假思索，而且发自内心：“你们应该为拥有这样一座美妙的奇山而自豪。莲花山，可以毫无愧色地跻身于天下名山之列！”

晨昏诺日朗

落日的余晖淡淡地从薄云中流出来，洒在起伏的山脊上。在金红色的光芒中，山脊上那些松树的轮廓晶莹剔透，仿佛是宝石和珊瑚的雕塑。眼帘中的这种画面，幽远宁静，像一幅辉煌静止的油画。

汽车在无人的公路上疾驶，我的目标是诺日朗瀑布。路旁的树林里突然飘出流水的声音。开始声音不大，如同一种气韵悠长的叹息，从极遥远的地方飘过来。声音渐渐响起来，先是如急雨打在树叶上，嘈杂而清脆；继而如狂风卷过树林时发出的呼啸；很快，这响声便发展成震天撼地的轰鸣，给人的感觉是路边的丛林中正奔跑着千军万马，人马的嘶鸣和呐喊从林谷中冲天而起，在空气中扩散、弥漫，笼罩了暮色中的天空和山林……绿荫中白光一闪，又一闪。看见了大瀑布！从车上下来，站在路边，远处的诺日朗瀑布浩浩荡荡地袒露在我的眼底。大瀑布离公路不到一百米，瀑布从一片绿色的灌木丛中流出来，突然跌入深谷，形成一缕缕雪白的水帘，千姿百态地垂挂在宽阔的绝壁上。深谷中，飞扬起一片飘忽的水雾。也许是想象中的诺日朗太雄伟，眼前这瀑布，宽则宽矣，然而那些飘然而下的水帘显得有些单薄，有些柔美，似乎缺乏了一些壮阔的气势。只有那水的轰鸣，和我的想象吻合。那震撼天地的声响，是水流在峭壁和岩石上撞击出的音乐。这音乐雄浑、粗犷，带着奔放不羁的野性，无拘无束地在山林里荡漾回旋。

诺日朗，在藏语中是“雄性”的意思。当地藏民把这瀑布称之为“诺日朗”，大概是以此来象征男子汉的雄健和激情。人世间有这样永远倾泻不尽的激情么？很想沿着林中的小路走近诺日朗，然而暮色已重，四周的一切都昏暗起来。远处的瀑布有些模糊了，在轰鸣不绝的水声中，在水雾弥漫的幽暗中，那一缕缕白森森飘动的水帘显得朦胧而神秘，使人感到不可亲近……晚上，住在诺日朗宾馆。躺在床上无法入睡，窗外飘来各种各样的声音，有风吹树叶的沙沙声，有山涧流水的哗哗声，有秋虫优美的鸣唱……我想在这一片天籁中分辨出诺日朗瀑布的咆哮，却难以如愿。大瀑布那震天撼地的声音为什么传不过来？也许是风向不对吧。

第二天清早，天刚微微亮，群山和林海还在晨雾的笼罩之中，我便匆匆起床，一个人徒步去诺日朗。路上出奇的静，只有轻纱似的雾气，若有若无地在飘。忽听背后“得得”有声，回头一看，是两匹马，一匹雪白，一匹乌黑，正悠然自得地向我走过来。这大概是当地藏民养的马，但却不见牧马人。两匹马行走的方向也是往诺日朗，我和它们并肩而行时，相距不过一米。两匹马并没有因为遇见生人而慌乱，它们目不斜视，依然沉静而平稳地踱着步，姿态是那么优雅，仿佛是飘游在晨雾中的一片白云和一片黑云。到诺日朗瀑布时，两匹马没有停步，也没有侧目，仍旧走它们的路。我在轰鸣的水声中目送两匹马飘然远去，视野中的感觉奇妙如梦幻。

诺日朗又一次袒露在我的眼前。和夕照中的瀑布相比，晨雾中的诺日朗显得更加阔大，更加雄浑神奇。瀑布后面的群山此刻还隐隐约约地藏在飘忽的云雾之中。千丝万缕的水帘仿佛是从云雾中喷涌倾泻出来，又像是从地底下腾空而起的无数条白龙，龙头已经钻进云雾，龙身和龙尾却留在空中，一刻不停拍打着悬崖峭壁……

沿着湿漉漉的林间小道，我一步一步走近诺日朗。随着和大瀑布之间的距离不断缩短，那轰鸣的水声也越来越大，迎面飘来的水雾也越来越浓。等走到瀑布跟前时，头发、脸和衣服都湿了。这时抬头仰观大瀑布，才真正领略到了那惊天动地的气势。云雾迷蒙的天上，仿佛是裂开了一道巨大的豁口，天水从豁口中汹涌而下，浩浩荡荡，洋洋洒洒，一落千丈，在山谷中激起飞扬的水花和震耳欲聋的回声。此时诺日朗的形象和声音，吻合成一个气势磅礴的整体。站在这样的大瀑布面前，感觉自己只是漫天飘漾的水雾中的一颗微粒。我想起许多年前在雁荡山看瀑布时的情景，站在著名的大龙湫瀑布跟前，产生的联想是在看一条巨龙被钉在崖壁上挣扎。此刻，却是群龙飞舞，自由的水之精灵在宁静的山谷中合唱出一曲震撼天地的壮歌，使人的灵魂为之战栗。面对这雄浑博大、激情横溢的自然奇景，人是多么渺小，多么驯顺!

然而大瀑布跟前实在不是久留之地，因为空气中充满了浓密的水雾，使人难以呼吸。赶紧往后退，退入林间小道。走出一段再往后看，诺日朗竟然面目一新——奔泻的瀑布中，闪射出千万道金红色的光芒，这是从对面山上射过来的早霞。飘忽的水雾又把这些光芒糅合在一起，缤纷迷眩地飞扬、升腾，形成一种神话般的气氛……这时，远处的山路上传来欢跃的人声。是早起的游人赶来看瀑布了。

上午坐车上山时，绕过诺日朗背后的山坡，只见三面青山环抱着一大片碧绿的湖水。平静的湖水如同一块硕大无朋的翡翠，绿得透明而深邃，使人怀疑这究竟是不是水。当地的藏民把这样的高山湖泊称为“海子”。陪我来的朋友指着一湖碧水，不动声色地告诉我：“这就是诺日朗。”

这就是诺日朗？实在难以把这一片止水和奔腾咆哮的大瀑布连在一起。朋友说的却是事实。三面环山的海子有一面是长长的缺口，这正是大瀑布跌落深谷的跳台，也就是我在谷底仰望诺日朗时看到的那道在云雾天外的豁口。走近海子，我发现清澈见底的湖水正在缓缓流动，方向当然是那一道巨大的豁口。这汇集自千峰万壑的高山流水，虽然沉静一时，却终究难改奔腾活泼的性格。诺日朗瀑布，正是压抑后的一次爆发和喷泻。只要这看似沉静的压抑还在，诺日朗的激情便永远不会消退。

柳州之奇

柳江浩荡东流，到桂中平原，突然南拐，继而西折北上，江流弯曲如马蹄，环抱出一方沃土。于是人群从八方集聚于此，临河而居，繁衍生息，渐渐成村成集成镇成城，此柳州之起源。柳州建城两千余年，世事沧桑变迁，而山水地貌依旧。三面碧水环抱，八方群山蜂拥，此为柳州地理之奇。在地球上，这样的城市可谓独一无二。

柳州多园林，人称柳州为“花园之城”。市区内处处公园，园内园外，绿荫蓊郁，水光潋滟，园在城里，城在园中。徜徉其间，能忘却身居繁华都市。柳州城虽不大，市内公园却多达十余个，其中龙潭公园，占地八千余亩，大过京城颐和园。园中有碧水深潭，有青山逶迤，在园中游荡一日，无法尽其一角。市内鱼峰公园，有刘三姐当年传歌之坛。柳州城中，至今尚存三姐遗风。夜游街心花园，耳畔时闻市民放声对歌，生活中的悲欢哀乐，发自肺腑，出自歌喉，一吐为快。亲近自然，敢爱敢恨，心中块垒皆付诸歌声飘散于天地之间。柳州人性情爽朗，大概源出于此。

到柳州，必访柳侯祠，探寻柳宗元在这里留下的遗迹。柳宗元，唐代文豪，其诗文流传千年，至今犹被传诵。柳宗元晚年被贬南下，在柳州为官三年，期间兴文释奴，修城植树，移风易俗，留下德政无数。后人称柳宗元为“柳柳州”，纪念他对柳州的贡献。柳侯祠中，有奇碑一块，碑刻集“韩（愈）诗、苏（东坡）书、柳（宗元）事”于一体，世称“三绝碑”。

在柳侯祠中，有柳宗元衣冠冢。这虽是古人之墓，但墓前香火不断，天天有人以鲜花祭之。时隔千年，世态大变，当代人为何如此敬重一个古人？只因柳宗元为官清正，为人真诚，为文却奇绝瑰丽，多彩多姿。此等奇人，千年难遇，柳州人敬之爱之思念之，合乎情理。“柳柳州”辞世千年，形象犹在。古人今人，心心相印，情无隔阂，此亦为柳州一奇。

柳州之奇，最奇在美石。倘游览柳州，不观奇石者，枉到柳州。柳州奇石何在？在山水间，在河滩边，在急流中。蒙昧者熟视无睹，颖悟者则能在平淡朴实中发现珍奇。奇石为天地精华，也是宇宙奇观。柳州人，爱石者十中有七八，家中没有几块奇石，便枉为柳州人。而痴迷奇石者，在柳州城中也处处可遇。柳州城多奇石博物馆，而家庭藏石馆更多达数百个。置身奇石馆，即便是毫无想象力的人，也会灵魂出窍，浮想联翩。不大的庭堂中，但见奇石林立，小者如豆如拳，大者如瓜如斗，姿态色泽却无一雷同。沉浸其中，恍然间如临大谷深渊，面对万壑千峰，云霓、烟霞、彩虹、闪电，都在石纹中飘忽闪烁，清溪幽泉、长江大河，都在石皱里蜿蜒奔流。小小一石，包容天地，所谓“观一石而小天下，玩一石而览古今”，并非戏言。

石中肌理，原为自然造化。其形态千变万化，不足为奇。而柳州有奇石，石纹竟如人间大师所绘，令观者拍案称奇。我曾见几块奇石，过目而难忘。有天峨石，形如恐龙蛋，石上墨线曲折，构图奇巧，俨然大家手笔。画中有一童子，着古时衣衫，伫立一洞穴中央，抬头观望，头顶有一钟乳石垂挂。画中童子歪头叉腿，虽不见眉目，却能想见其稚顽调皮的神态。此图如为画家所绘，应属上品，而出自天然，实在匪夷所思。另有一块淡黄色岩石，石中有黑色纹理，如淡墨白描，只寥寥几笔，便勾勒出山水亭台，天上祥云，山间怪松，山下湖波。纹理虽简洁，却形神皆备。有京城名画家见之，曰：“如此简洁传神的线条，正是国画中最高境界。”又曾见一石，石纹斑斓七色，酷似法国画家莫奈的油画《日出·印象》：隐隐晨雾中，旭日闪耀，天光弥漫，港口舟楫若有似无，让人遐想联翩。天公造化如此神奇，令人间画师羞煞折煞。

奇石被发现，被请入人间厅堂，是无数柳州人跋山涉水、寻寻觅觅的结果。石头人人可见可得，而奇石难觅。能从石头的形状和色泽中发现美、发现奇、发现哲理，更为难得。柳州奇石，是大自然的馈赠，更是人的智慧和想象力的结晶，也是对柳州人聪明和执着的奖赏。

在柳州，当地友人陪我夜游奇石市场。市区一广场内，遍地是石，千姿百态，千奇百怪，在夜色中幽光闪烁。我在夜市中选得一块三江石，形如拳，质如玉，色蜡黄，光泽怡人。将石抱握手中，但觉凉气入骨。我将此石带回上海，置于案头，每日抚摩，感觉清凉之时，柳州的奇妙风光便纷至沓来，美不胜收。遂作此文记之。

山有魂魄八面观

张家界是山的世界。住在武陵源的旅馆里，从任何一个可以远眺的窗户往外看，都能看见天边的群山。到武陵源那天已是黄昏，望窗外，但见天边山影起伏，夕阳为远山勾勒出金红的轮廓。我叫不出这些山峰的名字，他们像一群黛紫色的巨大雕塑，凝固在天幕上。山巅上的树林是他们的头发，山腰间的彩云是他们身上飘动的襟带。他们静穆无言，是沉思的一群。他们的沉静带着无限神秘，盘桓在天地间……

近距离认识张家界的山，是从金鞭溪开始的。这是蜿蜒在群山中的一条溪涧，湍急的流水曲曲折折地穿越峡谷，像一根颤动的线，贯穿了沿途纷乱博杂的山峰。清澈的溪流从大山深处流下来，无拘无束，自由奔放，一路快乐地喧哗，在游人脚边泼洒着晶莹的珠玉。沿着清溪散步，走累了，抬头望望山，山就在头顶上。每走几步，他们就会以不同的面目投入你的眼帘。在溪边看山，是仰望，远处看来清灵飘忽的山峰，此刻变成了巨灵神，一个个顶天立地，从半空里俯瞰你，逼视你，仿佛要当头压下来，让你觉得自己渺小可怜。使我惊奇的是这些山峰的形状，那么独特，绝无重复。他们集雄奇、险峻和秀丽为一体，每一座山峰，都可以引人产生无尽的遐想。大自然何等神奇，将每一座山峰都塑造得独一无二，就像千人千面的人类一样有个性。说这些山峰像什么，其实没有意义。不同的人，站在不同的角度，会呈现出不一样的形态。譬如那两座被人称为“双石玉笋”的山峰，在山里人看来，他们像笋；在城里人眼里，他们也许更像两座奇崛的高塔；而文人也可以把他们想象成巨笔，可以写传世的惊天大文章。那座使这条溪流得名的金鞭峰，在不熟悉古时兵器的现代人眼里，更像一幢巍峨的巨厦，那形状，和浦东陆家嘴那幢摩天楼就很有几分相似。而在我看来，这些山峰如果无名才更有意思。坐在清澈的溪流边，听着潺湲的水声，抬头凝视他们，他们能跟随想象的羽翼自由飞翔。这些沉默的巨岩，曾经都是海底暗礁，在地壳的裂变中，他们上升为山峰。这是一群伫立了亿万年的巨人，目睹了世界的颠覆和人世的沧桑。他们身上那些刀劈斧砍般的线条裂痕，如同老人额头上的皱纹。他们的心里潜藏着最复杂最深刻的哲思。然而，谁能将他们的内心解读?

低下头来，看着脚边奔涌的流水，头上的山峰便倒映在流水之中。这时，山晃动在流水里，水荡漾在山顶上。水是活的，山也是活的。此时，山、水，还有陶醉在山水之间的人，三者合而为一，成为灵动的生命组合。

山林深处有新建的“天梯”，可以直登山顶高台。坐“天梯”观山，又是另外一种奇妙的感觉。在“天梯”上，透过玻璃看远处的群山，是一种平视，山和人的视线在相同的高度，但却是一个移动着的视角。“天梯”对面的那一群山，一座座拔地而起，峭然直立，相互隔着极小的空隙，像极了一群比肩而立的壮汉。群山头戴不同的帽盔，剽悍、威猛，互相推挤着，争抢各自的立足之地。在山脚下仰望他们时，只见云雾在他们的肩头缭绕着，面目神秘莫测。当地人称他们为“神兵聚会”，这是一个形象的名字。在飞速上升的“天梯”上看山，以动观动，人由下而上，视野中的“神兵”则由上而下……高不可攀的万丈危岩，此刻突然临近，一座座山峰从天上徐徐降落，仿佛真的是天神下凡了。

登上山顶高台，便有了机会俯瞰群山，这又是一个新的观山视角。在一个叫“迷魂台”的地方，展现在眼帘中的景象使我惊叹不已。山谷中云飞雾绕，云雾中的山巅若隐若现，犹如万顷海涛中的岛屿，有的露出海面，有的潜藏在海底，也像海上远航的船队，浩淼烟波中仿佛有百舸争流，千帆齐发。这里的山峰形状奇特，山顶几乎都有奇石兀立，石形如笋如柱，如龟如猿，如仙翁如樵夫。在涌动的云雾中，这些奇石使我联想起船上的水手，他们攀登到樯桅顶端，正迎着凛冽的海风，遥望迷茫的远方……

在我的俯瞰中变幻出没的这些山，一定是有灵魂的。他们和世界上所有的生命一样，在天地间诞生、成长、变化、思想。如果他们还有记忆，应该记得当年在大海深处被涌流抚摸、被波涛撞击、被鱼群环绕的情景。眼前的景象，或许是他们在重温那远古的往事吧。

岱山之夜

风中带着海的气息，清凉，湿润，有点鱼的腥味。

背后是海。星空之下，海面微波起伏，荧光闪动。岸畔的渔船，远处的岛影，全都影影绰绰，神秘，飘忽，梦幻一般。渔船桅杆如林，像幽暗中伸向空中的无数手臂，密集而安静，举着闪烁的灯，举着满天星光，似在探寻，又似在祈望。

渔船静静地停泊着。渔民们却在夜色中欢腾。明天，是渔民的“歇渔节”。歇渔之后，渔船进港，渔人休息。海里的鱼儿虾儿，也可以不受侵扰地繁衍生息，过一段和平舒心的日子。

我的眼前，是一条灯光灿烂的大道，衣着缤纷的人们围集在道路两旁，笑语喧哗。大道中间空无一人，路面反射着灯光，像一个长长的舞台，静候着舞者登场。岱山人把在街上的表演叫做“踩街”，表演者大多是渔家儿女。他们将在街上尽情歌舞，在人们的注视下慢慢走过，路边观者也会跟着他们的节拍亦歌亦舞。这条大道，会流成一条欢腾之河。

咚咚咚咚……鼓声冲天而起，一群彪悍的渔民，擂着大鼓走过来。那些撒渔网、拉缆绳的手，那些操纵风帆、搏击惊涛的手，此刻紧握鼓槌，把鼓擂得惊天动地。他们看上去都瘦而精悍，裸露的手臂上肌肉鼓动，可以感觉热血在急速流动。他们古铜色的脸膛上，洋溢着欢跃的激情。这些惯于在海上搏击风浪的汉子，今夜为什么而激动？鼓点骤雨般落下来，此起彼伏，山呼海响，把夜的安静彻底驱逐。这鼓声，把渔港擂得沸腾了。鼓声是一个开场，鼓的节奏，引出了渔家的歌舞。

渔家女走过来，且歌且舞，唱的是本地悠扬的曲调，跳的是自编的活泼舞蹈，手中彩扇舞动，如浪起伏，也如风飞扬。传说中的渔女日子艰辛，男人出海，在海上搏击风浪，她们守在家中担惊受怕。海滩上，有多少含泪的“望夫石”，望穿秋水，却永无回音。大海哺育生灵，为渔民提供生息，却也常常翻脸无情。有人说，大海咆哮，吞噬渔船，是海神发怒。海神为何发怒？这是一个永远没有答案的问题。也许，是人类向大海索取过多，却不思回报；也许，是海洋被贪婪的捕捞者搅得不胜其烦……现在，人们终于懂得了张弛之道，要向大海索取，也要让大海休息。我相信，渔家女们最欢迎这休渔的季节，和亲人团聚在一起，在海边观潮听涛，欢跃发自内心。此刻，在大街上，在众人的注目中，她们笑颜灿烂，舞姿奔放，夜风里响彻她们的歌声和脚步声……

彩灯晃动，晃出一群鱼虾和螃蟹。黄鱼、带鱼、鲳鱼、鱿鱼、乌贼、梭子蟹、大对虾……今晚，最快乐的，也许是这些海里的生灵。它们幻化成这些彩色的灯笼，被举在渔民的手中，在成千上万观者的视野里优美地舞蹈着。在捕鱼的季节，它们的日子是无法安宁的。机声响起，渔网围拢，它们的生命尽头就可能随之来临。那些网眼如豆的细孔渔网，可以将它们的几代生命一网打尽，永无复生的机会。它们的生和死，取决于海神的旨意，还是人类的追捕？这也是没有答案的问题。大海茫茫，它们的家乡远比人类的家园浩瀚阔大，只要奉献些许，就可以满足人类之需。但曾几何时，人类的无情和贪欲，竟使它们无时无刻不面临着死神的召唤。现在，人类要休渔，要给海洋休养生息的时间，这些曾经担惊受怕的海中生灵，今夜的欢乐应该是由衷而自然的吧。

一群少女走过来，举着荷叶莲花。在优雅的乐声里，绿荷红莲，映衬着少女们的青春脸庞。围观的人群静下来，停止了喧哗，停止了东张西望。浮游的目光，因为眼前的景象而沉静。看吧，少女们在欢腾喧嚣的人海中，静静地变成了一片优美的荷花池……

然而这欢乐之夜的沉静只是一个短短的瞬间。踩街的人们一群群一队队地走过去，花样出新，高潮迭起，歌声和脚步声在大道上回旋不尽。最后走过来的，是一群老渔民。

他们穿着鲜艳的中国服装，赤橙黄绿青蓝紫，七色纷呈。鲜亮的服装，衬托着他们饱经风霜的古铜色脸庞。他们是大声地吼唱着走过来的。我听不懂他们唱的歌词，但能感受到他们的激情。在他们的歌声里，有在海上搏击风浪的勇敢豪迈，也有往昔的惆怅和悲苦，更有对新生活的美好期冀。清凉的海风，因为他们的歌声而变得雄浑悠远，天地间到处是渔家人发自肺腑的深沉回音……

曲尽人散，临海的街道上人们渐渐散去。渔港，恢复了它宁静安谧的面貌。只有停泊在岸畔的渔船，仍然举着森林般的桅杆，举着一天闪烁的星光……

血与沙

一双奇异的大眼睛充满了电视屏幕。

这是一双布满了血丝、含着泪水的黑色眼睛。它呆呆地盯着前方，目光里流露出来的是惊慌，是恐惧，是疑惑，是仇恨，是愤怒，是麻木和疯狂的混合……

这是一双牛的眼睛，是一头受伤待毙的雄牛的眼睛。我无法说清楚这双眼睛里所流露出的感情。

眼睛逐渐远去。牛的形象完整起来，清晰起来。它四脚分开定定地站着，巨大的头沉重地下垂，喷吐的鼻息犹如绝望的哮喘，而眼睛却竭力地向上翻着直视前方，一对锋利的犄角和它的目光指着同一个方向。它的耸起的肩胛上，插着四枝钩枪，钩枪随着肩胛肌肉的颤抖不安地晃动着，浓而黏稠的鲜血从肩胛上慢慢地往下淌。

屏幕闪了一下，牛的形象消失了。取而代之的是一位中年的斗牛士。刚才那双充血的牛眼所凝视的，就是这位斗牛士。他的服装是华丽的，白色的紧身外套上绣满了亮晶晶的花饰。他的右手平举着一柄雪亮的剑，剑锋向下，目标是牛脖子的后上部。从这个部位插入，便能直捣心脏，一剑使庞大的雄牛毙命……斗牛士是一位彪悍健壮的中年汉子，看架势便知道是个久经沙场的老手。在那一头棕色的鬈发下，一双距离很近的眼睛微微眯阖着，眯成一线的黑色瞳孔闪着奇异的光。这目光中流露出来的情绪也是极复杂的，有骄傲，有嘲讽，有怜悯，有残忍，有自信，也有隐隐约约的迟疑和畏惧……

人和牛，就这样沉默着，对峙着。惊心动魄的斗牛，此刻到了惊心动魄的极点。翻江倒海一般沸腾喧嚣的观众席上，刹那间平静得寂然无声，人们紧张地屏住了呼吸，期待那最后时刻的到来。在这沉默的对峙出现之前，斗牛士曾经用一块红布，把疯狂的雄牛逗引得团团转。那时，雄牛浑身还充满了野性和力量。它低沉地吼叫着，有力的脚蹄蹬得沙土飞扬。它一次又一次低着头向斗牛士猛扑过去。斗牛士一动不动地站着，只是将手中的红布轻巧地一挥，于是尖锐的牛角只是在舞动的红布上掠过，斗牛士微笑着安然无恙。受骗的雄牛越来越愤怒，它的进攻也越来越狂暴。那对巨大的犄角恨不能一下子戳穿骗局，戳穿行骗的斗牛士的胸膛。然而，那红布却仿佛有着无法抗拒、无法抵御的魔力，雄牛的角只能擦着红布，狡猾的斗牛士永远潇洒而又安全地躲在那飘舞的红布背后。斗牛士的勇敢、敏捷、机智，在雄牛一次次受骗的过程中表现得淋漓尽致。这时，观众在狂喊，在鼓掌，在跺脚，仿佛正在欣赏一场新鲜而刺激的艺术表演。在他们的眼里，人和牛的这种危机四伏的周旋永远是新鲜的。这是万物的灵长——人，和一种强悍的牲畜的较量，是智慧战胜愚钝，是机敏战胜莽撞，是狡猾的猎手一步一步地把他的猎物引入陷阱……暴跳如雷的雄牛终于厌倦了。这反复不断的徒劳进攻消耗了它的大部分体力，它精疲力竭地站定了，只是瞪大一双充血的眼睛，死死地盯住面前这位使它发狂也使它困惑的人，仿佛在问：“你，到底要把我怎么样？你这魔鬼！”斗牛士的脸上掠过一丝微笑。他从容不迫地卷起红布，悄悄地抽出雪亮的剑，然后眯起眼睛，慢慢地将手中的剑平举到和眼睛一样的高度，剑锋向下，对准了牛的颈脖……

人和牛，在万众屏息的沉默中对峙了五六秒钟，漫长而又庄严的五六秒钟！斗牛士的每一根神经每一块肌腱都紧绷着，处于高度亢奋的状态。他的目标明确，他的任何细微的动作和表情都潜伏着杀机。而牛呢，它只是茫然失措地凝视着对手，全然不知等待着它的下一幕将是什么。也许，从那剑锋闪出的寒光中，它突然产生了不安和危险的预感，于是，它把头一低，又向斗牛士冲来……

就在雄牛移动脚步的同时，斗牛士也行动了。他旋风一般地向近在咫尺的雄牛猛扑过去，人们只看到一道白光射向黑色的牛体。人和牛猛烈地撞了一下，斗牛士被弹得远远的。他在离开牛头三四步远的地方，摇摇晃晃地打了个趔趄，然而终于没有倒下去。

雄牛还低着头继续向前猛冲。在它粗壮的颈脖上，赫然多出了四五寸长的一截铁棍——这是剑柄！在人牛相撞的瞬间，斗牛士竟将利剑整个儿刺进了雄牛的躯体！突然，雄牛站住了，它抬起头来，痛苦地扭动着，鲜血像喷泉般从它的嘴里涌出。然后，它弯下前腿作跪地状，头慢慢地低下来，一直低到鲜血淋漓的嘴触到了沙地。终于，它带着临死前的几阵痉挛倒下，仿佛崩溃了一座黑色的山峰……

杀死一头雄牛的表演到此结束。接下来的镜头也是疯狂热烈的，成千上万的观众从座位上站起来，向场子里欢呼着、呐喊着，手帕、鲜花、帽子、头巾，雨点一般向绕场边走着的斗牛士抛飞。斗牛士没来得及理一理凌乱的头发，他深深地陶醉在成功和死里逃生的喜悦之中。只见他不住地向观众们挥着手，抛着飞吻，轻松的步子犹如跳舞。几朵红色的玫瑰落在他的身上，花瓣和他衣襟上的血迹是同一种颜色。场里有人交给他一样东西，他笑着把它高高地举在手中——一个黑色的、毛茸茸的、血淋淋的三角形东西——这是死去的雄牛的一只耳朵尖。于是，看台上欢呼声掌声雷动，人们由衷地庆贺斗牛士得到了最高奖赏……

“啪”地关上电视，房间里顿时一片安静。血、剑，兽的咆哮、人的呼叫，一切都消失得干干净净。窗外，是阳光灿烂的墨西哥城，鲜亮的绿荫和缤纷的楼群交织成一幅宁静的图画。然而我的思绪却无法平静下来，刚才在电视中出现的一系列镜头使我仿佛置身斗牛场，并且在极近的距离内亲眼目睹了一场惊心动魄的斗牛。我的手心捏出了汗水，我的心跳因紧张而加速。这种带着原始和冒险色彩的竞技，给人的刺激和印象是那么强烈。如果坐在斗牛场里看这场人和牛的搏斗，恐怕会紧张得受不了。在电视里，看到不少身穿盛装的太太小姐们也坐在看台上，她们和男性斗牛迷们一起疯狂地尖叫、跺脚、鼓掌，不禁愕然。也许，在勇敢彪悍的斗牛士身上，洋溢着无可比拟的男子汉气概，这对许多女性有着难以抗拒的吸引力。尽管斗牛士们以屠杀为业，尽管他们的身上血迹斑斑……

墨西哥的斗牛士们是名扬天下的，不少斗牛士的名字可以毫无愧色地和西班牙的斗牛大师们比肩而立，受到无数斗牛迷的崇拜。四百多年前，西班牙殖民者在墨西哥修建了斗牛场。斗牛，作为一种体育、一种娱乐，漂洋过海被传到了墨西哥。几百年来，世道沧桑，战云起落，墨西哥像一艘在风浪中行驶的船，而斗牛，却长盛不衰。墨西哥人在斗牛场里放声地呼喊着，发泄着。只要红布挥动，只要剑光闪烁，只要牛的咆哮骤起，只要热腾腾的鲜血洒入沙土，他们便疯狂了，便忘却了现实中的所有哀怨烦恼。当一个斗牛士是许多少年的梦想，因为斗牛士是勇敢无畏的象征，是男子汉中的精华，斗牛士的名字和荣誉、金钱连在一起。难怪一位墨西哥诗人写下了这样的诗句：

失败的雄牛颓然倒地
喷涌的红血是献给勇者的花束
斗牛士像太阳一样升起来
仰望他的女人们眼里燃着爱慕
欢呼吧，欢呼有如金币在奏乐

这位诗人或许也曾做过斗牛士的梦。在那些讴歌斗牛士的诗行中，隐约还流露着他的怅憾和醋意。

不过也有另一种写给斗牛士的诗：

你以为长着犄角的雄牛，
就这么心甘情愿任你宰杀么？
等着吧，骄傲的斗士，

在沉默的牛群里

总有一对犄角将染上你的血！

这简直就像可怕的预言和诅咒。斗牛士们读着这样的诗句，恐怕会心惊肉跳的。

谁能想象斗牛士的担忧、痛苦和恐惧呢！为了那些万众欢呼的荣耀和威扬四方的名声，斗牛士付出的代价是巨大的。一位墨西哥作家告诉我，斗牛，是把性命捏在手中的冒险。任何高明的斗牛士都无法预料自己的下一场斗牛将会有何种结果。有一个细节很说明问题：在斗牛结束后，有些斗牛士走出沙场后的第一个动作便是往家打电话，把自己平安无恙的喜讯告诉亲人们。斗牛士的母亲、妻子大多没有勇气到斗牛场观战。当她们的儿子或者丈夫在沙场和雄牛搏斗时，她们正守在家中心惊胆战地等待着。可以想象，当电话铃声突然在寂静之中响起来时，她们的手是如何颤抖着伸向话筒……

斗牛场上的惨剧屡见不鲜，斗牛士并不是永远以胜利告终的。疯狂的雄牛曾经一次又一次地用剑矛般的犄角刺穿斗牛士的身体。斗牛场的沙地上不仅有牛血，也有人血。就在我抵达墨西哥的前两个月，在西班牙首都马德里郊外的科尔梅那·比埃赫斗牛场上，21岁的著名斗牛士豪赛·库贝罗把剑刺入疲极卧地的牛颈……他正在向欢呼的观众致意时，那头已经倒下的近五百公斤重的雄牛突然跃起，冲向库贝罗，将角刺入他的胸部……然后，雄牛像挑一个稻草人似的将它的对手挑到空中，又重重地摔在地上。库贝罗的心肺被牛角穿透，不治而亡。而那头雄牛也用尽了最后一点力气，倒毙在斗牛士身边……尽管反对斗牛的呼声此起彼伏，然而谁也无法使这种流传了千百年的人兽之斗中断，谁也无法消灭斗牛迷们的热情。斗牛迷们反驳道："斗牛比赛车安全多了，如果完全失去危险性，那不成了耍猴儿了吗？"

本来想在墨西哥城看一场斗牛，遗憾的是，在我们的访问中，无法插入这一项目。

很巧，墨西哥城的大斗牛场就在离我下榻的宾馆不远的街区。那天看完电视不久，我一个人走出宾馆，迎着落日的余晖向斗牛场走去。五分钟以后，我就站在了斗牛场高高的围墙下。这是一个巨大的圆形建筑，四周有门，门柱上耸立着形态各异的雄牛和斗牛士的雕塑——狂奔的牛、向上蹿跃的牛、低头猛冲的牛、受伤垂危的牛，挥舞红布的斗牛士、骑马持枪的斗牛士、举剑冲刺的斗牛士……形形色色的牛和人，在高高的门柱上默默地俯视着我，使我想起斗牛场上种种激烈的你死我活的搏斗。斗牛场前空旷的大街上不见一个人影，夕阳把我的长长的影子投到灰色的铁门上。然而门紧锁着，斗牛场里的沙地和沙地上的血迹，只能通过想象来由我自己描绘了。尽管周围一片寂静，但我的耳畔似乎响起了无数声音，其中有牛的嘶吼，有人的呐喊，有靴子和牛蹄在沙地上踩出的声响，有枪剑和骨肉的摩擦撞击，有欢呼和笑声，有叹息和哭泣……

离开斗牛场时，我突然想起了伊巴涅斯的小说《血与沙》，想起了小说结尾的两句感叹：

可怜的雄牛！可怜的斗牛士！

特奥蒂瓦坎之夜

特奥蒂瓦坎古城，一片被茅草和仙人掌覆盖的废墟。当流血的残阳在起伏的地平线上悄然消隐时，废墟复活了。

茅草和仙人掌成了他们稀疏凌乱的须发，在幽邃沉重的天幕下飘动。凹陷残缺的窗和门，成了他们的眼和口——那些黑洞洞的深不见底的眼睛，曾凝视过千年来的风云变幻和尘烟起落，在他们的视线里，有人的搏斗、跋涉和挣扎，也有兽的撕咬、追逐和交欢……那些永不闭锁的嘴，则在娓娓叙说着发生在墨西哥高原上的种种历史和传说……

一群鹰从逐渐暗黑的天空盘旋降落，无声地消失在废墟的背后。无法知道它们藏在何处。

太阳金字塔和月亮金字塔的面目模糊了，只是将巨大巍峨的剪影黑黝黝地投到天幕上，成为两头神奇的巨兽，在逐渐浓重的夜色中默默对峙。它们对峙了千百年，谁也无法移动一步。旭日东升时，太阳金字塔陶醉在容光焕发的骄傲中；月上中天时，月亮金字塔便成为尊贵矜持的公主。咫尺天涯，它们之间的距离是多么遥远，永远可望而不可即。只有在这样没有月光的暗夜，只有在朦胧的夜色笼罩着特奥蒂瓦坎的所有一切时，它们才暂时失去了距离。日月诞生的神话，像神秘的烟雾，在黑暗中弥漫着、闪烁着，迸发出惊心动魄的声响。两座金字塔在这烟雾中融为一体……

神秘的烟雾真的出现了——

空空荡荡的“亡人大道”上人声骤起——杂沓的脚步声由远而近，陌生的鼓乐中夹杂着陌生的呐喊和歌唱……不见人影，唯有声浪汹涌蔓延。声浪过处，道旁的废墟中一一飘出怪诞的音响，有似老者低吼，有似妇人窃笑，有似隐士轻声自语，有似众人七嘴八舌争论……凹陷的窗和门中，闪出七彩的幽光……

突然，一阵浪卷潮涌般的大响轰然而起，淹没了广袤幽暗的特奥蒂瓦坎。这是人群的欢呼，这欢呼来自每一座古堡、每一段残垣、每一块岩石，来自茫茫古城的每寸土地。渺无人迹的特奥蒂瓦坎被狂热的欢呼声淹没了……

太阳金字塔在欢呼的簇拥下竟逐渐亮起来，亮成一个无比巨大的通红的透明体，犹如旭日将升未升时的天空。在那默默燃烧的红色之中，孕育着一轮生机勃勃的太阳……

终于，一切都悄悄地消失，只剩下黑暗和风的呼啸。影影绰绰的废墟神秘地投影在深邃的天幕上。

那消失的一切，并不是幽灵显形，也不是我的幻觉，而是现代墨西哥人用现代技术装扮的特奥蒂瓦坎之夜，是电脑、彩灯、扬声器在黑暗中演出了这一切。于是历史得以再现，传说得以上演，寻奇探秘的目光得以满足，渴望翱翔的想象之翼得以飞展……

离开特奥蒂瓦坎时，一个墨西哥孩子拦住了我们的汽车。只见一双大眼睛在车窗前闪闪发亮，那眼神中充满了急切的期待。他手里举着两尊乌黑的石头雕像，口中连声喊道："先生，买一对雕像吧——太阳神和月亮神！它们会给您带来运气！"

浓重的夜色里，我没有看清楚那一对雕像的模样，太阳神和月亮神凝缩到了这样两块小小的黑曜石中，足见人类的聪慧和幽默。天地万物究竟是谁的创造，没人能说得清楚，人类引以为骄傲的不是大自然的鬼斧神工，而是自己的创造。此刻正被黑暗和荒寂笼罩着的特奥蒂瓦坎的古代墨西哥人为什么会离弃这座雄奇辉煌的古城，也没人能说清楚。究竟是为了躲避灾祸，还是为了追求更完善更美好的栖身之地……我想，能有勇气舍弃这样一座城市，去进行新的冒险，去开拓创造，这也是人类值得骄傲的举动。这举动引出后人多少奇丽缤纷的幻想？这些幻想，也是人类智慧的结晶。当夜幕降临，这些结晶便有声有色地出现了……

遐想之间，汽车已远离了特奥蒂瓦坎。回头望去，只见一片深不见底的夜色，古城被夜色融化了。而前方，墨西哥城的灯火正像黎明的海洋一般扑面而来。在越来越辉煌的灯火中，我似乎又看到了那个高举着太阳神和月亮神的墨西哥孩子，看见了他那双大睁着的充满了期待的眼睛……

歌 者

孤独的歌手，即使唱着欢乐的歌，也会使人产生忧伤的联想。

那天下午，在基辅“十月革命”广场附近的地下过道里，看到一位留着满脸胡子的中年人抱着一把吉他在唱歌。洪亮的歌声在地道里回荡，所有从地道走过的人，都在他的歌声包围之中。然而似乎没有谁在听他唱，人们匆匆忙忙地走自己的路，甚至连侧身看他一眼的兴致都没有。这位歌手好像并不在意人们是不是在听他唱，只是不停地唱，不停地弹着吉他。有时候，他停止了歌唱，光是弹吉他，粗壮的手指在琴弦上跳动得极灵活。他的眼睛不看琴弦，不看从他身边走过的行人，也不看放在脚边的那个钱盒，只是凝视着正前方某一个只有他自己知道的目标。他就像一尊会发出声音的雕塑。

两个小时以后，我又一次从地道走过，这位歌手还坐在老地方唱歌。很明显，他累了。弹吉他的手已不如先前那么灵活，歌声也不如几个小时前那么洪亮。只是神态还一如既往。

这时候，地道里的行人开始多起来，他终于被驻足听歌的人们包围了。我看见他的目光亮了一下，漠然的表情中增添了一些笑意。吉他的琴弦颤动得更快了，这是一首欢乐的乌克兰民歌的前奏，也许，他想唱一支快乐的歌，来报答那些停下脚步来欣赏他唱歌的过路人。但是很显然，唱这支歌，他有些力不从心。在好几个高音的地方，他无法唱得圆润，有时甚至使人感到声嘶力竭。他微笑着唱完了这首歌，不过，在那些活泼的旋律中，我没有感受到欢乐，只听到一颗孤独而疲惫的心在颤抖。我想，那些乌克兰听众的感觉和我应该是一样的。硬币落在钱盒中发出“丁丁当当”的声音，这是那歌声的并不悦耳的余音。在一位站在歌手对面的少女的眼睛里，我发现了亮晶晶的泪珠……

这样孤独的歌手，我还见过好几位。离开基辅的前夕，也是在同一个地道里，一位身材魁梧的年轻人拉着手风琴站在那里独自放声歌唱。他唱的不是乌克兰民歌，而是意大利歌曲《我的太阳》。年轻人笑嘻嘻的，似乎很轻松。他的嗓门响得出奇，加上地道水泥墙壁的回声，那歌声简直震耳欲聋。因为对《我的太阳》这首歌的旋律很熟悉，所以，我能捕捉到他唱错的每一个音符。唱到最后那一段高音拖腔时，他的脸涨得通红，嗓子完全唱破了。我站在一边为他着急，他却若无其事，依然乐呵呵地笑着。好在手风琴拉得很流畅，在拉了长长的一段花哨的过门后，他又憋足气力，开始重新唱《我的太阳》……

我不忍心再听下去。然而对这位乌克兰小伙子的勇气和旁若无人的自信，我很佩服。

也见到过在地道里唱歌的乌克兰姑娘。那次走进地道时，只见迎面走过来三个年轻人，一个穿牛仔裤的姑娘，两个捧着吉他的小伙子。走到地道中间，两个小伙子突然停住脚步，把手中的吉他弹得铮铮作响。姑娘站在他们中间，显得有些害羞。地道里的行人都站下来，等待着即将发生的事情。姑娘定了定神，放开嗓门唱了起来。想不到她的嗓音极好，是淳厚的女中音。她唱的大概是一首流行歌曲，节奏活泼，却并不欢快。很显然，姑娘缺乏当众演唱的经验，她的神态、动作，都有些拘束。然而那美妙动人的女中音足以抵消她的所有缺陷。她的歌声如同一股清凉的泉水，在地道里不慌不忙地流淌，使听众们不知不觉地都沉醉在这泉水中。人们静静地站着欣赏她的歌声，所有人的脸上都带着微笑。姑娘越唱越自然，动作、表情和歌声终于协调起来。我想，如果给她机会，这姑娘可能成为一名非常出色的歌星。我听过布加乔娃的歌声，不见得比这位姑娘高明多少。

大约半个小时以后，在我下榻的第聂伯河宾馆门口，我又一次遇到了这位姑娘。她还是和那两位弹吉他的小伙子走在一起，三个人闷声不响地走路，似乎满面愁云……我永远也不可能知道这位姑娘在想什么心事，然而她的歌声我却难以忘怀。

也有另外一些歌者，他们成群结队，用歌声抒发着相同的感情。这样的歌声即便忧伤，也能使人感受到生命的顽强和力量。

刚到基辅的那天傍晚，在市中心的大广场上看到一群人围成一圈在唱歌。被人群围在中间的是三个年龄不等的男人—— 一个老人，两个青年，他们各自拉着手风琴，边拉边唱。周围的人群中男女老少都有，人人都在放声高歌。他们唱的是同一支歌，一支古老的乌克兰歌曲。这是一支深沉而伤感的歌，所有的乌克兰人都熟悉它古老的旋律——这旋律把漫长的历史中的光荣和屈辱、欢乐和痛苦都糅织在一起，使人百感交集。歌声召来了无数素不相识的乌克兰人，歌者的圈子越围越大，人们动情地唱着，有些人的眼睛里还闪烁着晶莹的泪光。庞大的合唱团没有指挥，人们却很自然地唱出了好几个声部。这些声部极为合拍地汇合成一股雄浑的、震撼人心的声浪……

最感人的一幕唱歌的场面，是在第聂伯河岸边的森林里看到的。在森林里，有一个露天的音乐厅。那天没有音乐会，音乐厅里空无一人，然而却有歌声从音乐厅背后的森林里飘出来。这歌声很奇怪，似乎有很多人在一起唱，可是音量并不大，而且不时有人走调。可是你不得不承认，在这颤抖的歌声中有着异乎寻常的激情。歌声中流泻出一种渴望，一种用苍凉的音调表达的渴望。

我情不自禁地循着歌声走进树林。林子里展现的景象使我目瞪口呆—— 一群老人，正坐在大树底下唱歌。其中有老态龙钟的男人，也有满头银丝的老妇。他们摇头晃脑、如痴如醉地唱着，皱纹密布的脸上飘漾着红晕，完全陶醉在自己的歌声里。我这个外国人的突然闯入，并没有使他们中断歌唱。他们抬头望着我，目光闪闪发亮，那些嵌在皱纹里的眼睛没有一双是浑浊黯淡的。在他们的歌声和他们的目光中，我忘记了他们是一群老人。我相信，在这歌声里，他们的心灵一定飞回到了青春时代。

巴比亚厄

巴比亚厄是基辅市郊的一处地名。

巴比亚厄，译成中文的意思是“娘子谷”。然而在俄语中，巴比亚厄还有一个特殊的含义——被杀害的无辜者。

巴比亚厄原来是一片谷地，一片没有人烟的荒地。在第二次世界大战之前，没有几个人知道巴比亚厄。如果不是德寇的入侵，人们可能永远也不会知道这一片荒凉的山谷。德军占领乌克兰之后，巴比亚厄才开始引人注目。法西斯看中这片谷地，当然不是为了开垦，更不是为了建设。他们认为在这里可以做一件要紧的事情——杀人。山谷就像一个天然的大墓坑，在这里大规模杀人，然后将尸体推入山谷，可以省却很多麻烦。于是密集的枪声在寂静的谷地上空响起来，白天响，夜里也响，枪声使活着的人心如刀绞，也使人们对法西斯的仇恨日益加深。枪声在巴比亚厄响了四年，整整二十万苏联人在枪声中倒下。死者大部分是苏联犹太人，也有被德军俘获的苏军和游击队战士。无数个家庭在这里惨遭杀害，男女老少都无法逃脱罪恶的子弹。深深的谷地，被一批批死难者的尸体逐渐填平……

凹陷了千万年的山谷从乌克兰的大地上消失，然而巴比亚厄这个名字，却永远沉重而又触目地铭刻在苏联人的心里，也铭刻在人类的史书上。它和波兰的奥斯维辛、中国的南京城一样，成为法西斯灭绝人性的最重大的罪证之一。

早晨的时候，巴比亚厄空无一人。阳光普照着碧绿的草坪，白杨树林在地平线上逶迤起伏。只见一道粗犷的花岗岩阶梯平地而起，直通向天空，石阶尽头，耸立着一座巨大的青铜雕塑。这是一组人物群雕，一群临刑时的受难者。其中有横眉怒目的军人，有痛苦欲绝的少女，有垂死的老人，也有中弹后倒地挣扎的青年。群雕的最上端，是一位怀抱婴儿的妇女，在临死的瞬间，她抱紧了自己的亲骨肉，俯身亲吻孩子的额头。远远看去，群雕犹如一团黑色的云烟，在谷地悲壮地升起，然后凝固在空中。这是死难者的纪念碑，也是刽子手的耻辱柱。

雕像前的石阶上斜嵌着三块铜牌，上面分别用俄文、乌克兰文和希伯来文镌刻着意义相同的文字：

> 从1941年到1943年，德国法西斯在这里杀害了十余万苏联平民和苏军官兵。

这短短的几行字，包含着何等可怕的内容。陪我们前来的乌克兰作家雅可夫指着铜牌解释道：“其实，在这里被枪杀的苏联人超过了二十万！”

铜牌上放着几束新鲜的石竹花，夏日的朝阳还未将鲜艳的花朵晒蔫。这是生者对死者的怀念，当代苏联人并没有忘记这场灾难。

雕像背后，还保留着当年谷地的痕迹。这是环绕着雕像基座的一弯洼地，犹如干涸的河床。洼地里长满了青草。很明显，这里的青草特别茂盛，特别绿。走下洼地，才发现不远处有几个乌克兰妇女在割草，我们的脚步惊动了她们。她们抬起头来，惊喜地看着我们这几个突然出现的外国人，莞尔一笑，然后又埋头割草。我想走上去和她们交谈，请她们谈谈巴比亚厄，然而终于没有打扰她们。在埋葬着数十万死难者的墓地上，青青的野草永远也割不完……

庞贝晨昏

离开苏连托，汽车沿地中海开了几个小时。目标，是一个神秘之地——两千年前突然消失的古城庞贝。浩瀚的海和晴朗的天相连，是一片令人心醉的蓝色。蓝色的海，在夕阳的映照下，更是蓝得深沉莫测，如一块巨大的墨色水晶，在碧空下漾动。

庞贝的故事，我在童年时代就从书中读到过。公元79年8月24日，维苏威火山突然爆发，坐落在火山脚下的古城庞贝，被火山熔岩吞没，从人间消失。很多年后，人们才发现这座已经被埋在地下的城市，遥远的古代发生的悲惨景象，被定格在火山的熔岩中。他们临死前的挣扎，他们痛苦恐惧的表情，重现在现代人的面前。在我儿时的记忆中，这个历史事件是最不可思议的事情，而庞贝，也成为我印象中神秘的地方。儿时曾经有过梦想，如果有机会出国，一定要去看看庞贝。

此刻，庞贝在望。从苏连托赶到庞贝，时近黄昏，通向庞贝古城的大门已经关闭。举目远眺，青灰色的维苏威火山默立在天边，山顶缠绕着白色的云烟，燃烧的晚霞渐渐将山影和天空融为一体……

当年维苏威火山爆发时，一艘正在海上航行的帆船看到了火山喷发的火光和烟柱，庞贝城成为山坡上的一个巨大火炬。船上的水手们想赶去救援，帆船却被从空中落下的岩浆击中，船毁人亡，勇敢的水手们成为庞贝的殉葬者。此刻，神秘的庞贝古城仿佛沉思在夕照中，静静地面对着我这个从万里之外前来探询的东方客。

第二天清晨，从那不勒斯出发，早早赶到庞贝，古城博物馆刚刚开门。我成为这天第一批走进庞贝的人。

古老的街道沐浴在朝晖中，路面上的一块块石头，如光滑的古镜反射着日光，让人感觉目眩。这光滑的石头路，被无数人的脚磨得光滑发亮。摩擦过这路面的脚，究竟是两千年前的古罗马人，还是数百年来的近代和现代人呢？谁也无法分辨这路上的人迹了，古人和今人的脚印，早已融为一体。笔直的大道印证着当年庞贝的恢宏气派，可以想象贵族的骑兵和车队曾如何在路上经过，还有那些负重而行的奴隶……古城中到处可见废墟、巨大的竞技场、浴场、贵族的庭院、工人的作坊。庞贝的繁华和奢侈，从废墟的残垣柱桩中依然能够窥见。贵族庭院中的彩色马赛克，今天看来仍鲜艳如新。浴场的豪华和排场，令今人咋舌。还有规模不小的妓院，墙上的壁画描绘着当年庞贝人的淫乐之态。难怪有人说，庞贝的毁灭，是因为享乐过度，所以上帝才点燃了惩罚之火。

不过，惩罚之火的说法，无论如何难以成立。火山喷发时，庞贝的所有居民，无论尊贵卑贱，无论富贵贫穷，都遭到了惩罚。对两千年前的庞贝人来说，这次突然的火山爆发，无异于世界末日。在爆炸声和火焰光中，他们看见了世界和生命被毁灭的景象，一切都在火光中灰飞烟灭……

在一间大作坊中，我看见了那些被火山熔岩定格的死者。这些古代死者，并不是木乃伊，也不是人工的雕塑。考古学家们在凝固的火山灰中发现了这些尸体的空壳，便用石膏使之复原。一批垂死者的真实雕塑，便重现在世人的面前。现代人可以由此想见庞贝毁灭时发生的故事。这些石膏人模展现的，是庞贝人临死前的状况，让人心灵震撼：人们在奔跑逃命，在呼号痛哭，在突然来临的死神面前惊恐万状。有人两手抱头，蜷曲成团；有人以手掩面，靠墙跪蹲；有人躺在地上，扭曲变形……一个母亲，将婴儿紧紧环抱在胸前，用自己的头、身体和四肢遮挡着火焰和岩浆，人间伟大的母爱，被凝固在这里；一对情侣，紧紧拥抱着，合二为一，在夺命烈焰中，爱情成为永恒；一只大狗，扑在一个孩子身上，试图为他遮挡住从天而降的火山灰，孩子则伏在大狗的身下，一只手紧搂着狗的脖子，人和狗相拥而亡的景象，悲惨而感人。世间的生命，就这样相亲相爱，生死依存……

如果世界真是由上帝创造的，那么，这位上帝创造的最伟大的东西，不是世间万物，不是宇宙，而是生命之爱。庞贝人在生命被毁灭时的表现，印证了这样的爱。

庞贝作为一座繁华的城市，再也没有恢复。然而世界并没有因为庞贝的消失而毁灭，人类依然在大地上生活繁衍。在庞贝的废墟上，鸟还在天上飞翔，牛羊还在山坡上吃草，花树还在土地中萌芽抽叶。而庞贝人在面对死神时的种种动作和神态，成为人类之爱的永恒表情，悲惨而神圣，让每一个参观者心颤，也让人思索生命的意义。

我站在庞贝的中心向远处眺望，维苏威火山呈现出一种神秘的青灰色，起伏在碧蓝的天空下，以沉默俯瞰着被它毁灭的城市。当年喷吐过死亡之火的山峰，也许会一直沉默下去，成为天地间永恒的谜语。

遥望泰姬陵

去印度，当然要去看看泰姬陵。

泰姬陵坐落在阿格拉。从新德里坐车去阿格拉，不到两百公里的路程，花了将近四个小时。沿途没有特别的风景，经过一些小镇，可以看到衣着鲜艳的印度人在路边摆摊、闲逛、大声喧哗，孩子在车窗前举手晃动着不知名的食品向车上的人兜售。女人头顶着水罐行走在树荫下，优美如东方歌舞团的舞蹈。不时可以看到自由散漫地卧在路边或者悠闲漫步的牛。也有大象，步履稳健地在路上行走，它们是印度人温顺的坐骑。

阿格拉是印度最重要的旅游城市，拥有两处世界文化遗产，泰姬陵和红堡。进入阿格拉时，情景令我吃惊。这竟然是一座破旧脏乱的城市。汽车经过市区，只见歪斜的商铺，喧闹的人群，马车、羊群混杂在一起，更有黑色或者黄色的牛三两结队，昂然从集市中走过，旁若无人。陪同的印度青年对我说，阿格拉城里很乱，晚上他也不敢去那里。然而伟大的泰姬陵就在城市侧畔。现代的嘈杂粗陋，衬托着古建的精美恢宏。

泰姬陵用白色大理石建成，巍峨而精美，如蓝天下的一朵白色蘑菇云，又如一座凌然的雪山，在午后的阳光下闪烁着圣洁的光芒。这是一位印度国王为纪念去世的爱妻而建造的一座陵寝，一座伊斯兰风格的巨大建筑，被认为是人类的建筑奇迹之一。在很多人的眼里，它是永恒爱情的象征。印度五世国王的爱姬病重弥留时，悲痛的国王许诺，将在她离开人世后为她建一座举世无双的最美的陵墓。爱姬病逝，国王便开始以自己的权威实践对亡妻的诺言，举全国之力大兴土木开工建陵。当时的印度，国力雄厚，然而建这座陵墓，绝非平常之事。国王令下，全国动员，设计、采办、运料、施工，工程浩繁，犹如秦始皇造长城。这位国王在位时，建造泰姬陵就成了他生活中的头等大事。在巨大的施工现场，每天有五千个工人在劳作，工程延续了整整二十年，无数人为之流汗流血，甚至丧命。当泰姬陵完工时，见到它的人都惊呆了，天地间耸立起的这座纯白色的巨大建筑，端庄、宏伟、神秘，集圣洁和华丽于一身，它的美震撼了所有人。泰姬陵用数以万吨的白色印度大理石建穹顶主体，用来自世界各国的彩色大理石镶嵌墙上的花饰和可兰经文。陵寝周围的巨大方形平台和阶梯，也用白色大理石铺就。瞻仰陵寝的人们赤脚经过平台，走上台阶，仿佛是一步一步地进入一座纯洁的白玉之山。陵寝的方形平台，四角建有四座立柱形高塔，塔顶也有圆形穹顶，和巍峨的陵寝主楼和谐地相衬为一体。陵寝平台两侧，有两幢对称的红色建筑，右侧为清真寺，左侧为昔日宾馆。这两幢红色建筑更衬托出主体陵寝耀眼的洁白。国王实践了他的诺言，为亡妻建造了一座独一无二的伟大陵寝。这恐怕是有史以来人世间成本和代价最巨大的爱情纪念。

我参观泰姬陵时，向陪同的印度朋友提了一个问题：泰姬陵的设计者是谁？在介绍泰姬陵的资料上，没有看到有关设计者的文字。印度朋友告诉我，设计者是一位名叫默罕默德的波斯建筑师，他不仅设计了泰姬陵，还亲自参与了整个建筑过程。泰姬陵建成后，他得到的奖赏，是被国王砍去右手，为的是不再让他有机会设计相同的建筑。而默罕默德，面对自己设计的这个美丽建筑，坦然受刑，觉得死而无憾。作为建筑师，能有机会把美妙的梦想变成现实，是莫大的幸福。泰姬陵建成之后，在历史的记载中就再也没有出现过有关这位伟大建筑师的只言片语。很多人认为，国王杀害了他。失去手臂的设计师，并没有失去设计的能力。国王担心他再为别人设计相同的建筑，这样，就会破坏他对亡妻的承诺。尊贵的帝王之诺和一个平民的生命，孰轻孰重，那是不需要动脑筋的。一个伟大的设计师，竟成为自己设计的陵寝的殉葬品。

我无法证实这个故事的真伪，但我相信这不会是好事者的杜撰。如今的参观者，都称道国王和泰姬的爱情，以为这宏伟的建筑便是人间情爱的象征。有谁还记得默罕默德，记得这位用生命设计了泰姬陵的天才建筑师？泰姬陵上，没有他的名字。人们津津乐道着帝王和妃子的爱情，却忘记了这位伟大的建筑师。我想，在泰姬陵前，应该为默罕默德塑一座雕像，让他挥动着那只没有手掌的右臂，向每一个来看这世界奇迹的游人讲述他的故事。

关于建造了泰姬陵的这位国王，史书上有详尽的记载。他为亡妻建成陵寝之后不久，他的儿子便篡位夺权，把他赶下了台。建泰姬陵，几乎耗尽了国库，导致饥荒蔓延、民怨沸腾。这也为儿子的篡位提供了理由。被废黜的老国王成了囚徒，被关在离泰姬陵几公里处的红堡中。他向新国王提出一个要求，希望在囚室的窗户里能远眺泰姬陵。儿子满足了他。我去红堡参观时，印度朋友把我带到了当年囚禁老国王的那个房间。说是囚室，其实是豪华宫殿中宽敞的一间，墙上的窗户，正对着泰姬陵的方向。被幽囚于此地的老国王，遥望着亡妻的陵墓，会有什么联想呢？泰姬陵离这里不远，但却咫尺天涯，可望而不可即。对他来说，建造陵寝、遥望陵寝的时光，比他和泰姬共同度过的岁月，不知要漫长多少倍。

红堡是昔日的皇宫，宫殿外墙多用赭红砂石砌成，远望一片红色，故得名。我登上红堡时，正是日暮时分，残阳如血，染红了地平线上默默矗立的泰姬陵。从囚室的窗户里看出去，泰姬陵犹如盛开在天边的一朵巨大花朵，也如大地上蹲伏着的一头红色巨兽,更像是天外来客，遥远而神秘。在我的冥想之中，遥远的地平线上，永远徘徊着两个幽灵：一个是陵寝主人的丈夫，那位在红堡囚室中郁郁终老的国王，他只能孤独地遥望着泰姬陵；一个是被砍断手臂的伟大建筑师默罕默德，他追随着来自世界各地的参观者，倾听他们对自己的作品的评论，在不绝于耳的惊叹声中，他或许会欣慰一笑。

第五辑：悦•佳章

王维的诗中，有小静，也有大静。如果说“明月松间照，清泉石上流”“松风吹解带，山月照弹琴”这样的诗句，表现的是精致清淡的小静，那么，“秋天万里净，日暮澄江空”“大漠孤烟直，长河落日圆”，表现的就是辽远开阔的大静。

——《幽静》

美人之美

女性之美，在诗人的笔下常写常新。

最早描写美女的诗，出现在《诗经》中：“手如柔荑，肤如凝脂。领如蝤蛴，齿如瓠犀。螓首蛾眉。巧笑倩兮，美目盼兮。”其从手、皮肤、脖子、牙齿、头发、眉毛，写到眼睛和笑容，是一幅文字的美女工笔画。这样细致的描写，美则美矣，但读起来有点肉麻。在《古诗十九首》中，有简洁的写法：“燕赵多佳人，美者颜如玉。”晋人傅玄以花比美人：“美人一何丽，颜若芙蓉花。”我以为这是更高明的赞美，给人以较多的想象空间。而汉代李延年的《北方有佳人》“一顾倾人城，再顾倾人国”，竭尽夸张之能事，却被大家接受。“倾国倾城”竟成为中国人对女性美貌的最高赞语。曹植有《美女篇》，其细腻的描绘和《诗经》中浓艳的笔墨颇相似：“攘袖见素手，皓腕约金环。头上三爵钗，腰佩翠琅玕。明珠交玉体，珊瑚间木难。罗衣何飘飘，轻裾随风还。顾盼遗光彩，长啸气若兰。”这也是工笔重彩的美女画。而曹植的《洛神赋》，大概是古今中外赞颂美女的巅峰之作，其夸张绮丽和浪漫大胆，让人惊叹。此诗太长，不过可以引几句尝鼎一脔："仿佛兮若轻云之蔽月，飘飘兮若流风之回雪。远而望之，皎若太阳升朝霞；迫而察之，灼若芙蕖出渌波……"这样的美女，人间难寻，所以只能是神话人物。

在唐诗中出现的美女，就要含蓄许多。白居易在《长恨歌》中写杨玉环之美，只用了两句"回眸一笑百媚生，六宫粉黛无颜色"，虽然是间接的描写，却写出了贵妃的倾城倾国之美色。李白写美女西施，也有妙语："秀色掩今古，荷花羞玉颜。浣纱弄碧水，自与清波闲。皓齿信难开，沉吟碧云间。"明代诗人张潮说："所谓美人者，以花为貌，以鸟为声，以月为神，以柳为态，以玉为骨，以冰雪为肤，以秋水为姿，以诗词为心，吾无间然矣。"这可以看成是对历代诗人颂美的小结。

"闭月羞花，沉鱼落雁"这样赞美女性的妙语，是中国古代诗人们的独创，确实有想象力，比"倾国倾城"更艺术。在外国，诗人们也讴歌女性的美，那些描绘女性外形美的诗句，我以为很少有超过中国古诗的描写，有拾人牙慧之感。所有和美有关的词语都已用过，能想到的比喻也几乎穷尽，还能怎么写呢？且看莎士比亚如何写美人："如果写得出你美目的流盼，用清新的韵律细数你的秀妍，未来的时代会说：这诗人撒谎：这样的美姿哪里会落在人间！"莎翁不愧为此中高手。

幽　静

古人表现幽静的诗句，很值得玩味。在唐代之前，最出名的是南朝王籍的两句诗“蝉噪林逾静，鸟鸣山更幽”，以鸟啼蝉鸣反衬山林的幽静，确实是绝妙的手法，看似悖论，仔细回味，却能从中品味出天籁声中的安宁。到唐代，出现了一位表现幽静的大师，他就是被人称为“诗佛”的王维。

“空山不见人，但闻人语响。返景入深林，复照青苔上”，王维这首题为《鹿柴》的五绝，意境比王籍的诗更空灵更幽雅，表现的是大自然的幽静和诗人的心静。他的《竹里馆》，也是妇孺皆知的名篇：“独坐幽篁里，弹琴复长啸。深林人不知，明月来相照。”这两首五绝，是唐诗中表现幽静的上乘佳作。诗中展现的，不仅是大自然的幽静，也有诗人内心的宁静。诗里诗外，流露的都是一派安谧的景象和恬静的心情。

在王维的五言诗作中，那些表现幽谧宁静的诗句，可以随手拈来——“雨中山果落，灯下草虫鸣”“夜静群动息，时闻隔林犬”“古木无人径，深山何处钟”“人闲桂花落，夜静春山空”“涧芳袭人衣，山月映石壁”“坐看苍苔色，欲上人衣来”“夜坐空林寂，松风直似秋”“谷静秋泉响，岩深青霭残”“夜静群动息，蟪蛄声悠悠”……这些诗句，有画面，有声音，有色有光，有风有雨，但带给读者的感觉，都是大自然的幽静和诗人宁静的心情。果坠、花落、风过、雨飞，以动衬托静；虫唱、犬吠、钟鸣、泉响，以声凸现静。这是王维的高明，是大师手笔。表现幽静，却难得用静字，诗中出现的，都是天地间人人可以观察、可以感知的画面和形象。苏东坡推崇王维，说他诗中有画，画中有诗，这是绝妙的评论。

在王维的诗中，有小静，也有大静。如果说“明月松间照，清泉石上流”“松风吹解带，山月照弹琴”这样的诗句，表现的是精致清淡的小静，那么，“秋天万里净，日暮澄江空”“大漠孤烟直，长河落日圆”，表现的就是辽远开阔的大静。从王维的眼中看出去，人世百态、世间万物，都可以是清幽静谧的状态。这其实是他的一种心境。他诗中描绘的画面，现在还能在大自然中见到。然而对一个匆匆赶路的游人，或者是一个心思烦乱的过客，大概是难以体会到那一份幽静的。

梅花天地心

在宋代之前，中国的古诗中，没有几首写梅花的诗脍炙人口。到了宋代，写梅花的诗人多起来，被人传诵的佳作也多了。今人能熟记的咏梅诗，大多为宋人所作。宋代诗人写梅花，不仅讴歌梅花的美，还借梅花的特质赞扬其高洁的品格。可以说，是宋人将梅花抬到了空前的高度，并且一直延续至今。

宋人林和靖的七律《山园小梅》，在咏梅诗中占重要一席："众芳摇落独暄妍，占尽风情向小园。疏影横斜水清浅，暗香浮动月黄昏。霜禽欲下先偷眼，粉蝶如知合断魂。幸有微吟可相狎，不须檀板共金樽。"此诗写得艳丽，但诗中意象新奇，"暗香浮动"和"疏影横斜"，成为最经典的咏梅诗句之一，以后不断被人引用。林和靖是北宋隐士，一生不娶不仕，自称以梅为妻，以鹤为子。所谓"梅妻鹤子"，典故便出于他。他能写出如此美妙动情的咏梅诗，很自然。姜夔后来以《暗香》和《疏影》为题赋词，并成为自己的代表作。

在宋代的诗人中，陆游咏梅的诗写得最多，影响也最大。陆游认为梅花在百花中品格最高，他的《卜算子·咏梅》，是讴歌梅花高洁品格的代表作：“驿外断桥边，寂寞开无主。已是黄昏独自愁，更著风和雨。无意苦争春，一任群芳妒，零落成泥碾作尘，只有香如故。”在陆游的作品中，梅花性情淡泊却意志坚忍，而且具有奉献精神，这样写，并不牵强。了解梅花习性的人，都会为之共鸣。陆游一生爱梅、咏梅，并以梅自喻。他写过《梅花绝句》，诗中赞梅花，也寄托自己的情怀，可谓咏梅见人，人梅合一。陆游的《梅花绝句》之一：“闻道梅花坼晓风，雪堆遍满四山中。何方可化身千亿，一树梅花一放翁。”之二：“幽谷那堪更北枝，年年自分着花迟。高标逸韵君知否，正是层冰积雪时。”之三：“雪虐风饕愈凛然，花中气节最高坚。过时自合飘零去，耻向东君更乞怜。”第一首中“何方可化身千亿，一树梅花一放翁”两句，将诗人对梅花的喜爱写到了极致。他恨不得将自己化身千亿，和天下所有的梅花合而为一，去抗击风雪，一展坚忍高雅的美姿。

王安石也写过非常出色的咏梅诗，影响最大的是五绝《梅》：“墙角数枝梅，凌寒独自开。遥知不是雪，为有暗香来。”诗中出现“暗香”二字，可见林和靖《山园小梅》的影响之深远。

宋代的名诗人，几乎人人都有咏梅佳句。辛弃疾：“更无花态度，全是雪精神。”陈亮：“一朵忽先变，百花皆后香。欲传春信息，不怕雪埋藏。”苏东坡：“斩新一朵含风露，恰似西厢待月来。”朱熹：“梦里清江醉墨香，蕊寒枝瘦凛冰霜。”黄庭坚：“折得寒香不露机，小窗斜日两三枝。”卢梅坡：“梅须逊雪三分白，雪却输梅一段香。”杨万里：“无端却被梅花恼，特地吹香破梦魂。”……集宋人咏梅诗句，可构织一个浩瀚纷繁的梅花世界。

多年前曾有过关于选国花的讨论，却一直没有结论。在国花的候选榜上，有两种花呼声最高，一种是牡丹，另一种是梅花。牡丹被喻为“天香国色”，是开在春天的艳美之花；而梅花，虽无牡丹的艳丽，却有高坚的风骨和清幽的品质，是天地间的生命之精灵。如果让我从二者中选一，我选梅花。

早春消息

暖风徐来，冰雪消融，春意在大地上悄悄蔓延。春意最早在什么地方露头？苏东坡有名句“春江水暖鸭先知”，在河里游泳戏水的鸭子最先感知到了温暖的春意。这其实是诗人的想象。苏东坡在诗中没有具体描绘鸭子们如何感知春意，但就这么巧妙地一点，已经可以让人联想到春意是如何不动声色地悄然而至了。鸭子们在水中欢腾的模样，读者可以自己去想象。那一片被欢快的脚掌和翅膀搅动的春水，正带着春天的暖意，缓缓而来。苏东坡写早春景象，在他的词中也有佳句：“东风有信无人见，露微意，柳际花边。”东风是早春信使，吹得柳绿花发。鸭戏春水，表现的是瞬间景象；而东风播春，表现的却是一段较长较广的时空。诗人对春的观察，细致入微——从微观到宏观，从有形到无形。

在我的记忆中，古人描绘大自然最初春意的佳句，可以举出很多。在李白的《宫中行乐词》中，有两句诗写得十分传神：“寒雪梅中尽，春风柳上归。”寒冬的冰雪在梅花的幽香中消融，柳条在和煦的春风中爆出了嫩芽，这也是最早的春消息。同样的意境，在李白的诗中可以找到不少，如在《早春寄王汉阳》中：“闻道春还未相识，走傍寒梅访消息。”在《落日忆山中》中：“东风随春归，发我枝上花。”在杜甫的《腊日》中，也有两句妙诗和李白的诗意异曲同工：“侵陵雪色还萱草，漏泄春光有柳条。”这样的早春诗意，李清照也感受到了：“暖日晴风初破冻。柳眼梅腮，已觉春心动。”

从柳和梅在暖风中的变化，感觉“春心动”，是李清照的创造。宋人张耒的《春日》中有两句写得很生动：“残雪暗随冰笋滴，新春偷向柳梢归。”在冰凌的滴水融化中，看到冬天已悄悄过去；从柳梢的新绿中，发现春天已偷偷归来。同样的意境，也可以在宋人张栻的《立春偶成》中看到：“律回岁晚冰霜少，春到人间草木知。”“春到人间草木知”和“春江水暖鸭先知”，属于相类的思路。“草木知”也可以引发读者的丰富联想。在春风中，草木复苏，大地泛出新绿。韩愈咏春，曾写道：“草树知春不久归，百般红紫斗芳菲。”这也是草树知春，不过却已是春深似海的景色了。这首诗题为《晚春》，所以会有万紫千红的景象。

韩愈的《春雪》写的也是早春景色，却与众不同：“新年都未有芳华，二月初惊见草芽。白雪却嫌春色晚，故穿庭树作飞花。”二月初，正是春之头，在刚刚解冻的田野里看到草芽，心生惊喜。对盼春心切的人来说，这一丝的春色初露，实在不过瘾。于是，诗人笔锋一转，请来了白雪。这当然是春雪，是冬天的尾巴。雪花在已经萌动春芽的草木间飞舞，仿佛在向诗人预示春花烂漫的盛景。

多年前，我曾以《早春》为题写过一组短诗，每首六行。写这些诗时，眼前漾动着大自然的春意，心里也出现了古人的诗句。去年在《光明日报》发表这组诗，很多读者产生了共鸣。其中的《芦芽》描绘的是我当年下乡“插队落户”时的感受——每年初春，看到河边芦苇发芽，我总是心生喜悦和希冀：

出土便是宣判冬天的末日，
尽管寒风仍在江边呼啸横行。
纤细的幼芽竟能冲破冻土，
地下搏动着何等强韧的春心。
不要再为自己的柔弱哀叹，
且看这遍野迎风而长的生命。

人生之根

人生是什么？隐居山林的陶渊明说："人生无根蒂，飘如陌上尘。"这是陶渊明《杂诗十二首》中第一首的起始两句。人生如浮萍，没有根底。其实，浮萍也是有根的，只是这根不是深扎于土，而是飘漾于水，从流动的水中吸取养料。而陶渊明诗中的人生，并非浮萍。那是真正的无根之物，被风一吹，便飘飞在空中，犹如路上的灰尘。陶渊明诗中所谓"人生"，其实比现代人理念中的人生，涵义更广，也可以被理解为生命吧。如果生命和人生果真如此，生而无根，飘如灰尘，那天下芸芸众生便可怜可哀之极了。《古诗十九首》中有"人生寄一世，奄忽若飘尘"之句，感慨人生无常。陶渊明的诗句，也是重复了古人的悲叹。好在陶渊明的幻想没有到此为止。且读《人生无根蒂》全诗：

人生无根蒂，飘如陌上尘。分散逐风转，此已非常身。落地为兄弟，何必骨肉亲！得欢当作乐，斗酒聚比邻。盛年不重来，一日难再晨。及时当勉励，岁月不待人。

人生之尘飞扬在天后，接下来怎么样？“分散逐风转，此已非常身”，人生之尘在风中漫游，经历了磨难，已经不是原来的生命。这两句，看起来平淡，其实深刻，人生的漂泊不可测，人人都会有此体验。尤其是在动荡不安的年代。有过漂泊曲折的经历，生命已经不是原来的样子了。“落地为兄弟，何必骨肉亲”，既然大家都已非原来的生命，那么，来到这个世界的人，都应该亲如兄弟，何必在乎血缘骨肉？这样的想法，并不是陶渊明的首创。孔子在《论语》中，就有这样的论述：“子夏曰：‘君子敬而无失，与人恭而有礼。四海之内，皆兄弟也。君子何患乎无兄弟也？’”陶渊明在诗中重复孔子的意思，其实是在战乱和孤独中对理想的一种呼唤，这种理想是什么？应该是社会和平，是人间博爱。

“得欢当作乐，斗酒聚比邻”，这两句，表达的是陶渊明当时的生活态度。这首诗总体情感悲凉沉郁，但这两句，却颇有生趣。人生的曲折磨难，并没有使诗人失去对生活的热爱。他的欢乐，是和乡亲邻里聚会饮酒。这是平凡世俗的乐趣，陶渊明在很多诗中进行过描绘，譬如“过门更相呼，有酒斟酌之”“日入相与归，壶浆劳近邻”。

最后四句，流传最广：“盛年不重来，一日难再晨。及时当勉励，岁月不待人。”很多人将这四句单列，作为一首惜时励志的古诗。其实，联系前文，陶渊明的这几句诗，还是在提醒人们要及时行乐。生命如此短促，人生如此匆忙，那么，活着就应该赶紧做自己以为快乐的事情。陶渊明此诗中的快乐，是“斗酒聚比邻”。这样的人生目标，对现代人来说，不可思议，但在陶渊明的时代，却是一种美好的理想。他的《桃花源记》，正是对这种理想的生动描绘。我想，现代人将这四句诗单列，作为一首惜时励志的诗，其实也没有违背陶渊明的本义。惜时，古今如一；励志，内容发生了变化——以古人之诗，励今人之志，有何不可呢?

人生果真无根？落叶飘飞最终还是归根。陶渊明的人生其实也给出了回答。在乡村田园，在老百姓的生活中，他找到了自己的归宿。

逢秋不悲

古诗中，悲秋之声历代不绝，几乎所有诗人都曾在秋天发出悲凉凄怆的哀叹。杜甫的《登高》，可以说是其中的代表作：“风急天高猿啸哀，渚清沙白鸟飞回。无边落木萧萧下，不尽长江滚滚来。万里悲秋常作客，百年多病独登台。艰难苦恨繁霜鬓，潦倒新停浊酒杯。”在秋天读这样的诗，难免令人心绪怅惘。住在城里的现代人听不见风中猿啸，看不到无边落木，但读着“万里悲秋”“百年多病”“艰难苦恨”“潦倒”这样的词汇，引起的联想也不会欢悦。

在自然界的一年四季中，色彩最丰富的其实是秋天。秋天是成熟的季节，也是生命更新换代的季节。春夏的绿色，在秋风中千变万化，呈现出无数奇妙的颜色。秋光美景，当然不会被古代敏感的诗人忽略。唐人王绩在诗中这样描绘秋色：“树树皆秋色，山山唯落晖。”宋之问秋游桂林时曾感叹：“桂林风景异，秋似洛阳春。”苏东坡在《赠刘景文》中这样咏秋：“一年好景君须记，最是橙黄橘绿时。”诗人心情好时，秋天就是最美的季节。

刘禹锡喜欢秋天，有他的《秋词二首》为证。

《秋词》之一："自古逢秋悲寂寥，我言秋日胜春朝。晴空一鹤排云上，便引诗情到碧霄。"自古诗人逢秋必悲，刘禹锡却认为秋意胜过春景。蓝天中一只自由飞翔的白鹤，引发了诗人的激情和向往。诗人的心绪随鹤高飞，诗情昂扬，直冲碧霄，这是浪漫的豪情。

《秋词》之二："山明水净夜来霜，数树深红出浅黄。试上高楼清入骨，岂如春色嗾人狂。"这首诗的前两句描绘了秋天的景色，尤其是第二句，颇使我共鸣。秋天的山林，色彩缤纷烂漫，一些红色枝叶掺杂在青黄之中，耀眼如火。北京香山的黄栌，秋叶深红。深秋时满山遍野一片红色，如生命之火熊熊燃烧，绝无枯萎之态。即便是枯黄的树叶，也未必让人感觉生命衰退。譬如银杏树，秋风起时，绿叶变成耀眼的金黄色，在枝头时如满树的阳光，在风中飘落时像金色的蝴蝶自由翩跹。刘禹锡此诗的后两句，值得玩味。在秋风中登楼远望，虽然凉风刺骨，但秋日旷达高远的景象，使人心胸开阔，思想清澈，不会像浓艳的春色让人轻狂。

秋天在诗中的形象，其实和诗人的情绪相关。年轻时在崇明岛"插队落户"时，我曾以悲凉的心情咏叹在秋风中飘飞的芦花。二十多年前，我写过《秋兴》，诗中表达的是和刘禹锡相同的感受：

谁说秋风里生命走到了尽头，
飘飘坠落的枯叶便是衰亡的象征？
你看那些压弯枝头的累累果实，
那色彩那芳馥总使我萌动春心……

点金成铁

在宋代诗人中，王安石是数得着的大家之一。他的诗词，很多至今仍被人诵读流传。说起王安石，很自然地会想起他的那些名句“春风又绿江南岸，明月何时照我还”“遥知不是雪，为有暗香来”“一水护田将绿绕，两山排闼送青来”。

然而王安石却曾被人批评是个剽窃者。他的很多诗作，都有前人的影子，甚至是很明显的仿作。譬如“春风又绿江南岸”中的那个“绿”字，历来被看成是诗歌讲究修辞、反复推敲的成功范例。据说王安石在诗稿上改了十多次，起初是“春风又到江南岸”，那个“到”字，被改成“过”；后又改成“入”、改成“满”，都无法使他满意……最后，找到了那个“绿”字，此句才成为宋诗中的名句。王安石不止一次地在诗中用这个“绿”字。在《送和甫寄女子》一诗中，又有：“除却春风沙际绿，一如送汝过江时。”然而用“绿”字作动词描绘春风，并不是王安石的首创。钱锺书先生在《宋诗选注》

中说："'绿'字这种用法在唐诗中早见而亦屡见：丘为《题农父庐舍》'东风何时至？已绿湖上山'；李白《侍从宜春苑赋柳色听新莺百啭歌》'东风已绿瀛洲草'；常建《闲斋卧雨行药至山馆稍次湖亭》'行药至石壁，东风变萌芽。主人山门绿，小隐湖中花'。"钱锺书先生于是发出诘问："王安石的反复修改是忘记了唐人的诗句而白费心力呢？还是明知道这些诗句而有心立异呢？他的选定'绿'字是跟唐人暗合呢？是最后想起了唐人诗句而欣然沿用呢？还是自觉不能出奇制胜，终于向唐人认输呢？"

有人认为，王安石的《梅花》中"遥知不是雪，为有暗香来"两句，也是从别人那里借鉴而来的。汉代苏子卿有"只应花是雪，不悟有香来"之句，王安石的《梅花》，明显是从苏子卿的诗句中化出的。

在《书湖阴先生壁》一诗中，"一水护田将绿绕，两山排闼送青来"两句，也有效仿他人之嫌。五代沈彬有"地限一水巡城转，天约群山附郭来"之句，对照一下，其中的因袭关系很明显。

其实，在古诗中，后人借前人诗意进行发挥，将前人诗句为己所用的例子比比皆是。如能推陈出新，青出于蓝而胜于蓝，则可以成为创造和创新。譬如王勃的"落霞与孤鹜齐飞，秋水共长天一色"，就是从庾信的"落花与芝盖齐飞，杨柳共春旗一色"两句中脱胎出来，成为脍炙人口的名句。王安石改变古人诗句为己所用，似乎没有显示出特别的高明之处。有时候，改得很随意，似乎是把别人的诗句搬来照用了。李白《月下独酌》中的"月既不解饮，影徒随我身。我歌月徘徊，我舞影零乱"，到了王安石的《即事》中，变成了"我意不在影，影长随我身。我起影亦起，我留影逡巡"，模仿的痕迹太重。而王安石改他人诗句，最失败的一例，是将唐人王籍《入若耶溪》中的“鸟鸣山更幽”改为“一鸟不鸣山更幽”。王籍此诗中的“蝉噪林逾静，鸟鸣山更幽”两句，以动衬静，以声显幽，有奇妙的艺术效果，被王安石这样一改，则意味全无。在当时，王安石的这一改动就遭人诟病，黄庭坚嘲讽这是“点金成铁”。

王安石的诗歌受到的最严厉的批评，来自于钱锺书先生。钱先生曾在他的《谈艺录》中，这样议论王安石：“每逢他人佳句，必巧夺豪取，脱胎换骨，百计临摹，以为己有；或袭其句，或改其字，或反其意。集中作贼，唐宋大家无如公之明目张胆者。”在钱锺书先生的笔下，王安石成了一个诗坛窃贼。钱先生虽然批之有据，但我以为他还是太刻薄了一点。王荆公如果听到这样的批评，恐怕不会服气。王安石能跻身唐宋八大家之列，靠剽窃“作贼”绝无可能。他的文学成就，早已有公论，创作中的一些瑕疵，无法遮盖整体的光彩。古人写诗引经据典、化前人诗句为已用，也是家常便饭，并非王安石一人如此。欧阳修当年曾写诗赞王安石：“翰林风月三千首，吏部文章二百年。老去自怜心尚在，后来谁与子争先。”这是同时代人的由衷赞叹，不是拍马屁。能使欧阳修这样的大才子如此折服，可以想见王安石当时在人们心目中的地位。

读书之乐

元人翁森，有《四时读书乐》，以春夏秋冬为题，写了一年四季读书的乐趣和情调。民国时期，这四首诗曾被收入中学语文课本，国人都熟悉其中的佳句妙境。在人心浮躁之时，重读这样的古诗，很有意思。

《春》：“山光照槛水绕廊，舞雩归咏春风香。好鸟枝头亦朋友，落花水面皆文章。蹉跎莫遣韶光老，人生唯有读书好。读书之乐乐何如？绿满窗前草不除。”在此诗中，我喜欢“好鸟枝头亦朋友，落花水面皆文章”两句。这是读书人才能领悟的奇妙境界。

《夏》：“新竹压檐桑四围，小斋幽敞明朱曦。昼长吟罢蝉鸣树，夜深烬落萤入帏。北窗高卧羲皇侣，只因素稔读书趣。读书之乐乐无穷，瑶琴一曲来熏风。”此诗也是第二联让我神往：“昼长吟罢蝉鸣树，夜深烬落萤入帏。”记得当年在乡下“插队落户”时，最美好的时光，是一个人在草屋里读书，窗外蝉鸣萤飞，绿风潇潇，书中美景和身边天籁融为一体。这时，我便忘却了生活的艰辛和前途的渺茫。

古人喜欢的读书环境，其实也是现代人的向往。

《秋》：“昨夜庭前叶有声，篱豆花开蟋蟀鸣。不觉商意满林薄，萧然万籁涵虚清。近床赖有短檠在，对此读书功更倍。读书之乐乐陶陶，起弄明月霜天高。”

《冬》：“木落水尽千崖枯，迥然吾亦见真吾。坐对韦编灯动壁，高歌夜半雪压庐。地炉茶鼎烹活火，四壁图书中有我。读书之乐何处寻，数点梅花天地心。”四首诗中，这首写得最有意思。同是夜读，前一首《秋》就逊色一些。冬夜读书，身心投入。座前灯、炉下火、屋外雪，全都交会于四壁图书。在诗意中，我中有书，书中有我，人书难分，彼此交融。尤其是最后两句，以“数点梅花天地心”为读书之乐的归宿，格调高洁，给人无限遐想。

关于读书之乐，古人诗中涉及不少。明人于谦有七律《观书》，也写得很有情趣：“书卷多情似故人，晨昏忧乐每相亲。眼前直下三千字，胸次全无一点尘。活水源流随处满，东风花柳逐时新。金鞍玉勒寻芳客，未信我庐别有春。”把书比为多情密友，晨昏相亲，是一个爱书之人发自内心的妙语。在张潮的《幽梦影》中，也有不少关于读书的议论。数十年前读过，至今仍记得：“少年读书，如隙中窥月；中年读书，如庭中望月；老年读书，如台上玩月。皆以阅历之浅深，为所得之浅深耳。”好书如明月临空，爱之亲之，便能被清光沐浴，身心皆亮。张潮还有更有趣的读书之论：“善读书者无之而非书：山水亦书也，棋酒亦书也，花月亦书也；善游山水者，无之而非山水，书史亦山水也，诗酒亦山水也，花月亦山水也。”

生而为人，如果不懂得品尝读书之乐，真是天大的遗憾。

竹 魂

清代画家郑板桥，爱竹，画竹，写竹，简直就是竹的化身。他喜欢画清瘦的竹子，而他题在画上的那些咏竹诗，已成为中国古人咏竹诗篇中的经典。在他的题竹诗中，有一首流传甚广："乌纱掷去不为官，囊橐萧萧两袖寒。写取一枝清瘦竹，秋风江上作渔竿。"这是他人生和品性的自我写照。郑板桥淡泊名利，不恋权位，喜欢过闲淡自由的生活。

板桥以竹自喻，表现性情的诗不少，譬如"未出土时先有节，纵凌云处也无心""老老苍苍竹一竿，长年风雨不知寒。好叫真节青云去，任尔时人仰面看"，还有一首影响极大的名作："咬定青山不放松，立根原在破岩中。千磨万击还坚劲，任尔东西南北风。"这些咏竹诗，超凡脱俗，表现出了高洁清雅的品格。板桥做过官，职位不高——知县。做官对他来说并不是舒服的事，他关心百姓疾苦，却常因无法为百姓解难而愁苦。他曾在一首诗中这样写："衙斋卧听萧萧竹，疑是民间疾苦声。些小吾曹州县吏，一枝一叶总关情。”灾荒之年，百姓饥寒交迫，板桥不畏权贵，为民请赈，得罪大吏，毅然辞官而去。“去官日百姓痛哭遮留，家家画像以祀”，百姓的挽留和赞扬，是对板桥的最高奖赏。

郑板桥画的是“清瘦竹”，但他写竹的诗却未必都纤弱。再儒雅淡泊，也有慷慨激昂的时候。“我有胸中十万竿，一时飞作淋漓墨。为凤为龙上九天，染遍云霞看新绿”，十万新竹，如龙似凤，翔舞九霄，绿遍天涯——这诗中的景象，可谓气势浩荡。

不过，我还是喜欢郑板桥那些写得自然亲切、有情景画意的诗篇，如：“春雷一夜打新篁，解箨抽梢万尺长。最爱白方窗纸破，乱穿青影照禅床。”春天新竹蓬勃生长的景象，被他描绘得活泼形象。诗句犹如动画，读来眼前一片青绿漾动。读此诗，令我联想起唐代诗人韩翃咏竹的妙句：“一片水光飞入户，千竿竹影乱登墙。”情景相似，意趣也接近，板桥诗则画意更浓。再如“疏疏密密复亭亭，小院幽篁一片青。最是晚风藤榻上，满身凉露一天星”“轩前只要两竿竹，绝妙风声夹雨声。或怕搅人眠不着，不知枕上已诗成”。在郑板桥的生活中，竹是他密不可分的伴侣，亲密如情人。睡觉时，有竹陪着，写诗的灵感也来自竹子。他写过这样两句对联：“咬定几句有用书，可忘饮食；养成数竿新生竹，直似儿孙。”爱竹如此，也是千古一绝。

有人说，郑板桥画出了竹的品格，竹成就了郑板桥的名声。郑板桥就是天地间的一株奇竹，一缕竹魂。

野渡无人

唐代文人善于以诗表现大自然的美妙，寥寥数行，便能描绘出一幅意境幽远的山水风景画。汉字渲染色彩和构筑画面的能力，在唐诗中表现得登峰造极。写山水的唐诗佳作不胜枚举，有几首写的是乡间的普通风景，但在我的印象中却特别深刻。童年诵读，至今仍心向往之。

韦应物的《滁州西涧》，是唐诗中写景的名篇：

独怜幽草涧边生,上有黄鹂深树鸣。
春潮带雨晚来急,野渡无人舟自横。

韦应物在这首诗中描绘的，是很寻常的自然景象：溪涧边的小草，树荫里的鸟鸣。傍晚的雨中，春潮涌动，河边的渡口没有艄公，没有渡客，只有一条渡船被流水推动，悠然横陈在河面。这样幽静恬淡的景色，听不见喧闹市声，看不到嘈杂人迹，只有自然和天籁不露形迹地飘飞流淌，让读者随之神思漾动。初读此诗，说不清它表现的是什么意境，但却被吸引，被感动。尤其是生活在热闹都市中的人，会被这些诗句带到清幽的大自然中。简洁朴素的文字，却让人感受到一份野趣，一份超然物外的情怀。

韦应物是中唐诗人，写这首诗时，正在做滁州刺史，是当地的高官。写这样的诗，是游览途中触景生情，偶然得之，似乎在表达一种悠闲的心情。但仔细品味，又不是那么简单。“独怜幽草”，被很多人解读为诗人安贫守节，不攀高媚权；“野渡无人舟自横”，也让人读出了作者的无奈——自己虽居高位，却无力改变世道的不公。这些解读，大概不能算是牵强附会，尤其是在了解了诗人的经历和他所面临的世道之后。写景寄情，很正常。但对现代的读者来说，这样的解读还是有点勉强。其实，就是在古代，也有人不同意过度解读这首诗，认为“此偶赋西涧之景，不必有所托意”。一首山水诗，写得自然优美，能让人共鸣，引人入胜，就是上品佳作。“野渡无人舟自横”成为千古名句，不是因为句中蕴涵多少题外之意，而是因它巧妙地描绘出一种超然安宁的自然状态。我想，今人读这首诗，还是把它当成一幅宁静优美的山水画来欣赏更为贴切。

晚唐诗人崔道融有一首七绝《溪居即事》，虽流传不广，却也值得一读：

篱外谁家不系船，春风吹入钓鱼湾。
小童疑是有村客，急向柴门去却关。

这首诗，也是用简朴的文字和平常的语言，描画出了优美恬静的水乡风景。其和韦应物的《滁州西涧》有异曲同工之妙，也是写水、写风、写船。韦应物写景不见人，而这首诗中却有人物出现——那个在春风里奔向柴门迎客的小童，是静谧的山水画中灵动的一笔。

欲语泪先流

古人写泪的诗歌，不计其数。愁苦时流泪，忧伤时含泪，悲极喜极爱极恨极，都有泪水相伴。也有莫名的泪水，是惆怅，是隐痛，是孤愤，诗人无法解释，写成诗句，便朦胧曲折，引人无限怀想。诗中的泪水，其实是人间挚情。泪者，心也。心灵百态千姿，绝无雷同。诗人含泪的诗句也同样变化无穷，折射出人间情感的丰富，让一代代读者共鸣。

诗中泪水，常见的是儿女之情。在《古诗十九首》中，有很动人的例证："迢迢牵牛星，皎皎河汉女。纤纤擢素手，札札弄机杼。终日不成章，泣涕零如雨。河汉清且浅，相去复几许？盈盈一水间，脉脉不得语。"这是相思之泪。情人分离，如牛郎织女被河川割断，思念之苦竟至涕泪如雨。女子爱流泪，男人也一样。杜甫的《月夜》，写他在兵乱流亡之时思念亲人，禁不住泪沾襟衫："今夜鄜州月，闺中只独看。遥怜小儿女，未解忆长安。香雾云鬟湿，清辉玉臂寒。何时倚虚幌，双照泪痕干？”这样的泪水，比恋人的相思之泪更凄苦。在我的记忆中，印象深刻的这类诗句，还有柳永的“执手相看泪眼，竟无语凝噎”，范仲淹的“明月楼高休独倚，酒入愁肠，化作相思泪”。

思乡之情，也使无数诗人泪水沾襟——“故园东望路漫漫，双袖龙钟泪不干”（岑参《逢入京使》）；“共看明月应垂泪，一夜乡心五处同”（白居易《望月有感》）；“羌管悠悠霜满地，人不寐，将军白发征夫泪”（范仲淹《渔家傲》）；“晓来谁染霜林醉，总是离人泪”（王实甫《西厢记》）。

悲怆的泪水，在古诗中也随处可见，如屈原在《离骚》中长叹：“长太息以掩涕兮，哀民生之多艰。”最撼动人心的，还是陈子昂的《登幽州台歌》：“前不见古人，后不见来者。念天地之悠悠，独怆然而涕下。”

有些诗人的泪水，是无法说清楚的，譬如李清照的《武陵春》：“风住尘香花已尽，日晚倦梳头。物是人非事事休，欲语泪先流。”譬如李益的《上汝州郡楼》：“今日山川对垂泪，伤心不独为悲秋。”

杜甫诗多悲歌，却也曾喜极而泣：“喜极翻倒极，呜咽泪沾巾。”中国人最熟悉的，是他的《闻官军收河南河北》：“剑外忽传收蓟北，初闻涕泪满衣裳。却看妻子愁何在，漫卷诗书喜欲狂。”人生有悲有喜，只要情到深处，便可能有泪水相伴。诗人多情，或许也多泪吧。

在含泪的诗句中，李贺的两句有点惊心动魄：“空将汉月出宫门，忆君清泪如铅水。”思念之情，竟使得冰冷的金铜仙人也泪水盈眶。这使我联想起董解元写离情的诗句：“莫道男儿心似铁，君不见满川红叶,尽是离人眼中血。”一样读之心惊。

李商隐有以《泪》为题的七律，为人间的离别之伤叹息。诗中没有一个“泪”字，却让人感叹不尽：“永巷长年怨绮罗，离情终日思风波。湘江竹上痕无限，岘首碑前洒几多。人去紫台秋入塞，兵残楚帐夜闻歌。朝来灞水桥边问，未抵青袍送玉珂。”

最有趣的含泪诗，是贾岛的《题诗后》：“二句三年得，一吟双泪流。”写两句诗琢磨了三年，想起来伤心。这是诗人的自怜。

参星和商星

参与商，是天空中的两颗星星。抬头仰望星空，却无法找到参星和商星。但我知道，这两颗星，相距遥远，永无相逢的机会。杜甫诗云：“人生不相见，动如参与商。”活着而无法相会，那就如同空中的参星和商星。

杜甫的这两句诗，是《赠卫八处士》的开首两句。这首诗，是唐诗中流传很广的作品，在杜诗中也是很特别的一首。在诗中，杜甫记叙自己与一位分别二十年的老友相见，生出无穷感慨。青少年时代的知交，久别重逢，会出现怎样的景象？且读杜甫的《赠卫八处士》：

人生不相见，动如参与商。今夕复何夕，共此灯烛光！少壮能几时？鬓发各已苍。访旧半为鬼，惊呼热中肠。焉知二十载，重上君子堂。昔别君未婚，儿女忽成行。怡然敬父执，问我来何方？问答乃未已，儿女罗酒浆。夜雨剪春韭，新炊间黄梁。主称会面难，一举累十觞；十觞亦不醉，感子故意长。明日隔山岳，世事两茫茫。

卫八处士，史书中没有记载，不是官吏，也不是名人，是一个乡间隐士。不过毫无疑问，他是杜甫青年时代的好友。杜甫和卫八处士的交往是在青春年少时，二十年后重逢，两人都已鬓发斑白。问起当年的朋友，很多已经离开人间。唏嘘间，看到未曾见过的下一代——当年分别时，友人还没有成婚，此时竟已儿女满堂。这是人生的收获，也是岁月的见证。儿女们是那么有礼貌，对父亲的朋友尊敬而友好。老友的招待很简单，清茶淡酒，韭菜黄粱，却胜似山珍海味，散发着友谊的温馨。在烛光下，老朋友举杯痛饮，一杯接一杯，酒逢知己，有说不完的心里话。在诗中，杜甫把老友相见的场景以及自己的心情写得生动而感人。当时正是战乱年代，和老友相逢生出劫后余生的感慨，人生聚散无常，别易会难。读这样的诗，能感受到诗人内心的沉郁和苍凉。这首诗，语言平淡朴素，虽是简洁的白描，却能打动人心。原因无他，只因诗人的真挚。其中对人生的感伤，对岁月的感叹，对友谊的赞美，今天读来仍使人产生共鸣。

在古诗中，我偏爱五言诗。五言诗文字简洁，音韵铿锵，直抒胸臆，这也是《古诗十九首》千百年来魅力不衰的原因。杜甫的《赠卫八处士》，和《古诗十九首》同出一辙，有汉魏气韵，也使人联想到陶渊明的创作。但杜甫在诗中表现的是他的当下生活，情感内涵比汉魏古诗更丰富，也更复杂。杜甫的诗句看似随心所欲，信手写来，然而却跌宕有致，始终有一种扣人心弦的情感魅力，使人情不自禁地随之叹息。全诗以“人生不相见”开篇，以“世事两茫茫”收场，苍凉之感溢于纸上。而诗中弥漫的温馨，则在苍凉之中萦徊不尽。明末王嗣奭在《杜臆》中评价这首诗“信手写去，意尽而止，空灵婉畅，曲尽其妙”。清代浦起龙的《读杜心解》认为此诗“古趣盎然，少陵别调。一路皆属叙事，情真，景真，莫乙其处”。清代张上若说它“情景逼真，兼极顿挫之妙”。这些评价，我以为都切中要点，尤以两位清人的评价更为准确。如果不是真情流露，这样的诗不会如此动人。诗歌的形式和内容结合得如此完美，杜甫的《赠卫八处士》堪称典范。

就是那一只蟋蟀

写完《促织之鸣》，意犹未尽。耳畔似有清澈苍凉的鸣叫声，从四面八方，从遥远的地方飘过来。

二十年前，认识台湾诗人洛夫，未见其人，先读其诗。他从台北寄给我的诗集中，有《蟋蟀之歌》。且看他的诗中如何写蟋蟀之鸣：

唧唧如泡沫
如一条小河
童年遥遥从上流漂来
今夜不在成都
鼾声难成乡愁
而耳畔唧唧不绝
不绝如一首千丝万缕的歌
记不清那年那月那晚

在那个城市
在那个乡间
那个小站听过
唧唧复唧唧
今晚唱得格外惊心
那鸣叫
如嘉陵江蜿蜒于我的枕边
深夜无处雇舟
只好溯流而泅……唧唧
究竟是哪一只在叫?
广东的那只其声苍凉
四川那只其声悲伤
北平的那只其声聒噪
湖南那只叫起来带有一股辣味……

这是一个现代诗人写乡愁的诗，在蟋蟀的鸣叫声中，诗人梦游了家乡的千山万水。这首诗流露出来的思乡情怀，令人心颤。这和杜甫的《促织》，可以说是异曲同工。游子思乡的感情，古今相同。蟋蟀之鸣，在云游在外的中国人的耳中，就是故乡的声音。

另一位台湾诗人余光中写信给四川诗人流沙河时说：“在海外，夜间听到蟋蟀叫，就会以为那是在四川乡下听到的那一只。”流沙河有感而发，写了一首绝妙的诗，题为《就是那一只蟋蟀》，其中有这样的诗句：

就是那一只蟋蟀
在《豳风·七月》里唱过
在《唐风·蟋蟀》里唱过
在《古诗十九首》里唱过
在花木兰的织机旁唱过
在姜夔的词里唱过
劳人听过
思妇听过……

就是那一只蟋蟀
在我的记忆里唱歌
在你的记忆里唱歌……
在海峡那边唱歌
在海峡这边唱歌
在台北的一条巷子里唱歌
在四川的一个乡村里唱歌
在每个中国人脚迹所到之处
处处唱歌
比最单调的乐曲更单调
比最谐和的音响更谐和
凝成水，是露珠
燃成光，是萤火
变成鸟，是鹧鸪

啼叫在乡愁者的心窝

我想，流沙河的这首诗，一定使很多身在海外的中国人读得流泪。

流沙河诗中提到的宋代诗人姜夔，写过一首和蟋蟀有关的词《齐天乐》，也是名作，值得一读。此词有一序文交代：“丙辰岁，与张功父会饮张达可之堂。闻屋壁间蟋蟀有声，功父约予同赋，以授歌者。功父先成，辞甚美。予裴徊末利花间，仰见秋月，顿起幽思，寻亦得此。蟋蟀，中都呼为促织，善斗。好事者或以三二十万钱致一枚，镂象齿为楼观以贮之。”这篇序文，内容很丰富，有人有事有景有声，也有关于蟋蟀的知识。他在蟋蟀的鸣唱中引出了“幽思”：

庾郎先自吟愁赋，凄凄更闻私语。露湿铜铺，苔侵石井，都是曾听伊处。哀音似诉，正思妇无眠，起寻机杼。曲曲屏山，夜凉独自甚情绪？

西窗又吹夜雨，为谁频断续，相和砧杵？候馆迎秋，离宫吊月，别有伤心无数。豳诗漫与，笑篱落呼灯，世间儿女。写入琴丝，一声声更苦！

这首词，开篇就点出一个“愁”字。“庾郎”，指南北朝诗人庾信，在姜夔耳中，蟋蟀之鸣，犹如庾信写过的愁苦之赋。它们到处鸣唱着，是苦难的儿女在向亲人倾诉，是孤独的思妇在织布，是寂寞的少女在独自叹息。此词的下阕，还是抓住蟋蟀的鸣唱，继续抒发感慨，似乎散漫，却始终是愁苦的情绪。愁苦因何而来？骚人落魄、游子怀乡、思妇念远，乃至国破家亡，人间的哀思实在太多，如蟋蟀之鸣，处处可闻。这可以算是一首咏物词，通过对蟋蟀之鸣的联想，抒发了人间的哀愁忧恨。